创意写作书系

写作法宝

非虚构写作指南

30周年纪念版

[美] 威廉·津瑟（William Zinsser）◎著
朱源◎译

ON WRITING WELL

THE CLASSIC GUIDE TO WRITING NONFICTION

(30th Anniversary Edition)

中国人民大学出版社
·北京·

“创意写作书系”顾问委员会

（按姓氏笔画排名）

刁克利	中国人民大学
王安忆	复旦大学
刘震云	中国人民大学
孙　郁	中国人民大学
劳　马	中国人民大学
陈思和	复旦大学
格　非	清华大学
曹文轩	北京大学
梁　鸿	中国人民大学
阎连科	中国人民大学
葛红兵	上海大学

译者序

On Writing Well

The Classic Guide to Writing Nonfiction

《写作法宝》的译文终于脱稿了，译稿迟迟没交的原因固然是因为其中有许多文化与写作背景需要澄清、原语与译语文本之间的语言差异与障碍需要克服、译文需要修改与润色，但另一个主要原因是译者有一种渴望继续倾听作者，与作者深入交流，因而依依不舍的强烈情结。整个翻译过程就似乎是这种情结的延续。这种情结与译者的阅历与兴趣不无关系，但它主要还是归结于作者的强大吸引力。

作者威廉·津瑟一生为美国多家领军报刊撰文，在耶鲁大学、哥伦比亚大学、纽约新学院大学等著名学府教书，集记者、编辑、文艺评论家、教师为一身。他个人阅历丰富，既是个行动果敢的实践家，又是个循循善诱的教育家，既条理分明、逻辑严谨，又充满生活情趣、人文情怀。他的写作风格朴实生动，娓娓道来，和蔼可敬。他的作品是实践与学术的结合、理论与实务的统一、文笔与个性的交融。其代表作《写作法宝》突出了他一贯坚持与倡导的写作宗旨："简化语言，寻找真情。"该书通过具体事例，详细论述与描述了非虚构写作的各个要素，包括写作语言的原则、写作结构的方法、写作题材与体裁的形式，以及作者的写作心态等等，真可谓包罗万象，但又重点突出。其中绝大部分内容适用于我国读者的汉语非虚构写作，即使是少部分涉及英语语言本身用法问题的章节，对于我国读者在善用汉语方面也具有很好的参考价值。

非虚构写作关乎我们每一个人的生活，对于政治、社会、文化、商务、文艺、时尚、科技、体育、旅游、回忆、工作报告、新闻报道等诸多方面的写作，该书都有生动实用的论述。这本书激励了几代美国人的写作热情，指导了他们的写作实践。相信该书也能够指导我国读者熟悉当代非虚构写作的过程与要素，改进写作技巧与风格，激励写作兴趣与热忱。与此同时，该书在事例中所涉及的美国及西方社会文化名人多达234位，从较深的层面反映了美国人的文化、精神与情感生活，这对于我们了解美国人的民族性格也大有裨益。

早在1981年，津瑟先生作为采访记者，曾随美国爵士音乐家威利·拉夫和德怀克·米切尔来访过中国。他们在上海音乐学院向中国学生介绍爵士乐，举办爵士音乐会，并游览了北京、上海等城市。津瑟为此写就了他的得意传记《米切尔与拉夫》。现年88岁高龄的津瑟先生还连续两年为《美国学者》杂志每周撰写有关美国艺术与大众文化的博客，名为“津瑟在周五”，获“美国全国数字期刊评论奖”，现已集结成《坚持下来的作家》出版。他目前共出书19本，其广泛的体裁与题材包括评论、回忆录、游记、爵士乐、美国流行歌曲、棒球、写作等等。

人生或丰富多彩，或坎坷不平，或千变万化，写自己、写他人、写社会、写自然，将自己的体验、感触、感悟、思考以更艺术与缜密的形式记录下来，留给自己，传给他人，影响他人，反省、分享、升华。希望此书能在这方面起到一定的作用。

在此衷心感谢中国人民大学出版社编辑杜俊红女士耐心的等待和细心中肯的建议。同时也感谢我在中国人民大学所指导的 2011 与 2012 级研究生在资料查找方面所给予的协助。

朱　源

2013 年 3 月

于中国人民大学青年公寓

前言

On Writing Well

The Classic Guide to Writing Nonfiction

在曼哈顿中城我的办公室里挂有一些画像，其中一幅是作家 E. B. 怀特的照片。照片是怀特 77 岁那年在缅因州北布鲁克林家里由吉尔·克列门茨照的。在一间小船库里，一位白发老者坐在一把简朴的木椅上，前面是一张简朴的木桌——就是三块板子四条腿的那种木桌。窗户开向河面。怀特在用机械打字机打字，旁边别无他物，只有烟灰缸和钉子桶。不用说，那桶就是他的废纸篓。

来我这里的有方方面面的人——有作家，还有渴望当作家的，有学生，还有从前的学生——其中许多人都见过那幅照片。这些人来这里探讨写作问题，或是述说自己的生活。但往往用不了几分钟，他们的眼睛就会被伏案打字的老者所吸引。吸引他们注意力的是写作过程的简洁性。怀特所需一应俱全：写作工具、纸张，还有废纸篓，那是用来回收已写出来但并不如所愿的文字的。

从那以后，写作已经电子化了。电脑替代了打字机，删除键替代了废纸篓，还有各种其他按键可以插入、移动内容，还可以重新调整整段文章。但什么也替代不了作家。他或她还在执著于同样的老行当，说点儿其他人愿意读的事儿。这就是那张照片的宗旨——也是 30 年后的本书一成不变的宗旨。

我最初写《写作法宝》是在康涅狄格州的一间附属建筑物中，那间房子就像怀特的船库那般窄小简陋。我的工具是一只悬挂的灯泡，一台安德伍德标准打字机，大量黄色稿纸，还有一个金属丝废纸篓。那时我已经在耶鲁大学教了 5 年非虚构写作课程，我想利用 1975 年的夏天将课程写成书。

当时我正巧满脑子都是怀特。我一直将怀特视为自己写作的榜样。他的写作是那种似乎毫不费力的风格——但我知道那是付出极大努力的结果——我也想努力练就这种风格。每当我开始新的写作计划，都会先读怀特的作品，在耳畔感觉其节奏。不过我这时还有一个教学兴趣：怀特是我千方百计想要进入的这一领域中当今的冠军。《风格的要素》由怀特当年在康奈尔大学的英文教授小威廉·斯特伦克写于 1919 年。这本书对怀特影响最大，他本人后来还对该书进行了更新，使之成为独占鳌头的作家写作手册。要与之竞争难啊。

我决定不与斯特伦克和怀特的书竞争，而是采取与其互补的策略。《风格的要素》是一本充满写作要点和忠告的书：这样写，别那样写。该书并没有写如何将那些原则应用于非虚构及新闻写作的各种形式之中。而那正是我的授课内容，也是我想要在书中所传授的：如何写人物、地点、科技、历史、医学、商务、教育、体育、艺术，以及世上一切等待人们描述的事物。

《写作法宝》就这样在1976年诞生了，至今已拥有三代读者，销售过百万册。现在我经常遇见报社的年轻记者，雇用这些记者的编辑就会给他们这本书，就像当初雇用那些编辑们的编辑给他们这本书一样。我还遇见头发花白的主妇们，她们都记得大学时代老师指定这本书为必读书，结果发现该书并非像所预想的苦药那样难以下咽。有时这些读者们拿来该书的早期版本找我签名，书中的句子做有黄色标记。他们对书中所做的涂抹表示歉意。但我喜欢这样的涂抹。

美国30年来不断发生变化，这本书也在变化。我已经六次修订此书，保持与以下社会诸多方面的变化同步，包括新的社会趋势（更多人有兴趣写回忆录、商务以及科学与体育方面的内容），新的文学趋势（有更多女性写非虚构作品），新的人口分布（有更多来自其他文化传统的作家），新技术（计算机），还有新词语和用法。我还将自己不断与写作角力所获得的经验融会贯通，在自己从前未涉猎的领域写作：棒球、音乐以及美国历史。我的目的是使自己靠近读者，分享我的经验。假如读者与我的书产生共鸣，那是因为他们感觉倾听的不是英语教授，而是创作中的作家。

我作为教师的关注点也有所变化。我对造就好的写作的那些看不见摸不着的因素更感兴趣——自信、享受、意图、人格等，并且增写了章节来阐述这些价值。20世纪90年代以来，我开始在纽约的新学院大学教授回忆录与家史写作成人课程。我那些男男女女的学生们想用写作来探求他们自己是谁，以及他们身处的文化传统。年复一年，这些学生带我深入他们的生活，深入他们的渴望，为自己的所作所为、所思所感留下记录。美国似乎有一半的人都在写回忆录。

但大多数人都被这项任务的量所难倒。那么多记忆模糊的人物、事件以及情感，如何将过去连贯地记述下来，这从一开始就无从下笔。许多人几近绝望。为了给大家提供帮助和安慰，我 2004 年完成了《写自己人生》一书。该书是我对生活中林林总总事件的回忆录，但也是一本教材：随着对这些事件的记述，我阐述了自己的写作方法。这些方法适用于每一位打算探索自己过去的作者：选材、缩减、组织和语气。在本书第七版中，我已经将自己的经验写入新的章节“写家史及回忆录”。

我当初写《写作法宝》时，头脑中的读者只是人口中的一小部分：学生、作家、编辑、教师，以及想学习写作的人。我当时丝毫没有想到电子奇迹会使写作发生如此革命性的变化。20 世纪 80 年代首先出现了文字处理器，这使得计算机成为那些从未想过要当作家的人的日常工具。90 年代又出现了互联网和电子邮件，继续这场革命性的变化。当今人人都给别人写信，穿越国界和时区即时沟通。博客遍布全球。

从一方面来讲，这一新潮流是好消息。任何减轻写作恐惧的发明都同空调和电灯泡一样为民造福。但也总有不为人所道之处。没人告诫新生代电脑作家们，写作的本质就是改写。能流利地写作并不意味着能写得好。

这一前提随着文字处理器的到来得以显现。有两种相对的现象显而易见：好作家写得更好，差作家写得更差。好作家欢迎这一礼物，这样就可以不断地推敲句子——剪裁、修改、调整——而不必用打字机费力重打。差作家变得更啰唆，因为写作突然变得那么容易，屏幕上的每句话看起来都那么漂亮。这么美的句子怎么会不完美无缺呢?

电子邮件是一种即时媒体，不利于人们减速和回顾。它对于日常生活中所需的不断交流是一种理想的工具，即使写得蹩脚也无大碍。但当今电子邮件也用于大量的国际商务交际，每天有上千万电子邮件提供业务所需的信息，蹩脚的信件就会造成很大的损害，网站写得蹩脚也是如此。尽管电子产品魔力无穷，新时代仍是基于写作的时代。

《写作法宝》是一本写作技法之书，30 年来其中的原则并无改变。我不知道还会有什么更新的玩意儿会使写作在今后 30 年变得容易一倍，但我确信这些不会使写作好上一倍。写作仍需要质朴、传统、勤奋的思考——也就是怀特在船库所做的——还需要语言这一质朴而传统的工具。

威廉·津瑟

2006 年 4 月

On Writing Well

The Classic Guide to Writing Nonfiction

目录 | Contents

第一部分 原则

第二部分 方法

第三部分 形式

第四部分
心　态

On Writing Well

The Classic Guide to Writing Nonfiction

第 一 部 分

原 则

交往 第一章

康涅狄格州的一所学校曾经举办过一次“专注于艺术日”，并问我是否愿意去谈一谈专业写作。到了那里我才发现另一位报告人也在受邀之列——布洛克[①]医生（我如此称呼他）。他是一位外科医生，最近开始写作，向杂志社卖了几篇故事。他要谈一谈业余写作。这样我俩搭成一组，坐下来面对一群学生、教师和家长，个个都急于了解我们光彩的工作。

布洛克医生身着鲜艳的红上衣，看起来有点儿波希米亚风格，就像作家应有的穿戴那样。第一个问题是问他的。当作家的感觉是什么样的?

布洛克医生说写作真是其乐无穷。劳累一天从医院回家，他会直奔自己的黄色本子，将一天的紧张情绪都写掉，真是字如泉涌，容易。我却说写作不容易，并非其乐无穷。写作是一件艰难而孤独的差事，很少字如泉涌。

下一个问布洛克医生的问题是修改是否重要。他说绝对不用。“任其发展好了，”他告诫大家。发展成任何句子形式都是作者最自然的反应。我却说修改才是写作的本质所在。我指出专业作家反复修改句子，然后修改全篇。

“遇上写作不顺的时候你怎么做?”有人问布洛克医生。他说那

---

① 布洛克（Brock）在此为双关语，既是姓氏，也有“讨厌鬼、坏蛋”的意思。——译者注。全书脚注除特别说明，均为译者注释。

他就停一天，等到感觉好了再写。我却说专业作家必须定一个每日的写作计划，而且必须坚持完成计划。我说写作是技能，不是艺术，由于缺乏灵感而逃避技能的人是自欺欺人。这样的人是穷途末路。

“那当你感到沮丧或不愉快时又怎么办呢?”一名学生问。“不会影响你的写作吗?”

也许会吧，布洛克医生回答道。去钓鱼，去散步。也许不会吧，我说。假如你的工作是每天写作，你就该像做其他工作一样，学会完成每天的写作。

一名学生问我们是否觉得多交往文学界的人很有用。布洛克医生说他很享受自己作为文人的新生活。他还说他自己好几篇故事被出版商和经纪人拿到作家和编辑聚会的曼哈顿饭店的午餐会上。我说专业作家是孤独的劳作者，他们很少见其他作家。

“你在作品中用象征吗?”一名学生问我。

“我尽量避免，”我回答道。我一直都抓不住小说、剧本或是电影中的微言大义，至于舞蹈和哑剧，我也从未搞清楚其中的含义。

“我太喜欢象征了!”布洛克医生惊叹道，然后又兴致盎然地描述起自己是如何将象征编织进作品中的。

一上午就这样进行着，大家都很受启发。最后布洛克医生告诉我他对我的回答非常感兴趣——他从未想过写作竟然会艰难。我告诉他我对他的回答同样也感兴趣——我也从未想过写作竟然会容易。也许我应该像他那样操手术刀才是。

至于学生们，大家都觉得我们叫他们简直不知所措。但比起我们单独讲的话，实际上我们提供给他们更宽广的写作过程的一瞥。原因是并没有任何一种“正确”的方法来做这种个性化的工作。有各式各样的作家和各式各样的方法，任何能帮助你表达的方法，对你就是正确的。有人白天写作，有人晚上写作。有人需要安静，有人打开收音机。有人用笔写，有人用电脑写，还有人通过录音写。有人第一稿一气呵成，然后再修改，也有人再三斟酌第一段之后才能写第二段。

但所有人都敏感，都紧张。他们受难以抗拒的力量驱使，将自己的某些部分付诸笔端，但他们并不是什么出来就自然地写什么。他们是坐下来从事一种文字工作，出现在纸上的自我大不如坐下来写作的自我那么放松。问题是要发现紧张之下的真正自我。

最终，任何作家要销售的产品并非所写的东西，而是自我。我经常发现自己饶有兴趣地阅读从未想过会有兴趣的话题——也许是某种科学探索。吸引我的是作家对自己领域的热忱。他是如何被吸引进这一领域的？他对此负载的情感是什么？他的生活因此是如何改变的？要了解一位曾在瓦尔登湖独处的作家，并不需要自己也去瓦尔登湖独处一年。

这是一种个人交往，它是好的非虚构写作的核心。本书将探讨基于此种交往而产生的两项最重要的特点：人文与温情。好的写作具有一种吸引读者一段接一段读下去的生气，而这并不是什么使作者“个性化”的把戏问题。这是如何运用语言创造出最大限度清晰度和力度的问题。

这些原则能教出来吗？恐怕不能。但大多数是可以学出来的。

第二章 简洁

赘语是写作的疾患。我们的社会充斥着赘词、循环结构、浮夸的修饰，以及毫无意义的行话。

有谁能明白美国混乱呆板的日常商业用语？比如：备忘录、公司报告、商务信函、解释其最新“简化”账目的银行通知单。哪位保险或医疗计划参保成员能搞清楚手册上所解释的费用与受益情况？哪位父母能按照包装盒上的说明拼装起孩子的玩具？举国上下的趋势都是夸大其词，因而听起来显得重要。航班飞行员通告人们，他目前预感将会经历相当大的降雨，而他决不会说可能要下雨。因为这样句子就太简单了，这么说一定会有不妥之处。

但是好的写作的秘诀就是剥离每一句话中的杂物，只存留其最洁净的部分。每一个无用之词、每一个可短的长词、每一个在动词中已经表示其相同意思的副词、每一个使读者不知谁在干什么的被动语态结构——这些都是削弱句子力度的成千上万种掺杂物。而且这些通常与教育程度和官衔大小成正比。

20 世纪 60 年代，我所在的大学校长在一阵校园骚乱之后为安抚校友写了一封信。他是这样开头的，“你们也许意识到，我们经历了非常大的具有潜在爆炸性的对只是部分相关问题不满而产生的表现方式。”他的意思是学生们在诸多方面与校方纠缠不休。相比于学生们潜在的爆炸性的不满表现，我更不满于校长的英文。以下是美国联邦政府 1942 年的灯火管制令：

> 必须做好以下准备，在空袭期间，完全遮挡好所有联邦政府建筑以及联邦政府所用的非联邦政府建筑，防止内外照明暴露。

罗斯福总统设法将其改成了备忘录，他是这样改的："告诉大家遮挡好昼夜办公建筑的窗户。"我反倒更喜欢富兰克林·罗斯福总统的方式。

简洁，再简洁。梭罗就是这样提醒大家的。没有哪位美国作家像梭罗那样持之以恒地践行其布道。翻开《瓦尔登湖》的任何一页，你都能发现有人用简明质朴、有条有理的方式讲述自己的感悟：

> 我走入林地，因为我希望能明明白白地活，只面对生活的基本需求，看看是否能学到生活的教诲，而不要到临死时才发现自己并没有活过。

我们其他人又如何避免赘语以取得这种令人羡慕的自由呢？回答是，将赘语清除出头脑。清晰的思考产生清晰的写作。两者缺一不可。思维混沌的人不可能写好。他也许能写好开头一两段，但很快读者就会不知所云，而这简直就是滔天大罪，因为读者可不会那么容易就被吸引回来。

那么这个逃之夭夭的家伙，这位读者又是谁呢？读者的注意力只能持续约三十秒——有众多的力量争夺其注意力。曾几何时，这些力量还相对有限：报纸、杂志、收音机、配偶、孩子、宠物等。而今这些力量还包括星云般众多的获取娱乐和信息的电子设备——电视、VCR、DVD、CD、电子游戏、互联网、电子邮件、手机、黑莓电子产品、苹果随身听——也包括健身计划、游泳池、草地，还有最强有力的竞争对手，犯困。有些人坐在椅子上拿着杂志或书打盹，那是由于作者使其不堪重负。

我们不该说读者太笨或太懒，跟不上思路。假如读者不知所云，一般是因为作者不够细心。作者的粗心大意有多种表现。也许一句话毫无头绪，读者即使砍出一条路来，仍是一头雾水。也许一句话构造拙劣，读者可以有几种理解。也许作者在句中偷换代词、偷换时态，使读者迷失于谁在说话或事情是何时发生的。也许B句不是A句的逻辑衔接部分，作者在头脑中清楚彼此之间的关系，但却没有注意提供有效的连接词。也许作者用词错误，也不屑查词典。

面对这些障碍，读者起初还耐着性子。他们责备自己——显然是自己没读懂，然后重读费解的句子或整段，就像拼凑古代如尼文[①]一样，边猜边接着读。但这样做的时间不会长。作者叫读者太吃力了，因而读者会找寻技艺更高的作者。

因此作者必须不断地问：我想说什么？令人吃惊的是，一些作者常常不知道自己想说什么。那么他们就必须看看自己写了什么，然后问：我说过这个了吗？首次接触这个题目的读者能明白吗？如果不能，那就是其中有什么模糊不清的东西钻入其运转之中。清晰的作家一定会头脑清醒地看到那东西是什么：模糊。

我并不是说有人天生就头脑清楚、是作家的料，而其他人天生就迷糊，永远写不好。清晰地思考是一种自觉的行为，作者必须练就这一本领，就像他们做任何需要逻辑思维的事情时一样，如列一个购物单，或作代数题。好的写作并不是与生俱来的，但多数人却似乎认为如此。专业作家总是遭人挑衅，那些人会说自己也想“有朝一日写点什么”——意思是等他们从自己真正的职业退休后再写点儿什么，比如保险或地产那些难做的职业。或者他们会说，“对此我都能写一本书了。”我表示怀疑。

写作是艰苦的工作。一个表达清晰的句子绝非偶然。很少有句子是第一次甚或第三次写出来就对路。写作绝望时请记住这个。如果你觉得写作难，那是因为它确实难。

---

① rune，神秘晦涩的古代北欧文字。

5 --

is too dumb or too lazy to keep pace with the ~~writer's~~ train of thought. My sympathies are ~~entirely~~ with him. ~~He's not so dumb.~~ If the reader is lost, it is generally because the writer ~~of the article~~ has not been careful enough to keep him on the ~~proper~~ path.

This carelessness can take any number of ~~different~~ forms. Perhaps a sentence is so excessively ~~long and~~ cluttered that the reader, hacking his way through ~~all~~ the verbiage, simply doesn't know what it ~~the writer~~ means. Perhaps a sentence has been so shoddily constructed that the reader could read it in any of several ~~two or three different~~ ways. ~~He thinks he knows what the writer is trying to say, but he's not sure.~~ Perhaps the writer has switched pronouns in mid-sentence, or ~~perhaps he~~ has switched tenses, so the reader loses track of who is talking ~~to whom~~ or ~~exactly~~ when the action took place. Perhaps Sentence B is not a logical sequel to Sentence A -- the writer, in whose head the connection is ~~perfectly~~ clear, has not bothered to provide ~~given enough thought to providing~~ the missing link. Perhaps the writer has used an important word incorrectly by not taking the trouble to look it up. ~~and make sure.~~ He may think that "sanguine" and "sanguinary" mean the same thing, but ~~I can assure you that~~ the difference is a bloody big one. ~~to the reader.~~ The reader ~~He~~ can only ~~try to~~ infer ~~xxxx~~ (speaking of big differences) what the writer is trying to imply.

Faced with these ~~such a variety of~~ obstacles, the reader is at first a remarkably tenacious bird. He ~~tends to~~ blames himself. He obviously missed something, ~~he thinks,~~ and he goes back over the mystifying sentence, or over the whole paragraph,

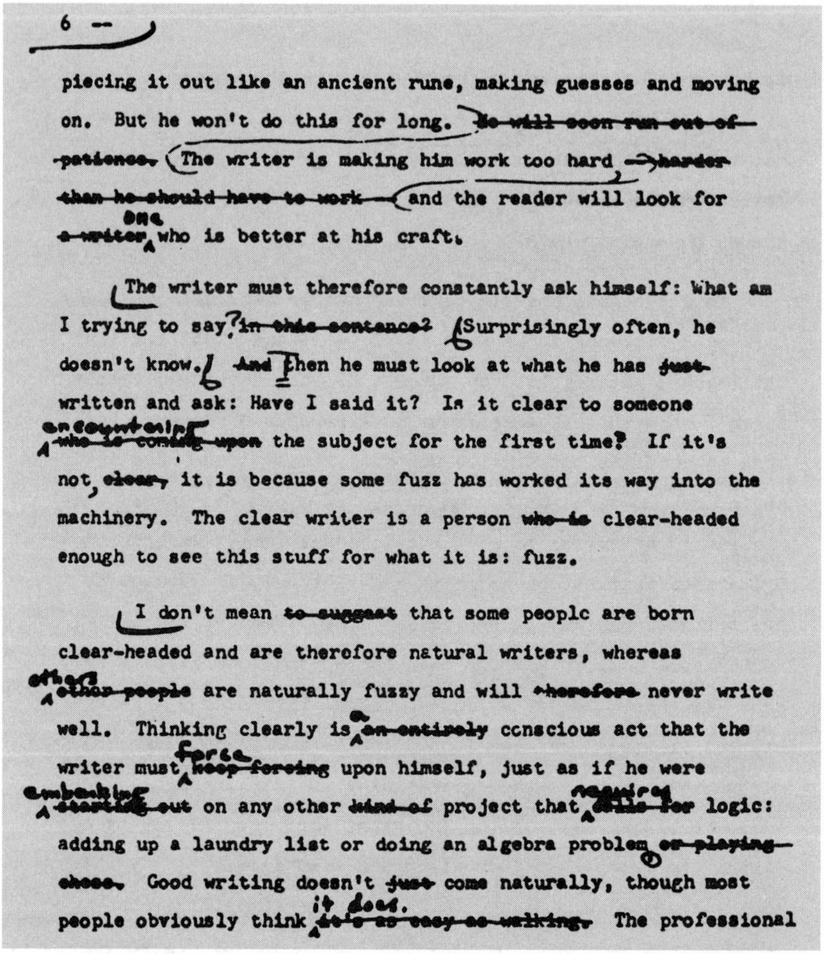
6 --

piecing it out like an ancient rune, making guesses and moving on. But he won't do this for long. ~~He will soon run out of patience.~~ The writer is making him work too hard ~~— harder than he should have to work —~~ and the reader will look for ~~a writer~~ one who is better at his craft.

The writer must therefore constantly ask himself: What am I trying to say? ~~in this sentence?~~ Surprisingly often, he doesn't know. ~~And~~ Then he must look at what he has ~~just~~ written and ask: Have I said it? Is it clear to someone ~~who is coming upon~~ encountering the subject for the first time? If it's not, ~~clear,~~ it is because some fuzz has worked its way into the machinery. The clear writer is a person ~~who is~~ clear-headed enough to see this stuff for what it is: fuzz.

I don't mean ~~to suggest~~ that some people are born clear-headed and are therefore natural writers, whereas ~~other people~~ others are naturally fuzzy and will ~~therefore~~ never write well. Thinking clearly is ~~an entirely~~ a conscious act that the writer must ~~keep forcing~~ force upon himself, just as if he were ~~starting out~~ embarking on any other ~~kind of~~ project that ~~calls for~~ requires logic: adding up a laundry list or doing an algebra problem ~~or playing chess~~. Good writing doesn't ~~just~~ come naturally, though most people obviously think ~~it's as easy as walking~~ it does. The professional

以上是《写作法宝》第一版本章终稿的两页。虽然这两页看起来像第一稿，其实已经修改和重新打过四五遍了——几乎每隔一页都是如此。每次修改我都尽力使所写的文字更紧凑、有力、精确，剔除所有无用的部分。然后再过一遍，朗读一遍，每次都惊讶地发现仍有许多赘词可以去除。（在后几版中，我去除了用来表示“作者”与“读者”的性别歧视性代词“他”。）

赘语 第三章

与赘语作斗争就像同杂草作斗争一样，作者总是稍稍滞后。五花八门的新赘语一晚上就冒出来，到中午就成了美国话语的一部分。看看尼克松总统的助手约翰·迪恩在水门事件电视听证会那天的创举吧。第二天美国人人都说“就在当前这个时间点上”，来代替“现在”。

看看披挂在动词后面但并无必要的介词吧。我们不再“领导”委员会。我们“领导起”委员会。我们不再“面对”问题。当我们能“空闲得出来”几分钟，我们“针对问题面对”它。也许你会说，那都是细枝末节，不值得烦扰。但这的确值得烦扰。写作的改进同我们能去除的赘语数量成正比。“空闲得出来”中的“得出来”就不应该有。仔细审查付诸笔端的每一个词，你会发现毫无目的的词语数量惊人。

举形容词“私人/个人的”为例，如：“我的一个私人朋友”、“他的个人感受”，或者“她的私人医生”等。这些只是成百上千可去除词语的典型代表。用“私人朋友”来区分“生意朋友”，结果使语言和友谊都贬值了。某人的感受就是那个人的个人感受——那就是“他的”的含义。至于私人医生，指的也就是被叫进突然病倒的女演员化妆室的男医生或女医生而已，这样该演员就不必由剧院指派的那种公事公办的医生来诊治了。有朝一日我倒愿意看见那人变成“她的医生”。医生就是医生，朋友就是朋友。其余皆赘语。

赘语即佶屈聱牙的词语，它排挤掉简明的同义词。甚至在约翰·迪恩之前，业界人士已经停止说“现在”。他们说“在当下”（“我们所有的操作员在当下都在帮助顾客”），或者说“在目前的这段时间里”，或者说“不久很快”（意思是“一会儿”）。其实这个意思都可以用“现在/马上”来表示目前的时间（“现在我可以见他了”），或者用“现今”来表示历史上的现在（“现今物价高涨”），或者简单用动词进行时（“在下雨”），而没有必要说“在目前的这段时间里我们正在经历降雨”。

“经历/感受”这个词是最糟糕的赘语之一。甚至连牙科医生都会问你是否感受到疼痛。而假如椅子上坐的是他自己的孩子，他就会说，“疼吗?”简而言之，他就会是他自己。他通过在职业角色中用浮夸的词语，使自己不但听起来更重要，而且还钝挫了事实中痛苦的一面。此类语言同样用于航空乘务员演示当机舱内用尽空气时氧气罩会如何落下。“假如飞行器一旦最终遭遇不太可能发生的紧急情况，”乘务员如此开始——其用语本身就够夺人氧气的了，大家都已经准备好了任何灾难的发生。

赘语是乏味的委婉语，贫民窟成为社会经济萧条区、垃圾清扫工成为废物处理人员、城市垃圾场成为减量单位。我想起比尔·莫尔丁的卡通，描述有两个流浪汉在货车车厢里。其中一人说，“我开始只是个简单的盲流，可现在是绝对失业了。”赘语是政治正确性的极端表现。我见过一则男孩夏令营广告，组织者的目的是提供“个别关注给那些极少数与众不同的孩子”。

赘语是公司官方语言，用以掩盖其错误。当 DEC 公司裁减3 000个岗位时，其告示并没提及解雇，而是称之为“不情愿之措施”。在空军发射的火箭爆炸失事后，火箭被称为“提早撞击地面”。当通用汽车公司关闭一家工厂时，那是“与产量计划相关的调整”。

破产的公司是处于"负现金流状态"。

赘语是五角大楼的语言，称侵略是"加强保护性反应打击"，对其庞大预算需求的解释是为了"反威慑力"。正像乔治·奥威尔在《政治与英语语言》一文中指出的那样——该文写于 1964 年，但在柬埔寨、越南以及伊拉克战争期间经常被引用——"政治性演讲与写作主要是为不可辩护者辩护……因而政治性语言不得不由委婉语、设问句以及纯粹的云山雾罩式的模糊语构成"。奥威尔警告说，赘语不只是恼人，而且是致命的工具。这在最近几十年间的美国军事冒险中得以证明。在乔治·布什任总统期间，伊拉克的"平民伤亡"成了"间接破坏"。

语言伪装在亚历山大·黑格将军任里根总统国务卿期间达到新高峰。在黑格之前，没人想到会说"在此成熟之机的关键时刻"来表示"现在"。他告知美国人民与恐怖主义作斗争可以用"有意义的制裁性强制手段"，中程核导弹正处于"关键性漩涡之中"。至于公众对此心存的忧虑，他的意思是"交给艾尔"，但他实际说的是："我们必须将此推到公众关注度更低的分贝。我认为在这一领域的情况没多少学习曲线可得。"

我可以继续从各行各业引出例证——每个行业都有不断增长的行话库，它们扬起尘埃，迷住大众的眼睛。但都列出来会很烦人。在此提出来的目的是引起大家注意：赘语是写作的敌人。因此要警惕并不比短词强的长词：assistance/help（帮助），numerous/many（许多），facilitate/ease（促进），individual/man or woman（个人），remainder/rest（剩余），initial/first（首先），implement/do（实施），sufficient/enough（足够的），attempt/try（试图），referred to as/called（被称为），还有成百上千更多的词。警惕所有含糊的时髦新词：paradigm（范例）与 parameter（参数），prioritize（优先考虑）与 potentialize（使成为潜力）。这些都是窒息写作的杂草。能写“与什么人交谈”，就不要写“与什么人对话”。不要写“与什么人协调配合”。

同样阴险的还有人们用于解释自己打算如何解释的各种词组：“我也许可以补充”、“应该指出的是”、“使人有兴趣注意的是”。假如你也许可以补充，就补充吧。假如有什么应该指出，就指出吧。假如使人有兴趣注意，就使它有趣好了。当有人说“那会使你感兴趣吗”之时，我们对下面所说的到底是什么不都会感到疑惑不解吗？不要胀大本无须胀大之事，如：可能除外的情形是/除外，由于这样一个事实/因为，他完全缺乏这样一种能力/他不能，直到那样一个时刻/直到，目的就是/为了……

有什么一眼就能认出赘语的办法吗？有一个办法，我在耶鲁的学生发现其行之有效。我会在一篇文章中用括号括上任何一个无用的成分。通常情况下只有一个词被括上：动词后赘的不必要的介词（命令起来），或者同动词意思一样的副词（高兴地笑），或者描述已经很清楚的事实的形容词（高高的摩天楼）。我的括号经常括上削弱句子力度的小小修饰语（有一点儿），或者诸如“在某种意义上”之类的毫无意义的词组。有时候我的括号会括上整个句子——就是那种基本上重复前一句，或者读者无须知道，或读者自己能明白的句子。大多数初稿可以砍掉一半而不损失任何信息或作者的语气。

我括上学生的浮夸词而不划掉这些词的原因，是避免冒犯其视若神明的散文体。我要完好无损地保留他们的句子，以便他们自己分析。我对学生说，“我也可能错，但我认为去掉这个地方并不影响意思。你自己决定。读一下不带括号的部分，看是否通顺。”在学期的前几周，我发还给学生的文章都是括号。整段整段都被括上。但很快学生们就学会在心里给赘语加上括号，到了期末，他们的文章就几乎没有赘语了。现今，当初的许多学生已成为专业作家，他们对我说，“我至今还能看见你的括号——它们会跟我一辈子。”

你也可以培养同样的眼力。从文章里找出赘语，无情地修剪。对所有可以去除的部分都要心存感激。重新审校你写的每一句话。每一个单词都起新作用吗？有没有什么地方虚夸、做作或者赶时髦？你是否只是因为自己觉得写得漂亮，而对那无用的部分不能割舍？

简洁，再简洁。

第四章 风格

作者努力写出简洁的句子，但总有那肿胀的怪物埋伏在暗处捣乱。有关写作初期的告诫就谈到此。

“但是，”你也许会说，“如果我去除你认为是赘语的所有部分，如果我将每一句话都剥到只剩骨头，那我还能剩下什么？”这个问题问得合理。简洁推到极致也可能会指向一种不比“狄克喜欢珍妮”和“看斯波特跑”这样的句子更复杂多少的风格。

我将首先从木匠手艺的层面回答这个问题。然后涉及更大的问题，即作者是谁，如何保护作者的身份。

很少有人意识到自己写得多么糟糕。没人向他们指出有多少过剩或含糊的词语溜进自己的写作风格中，以及它们如何阻碍了作者想说的话。假如你给我一篇八页的文章，我叫你删减到四页，你会叫喊说那做不到。然后你回家去做，结果会好得多。之后便是难的部分：删减到三页。

要点是你必须先将自己的写作拆开，然后再搭建起来。你必须知道基本工具是什么，以及其预设的作用是什么。再拿那个木匠手艺比喻为列，首先必须锯好木头，然后钉钉子。之后，你如果有雅兴，再切修棱角、添加别致的顶部。但千万不要忘记你是在练习一项基于一定原则之下的技能。如果钉子不牢，房子就会坍塌。如果动词不牢、句子结构摇晃，句子就会分崩离析。

我得承认，有一些非虚构作家，如汤姆·沃尔夫和诺曼·梅勒，他们建构起了不起的房屋。但这些作家花了许多年来学习技艺，最终才搭建起神奇的塔楼和空中花园，使我们这些从未梦想过如此装饰的人惊叹不已。他们知道自己在做什么。没人一夜间就成为汤姆·沃尔夫，就连他本人也不能。

那么首先要学会钉钉子。如果你所建房屋既结实又好用，就该对其简洁之力感到满意。

但你没有耐心去成就一种“风格”——去修饰简朴的词语，这样读者就会把你认作一种特殊的人。你只会寻觅花哨的比喻、华而不实的形容词，就好像“风格”是什么能在风格店买到的东西，是可以用装饰漆那鲜亮的颜色装饰词语的东西。（装饰漆是装修工用的彩色漆。）风格店并不存在，风格对于写作中的人是有机体，就像头发是他自己身体的一部分，或者假如他秃顶，那么就是他身体缺乏的那部分。试图添加风格就像加假发在秃头上。瞧第一眼时，之前秃顶的人看起来年轻，甚至还帅气，但瞧第二眼时——看假发时人们总会瞧第二眼——那人看起来就不对劲了。这里的问题并非是他看起来没有梳理好，他梳理得很好，我们真得敬佩假发匠人的高超工艺，问题是他看起来不像自己了。

这个问题是那些特意装点自己文体的作家的通病。你丧失的是使你自己独一无二之处。读者会看出你是否在装腔作势。读者要的是，与他们交谈之人听起来是真挚的。因此，写作的一个基本准则是：做你自己。

然而，没有什么准则比这一条更难遵循。这要求作者做到两件事，而按其新陈代谢的本能来说，这些都是难以做到的。他们必须放松，必须有信心。

叫作者放松就像在检查疝气时叫人放松一样；至于信心，看，他多么僵硬地坐着，眼睛直勾勾地盯着等待他造词儿的电脑屏幕。

看，他多么频繁地站起来找吃的或喝的。作者会想方设法躲避写作实践。我可以证明我在报社工作期间，作为记者，我每小时去饮水机的次数大大超过身体对水的需求。

如何拯救作者出苦海呢？很不幸，并没有拯救的办法。我只能安慰大家说并非只有你的遭遇如此。有些日子好过一些，另一些日子则难熬到让你绝望，不再想写作。大家都有过这些日子，而且还会有更多这样的日子。

当然，最好还是尽量减少难熬的日子。这就使我回到如何放松这个问题上来。

假如你就是那位坐下来准备写作的作者。你想到你写的文章必须具有一定的长度，不然就不会显得重要。你想到文章印出来有多么庄严。你想到那么多人阅读你的文章。你想到文章必须具有重重的权威性。你想到文章的风格必须炫目。怪不得你会浑身发紧：你在忙于想着自己甚至还未开始的文章写完之后所要承担的巨大责任。而你发誓要对这一任务称职，于是四处找大词，找那些如果你不是想刻意给人突出印象就根本想不到的词，并且一头栽进去。

第一段是一场灾难——整段话成了似乎来自机器的一系列笼统词语的组合。人是不会那样写的。第二段也好不了多少。但是第三段开始有点儿人情味，而到了第四段你开始听起来像自己了。你开始放松了。令人称奇的是，编辑会常常删掉文章的前三四段，甚至前几页，而始于作者听起来开始像自己的部分。前几段的问题不只是缺乏人情味和浮夸华丽，而是根本就没说什么，只是刻意地要写出一个花哨的前言。作为编辑，我总是在寻找说类似以下这样话的句子："我永远不会忘记那一天……"这时我就想，"啊哈！真人说话啦!"

作者用第一人称写作显然是最自然的。写作是把两个人之间密切的交往付诸笔端，写作保持人情味才会顺畅。因此我敦促人们用第一人称写作，用“我”或“我们”。但大家表示抗拒。

“说我认为什么，或者我感觉什么，那个我是谁啊?”他们问。

“不说你认为什么，那么你又是谁呢?”我回答他们，“只有一个你。没有任何其他人想的和感觉的一模一样。”

“可是没人会在乎我的观点，”他们说，“那样会让我觉得太突出了。”

“如果你对他们讲述有趣的事，他们会在乎的，”我说，“而且要用自然而然的词语讲述。”

然而，要作者用“我”并不容易。他们认为必须先赢得袒露自己情感和思想的权利，不然就会显得自以为是，或者不庄重。此类恐惧也影响了学术界，因而出现了学术性的“某人/有人”的用法（“有人不能苟同于莫尔特比博士对于人类状况的观点”），或者无人称的用法（“希望费尔特教授的专著会理所当然地拥有更广泛的读者”）。我可不想见用“有人/某人”这样的人——很乏味。我要的是对自己的话题有激情的教授来向我诉说该话题为何使他着迷。

我意识到写作中有广大领域不允许用“我”。报纸不要第一人称代词“我”用于新闻报道中；许多杂志也不要它出现在文章中；商业、社会机构不要它用在大量发送到美国家庭的报告中；大学不让把“我”用在学期论文或学位论文中；还有英语教师也不赞成用第一人称代词，除非是作为书面语的“我们”（“我们在麦尔维尔对于白鲸的象征用法中看到……”）。以上那些禁用是合理的。报纸文章就应该由客观报道的新闻构成。在学生没经过一番挣扎学会从其内在优点和外在评论评价一部作品之前，教师不希望学生避重就轻地发表意见——“我觉得哈姆雷特挺愚蠢”。我也理解教师的这些想法。“我”这个词有可能变成某种自我陶醉和自我逃避的工具。

然而，我们的社会已经变得害怕袒露自己的心声。向我们发送宣传品、寻求支持的社会机构听起来惊人地相似，但所有这些机构——医院、学校、图书馆、博物馆、动物园等——当然是由那些有不同梦想和展望的男男女女创建和管理的。这些人都在哪儿？在所有那些非人称的被动语态句子中，如“已经采取行动”和“重点已经确定”，很难瞧见他们的真面目。

即使是在不允许用“我”的时候，也有可能传达一种个性化的我的意思。政治专栏作家詹姆斯·赖斯顿在专栏写作中并没用“我”，但我却很清楚他是什么样的人，对其他很多随笔作家和记者，我也可以这么说。好作家在字里行间是看得见的。如果不允许你用“我”，写作时至少要用“我”思考，或者第一稿用第一人称写，然后再把“我”去掉。这样能预热你的非人称风格。

风格与心理绑在一起，写作的心理机制根深蒂固。我们表达自己的特有方式，或由于“作者心理阻滞”而没能表达好自己的原因，部分埋藏于潜意识心理中。作者心理阻滞的种类就像作家种类一样多，我也没有捋清它们的意图。这是一本薄书，我的名字也不叫西格蒙德·弗洛伊德。

但是我也注意到避免“我”的新理由：美国人在言辞上不愿意冒任何风险。我们的上一辈领袖们直言不讳自己的立场和信仰，现今的领袖们却千方百计地巧用词语逃避这一宿命。看看他们如何在电视采访中拐弯抹角，就是不立场鲜明。我记得有一次福特总统向一行来访的商人保证他的财政政策会奏效。他说：“每月我们所看见的是不断增亮的云彩，此外别无他物。”我对此的理解是那云彩还相当黑。福特的句子含义模糊不清，等于什么也没说，却给他的选民打了镇静剂。

后来的当局者们也并没有起色。国防部长卡斯帕·温伯格在

1984年评价波兰危机时说："有继续严重关注的余地，而且形势仍然严重。严重的形势持续越长，严重关注的余地也就越多。"老布什总统被问及他对有关突击步枪问题的立场时说："有不同的群体认为可以禁止某种枪支。我不在其列。我是在那些深刻关注者之列。"

不过我的全能冠军当属70年代身为四任主要内阁成员的艾略特·理查森。很难确定从他那模棱两可的句子宝库中选哪一句，还是看这句吧："但是呢，均衡地来讲，我认为少数族裔及妇女维权行动还是取得了一定的成果。"① 一句13个单词的话中就有5个词含义模糊。在现代公共话语中，我给它最空泛句子一等奖，但与其媲美的还有他分析如何消除生产线工人单调乏味的句子："这样呢，最后，我形成一个坚定的信念，我在开始提到过：就是这个问题太新，无法最终判断。"

那就是坚定的信念吗？像摇摇晃晃来回摆动的年迈拳击手这样的领袖不能鼓舞信心——也不配鼓舞信心。作家也是如此。推销你自己，你的题材就会发挥自己的吸引力。相信自我身份，相信自己的见解。写作是一种自我行为，你得承认这一点。要全力以赴使自己不断向前。

① 原文如下：And yet，on balance，affirmative action has，I think，been a qualified success.

第五章 读者

在你面临如何保护自我身份的问题之后，很快会出现另一个问题："我在为谁写作?"

这是一个基本问题，也有一个基本的回答：你是在为自己写作。不要预想谁是你广大的读者群。没有那样的读者群——每一位读者都与众不同。不要猜想编辑要出版什么样的东西，或者你认为国人有情绪读什么。编辑和读者并不知道想读什么，他们是读了之后才知道的。不过，他们一直在寻找新东西。

假如你心血来潮想制造点儿幽默，不要担心读者是否能"明白"。假如你在写的过程中感到那个幽默逗人，就放进去。（幽默总能取出来，但只有你才能放进去。）你写作主要是取悦自己，如果你写起来感到一种享受，你也会给值得为之写作的读者带来快乐。假如你失去呆头呆脑的凡夫俗子们的喜爱，那你本来就不需要他们。

这似乎自相矛盾。我开始警告说读者是不耐烦的鸟儿，栖息在干扰或困顿的危险边缘。现在我说你必须为自己写作，不要为读者是否跟随而烦恼。

我谈的是两个不同的问题。一个是技能，另一个是态度。第一个是掌握确切技能的问题。第二个是你如何运用技能表达个性的问题。

在技能方面，如果失去读者是由于糟糕的写作技艺，那是不可原谅的。如果读者读了一半你的文章而打瞌睡是由于你疏忽了某些技巧性的细节，那就是你自己的错了。但在大问题上，诸如读者是否喜欢你，或者喜欢你说的，或喜欢你是怎样说的，或同意你说的，或认同你的幽默感或你对生活的展望，你一刻也无须对读者感到烦恼。你就是你，他就是他。你要么与读者合得来，要么就合不来。

这似乎还是自相矛盾。你如何能小心翼翼地想着不失去读者，同时还能不在乎读者的看法呢？我向你明确说明这是两码事。

首先，努力掌握好工具。简化、修剪，全力以赴谋篇。把这想成一种机械行为，这样很快你造的句子就会变得更简洁。这一活动决不会变得像刮胡子或抹沐浴露那么机械，你总得思考运用各种各样工具的方式。但至少你的句子是建在扎实的原则基础之上的，而你失去读者的机会也会大为减小。

然后将另一个问题看做一种创造性的活动：如何表达你是谁。放松，说你自己想说的。既然风格就是你是谁，你只需要忠实于自己，这样就会发现自己的风格逐渐从日积月累的赘语和瓦砾下冒出来，每天变得更具特色。也许这种风格需要几年才能落实为你自己的风格、你自己的声音。就像需要时间发现自我，作为一个人，使自己独具风格也需要时间，而且你的风格随着年龄的增长会发生变化。

但是不论在什么年龄，写作时都要做你自己。许多老作家仍然以他们在二三十岁时的热忱写作，显然他们的想法仍年轻；另一些老作家无边际地漫谈，不断重复自己，其风格预告他们已经成了惹人厌的唠叨鬼。许多大学生写作时就像他们是枯燥乏味的 30 年老校友。决不要在写作中说你平常交谈时不习惯说的。假如你平常不习惯说“确实”或“再者”，也不习惯称别人为“个体”（“他是一位出色的个体”），就请不要那样写。

一起来看看下面几位作家是如何将自己的热情和妙想付诸笔端并以此为乐，而不在乎读者是否有共鸣的。第一个节选自《母鸡：

赏析》，是怀特于1944年第二次世界大战的高峰撰写的：

> 鸡在城里人那儿不总享有一种荣耀的地位，虽然我注意到鸡蛋是在源源不断地产出。眼下母鸡受宠。战争神化了她，使其成为后方的宠儿，在会议桌上受到赞美，在每个吸烟车厢里受到表扬。她那少女般的气质和奇特的习惯成为激动的农业专家们的话题，而昨天母鸡对他们来说还很陌生，毫无荣耀和诱惑性。
>
> 我个人对母鸡的感情早在1907年就开始了，自那时起，无论顺境还是逆境，我对她始终忠实有加。我们俩的关系并不容易保持。最初，我还是个孩子，住在精心规划的市郊，我得算计邻居和警察；我的鸡就像一家地下报纸那样，得严密地看护好。后来，我长大成人，住在乡下，我得算计城里的老朋友，他们大多数只把母鸡看做是滑稽剧中突然出现的喜剧性道具……他们的鄙视只会增添我对母鸡的忠诚。我做到了忠贞不渝，就像新郎对待受到自己家人公开嘲讽的刚过门的新娘一样。现在该我来面带微笑了。我听着城里人咯咯叫着高谈阔论，他们突然间拿起母鸡作为社交话题，空气中充斥着他们新发现的痴迷和知识，还有新罕布什尔红鸡与怀恩多特花边鸡的相对迷人之处。从他们异常兴奋的惊叹和赞扬声中，你会觉得那些母鸡就是昨天在纽约郊区孵出来的，而不是在遥远过去的印度丛林里。
>
> 对养母鸡的人来说，一切有关家禽的传说都激动人心，无限神奇。每年春天我都会静下心来拿出我的农场日志，以同样痴迷的面部表情，阅读有关如何准备育雏暖房的古老故事……

有人在写我根本不感兴趣的题目，然而我却十分喜爱这篇文章。

我喜欢其风格的简洁美。我喜欢其韵律，喜欢其意想不到但又令人耳目一新的词语“神化”、“诱惑”、“咯咯叫”，还有那些细节，如怀恩多特花边鸡和育雏暖房。但我主要喜欢的是，这儿有一个人毫无掩饰地向我讲述他与家禽始自 1907 年的恋爱史。文章充满人性与温存，三段之后我对这位母鸡爱好者是何许人也就相当了解了。

再选一位风格与怀特大相径庭的作家。此人嗜好奢华词语，并不神化简洁句。但他们在坚持个人观点不动摇和想什么说什么方面堪称兄弟。此人就是 H. L. 门肯。他在 1925 年夏天报道了臭名昭著的“猴子审判案”，被审判者是一位名叫约翰·斯科普斯的年轻教师，因为他在田纳西州自己的教室里教了进化论。以下是报道的节选：

> 在田纳西州代顿一个炎热的夏日，他们审判了离经叛道的斯科普斯，但我是自觉自愿去到那里的，因为我很想见识一下仍在活动中的福音基督教派的情形。在共和国的大城市里，尽管虔诚的圣徒们不断努力，该教派的发展还是停滞不前，内在活力消耗殆尽。就连主日学校的学监们都偷偷地从收音机里听爵士乐，摇晃起防火的腿①；他们的学生正进入青春期，荷尔蒙剧增，也不再报名去非洲做传道工作，而是和人拥抱、亲吻起来。虽然那伙人试图处斯科普斯以极刑，但我发现甚至在代顿也有一股反律法主义的味道。村里的九座教堂在礼拜日都半空，院子里满是杂草。只有两三个当地牧师运用他们怪异的神学知识还维持着运转；其余牧师不得不为邮寄裤子生意接单，或者在附近的草莓地里干活儿；我听说还有一位做了理发匠……进

① fire-proof legs，宗教隐喻，指教徒需要赴汤蹈火才能通过炼狱到达天堂。

> 村正好十二分钟，我被一位基督徒拉住，带我去喝坎伯兰牧场酒，那是一种半玉米酒、半可乐的混合酒。那酒对我就像一剂难喝的药，但我却发现代顿的先知们兴致勃勃地一饮而尽，喝完抓抓肚皮、翻翻眼珠子。他们都热衷于“创世记”，但他们的脸喝得太红，显然不属于禁酒者之列，而一旦有女孩轻盈地走过大街，他们会不约而同地把手伸向自己的领结，就好像自己应该同那些好谈情说爱的电影明星为伍。

这就是纯粹的门肯，充满电涌般的动力，同时又显得漫不经心。翻开他的书，几乎在每一页，他所述说的都一定会激怒其同胞自诩的虔诚。美国人将自己的英雄、教堂、教化之法——特别是禁酒令——都沐浴在神性之中，而这些对门肯只是一口永不干枯的虚伪之井。他向政客和总统投掷的最重磅炸药——如他所描绘的“大天使伍德罗·威尔逊[①]”，仍烧灼纸页——至于基督教信徒和神职人员，他们绝对是以江湖骗子和蠢货的面目出现。

门肯能够摆脱 20 年代种种异端邪说似乎是个奇迹；在那个年代，英雄崇拜已成为美国的宗教，基要派圣经地带[②]的人们自以为是的愤怒从东到西四处渗透。他不但摆脱了那个年代，而且成为他那代人最受尊重、最有影响力的记者。他对后来非虚构作家的影响不可估量，而且至今其专题文章似乎仍清新依旧，就像是昨天才写的。

门肯大受欢迎的秘密——除了他令人炫目的美语用法之外——就是他在为自己写作，而毫不在乎读者会怎么想。人们倒不一定需要分享他的偏见，欣赏他兴高采烈、尽情的表达。但门肯从不胆小怕事或含糊其辞；他不向读者叩头或讨好任何人。当这样的作家需

① 伍德罗·威尔逊（Woodrow Wilson，1856—1924）：美国总统（1913—1921），推进民主改革，颁布禁酒令，经历第一次世界大战，后获诺贝尔和平奖。

② the Bible Belt，美国南部、中西部基督教基要派教徒多的地带。

要勇气，但受尊重、有影响的记者正是诞生于这样的勇气。

向前移到我们自己的时代，下面是一本叫《如何在本地生存》的节选。该书的作者詹姆斯·赫恩登在其中描述了自己在加利福尼亚州当初中老师的经历。在美国萌芽的有关教育的所有严肃书籍中，对我来讲，赫恩登的书最好地捕捉到了教室里的实情。他的风格与众不同，但他的声音真挚。下面是该书的开头：

> 我还是以皮斯顿开始吧。可以把皮斯顿描绘成一个红头发、中等身材、胖胖的初二学生，他的突出特点就是固执。无须细说，马上显而易见：皮斯顿不想做的，皮斯顿不做；皮斯顿想做的，皮斯顿做。
>
> 这倒不是什么大问题。皮斯顿主要想画画，画怪物，在油印纸空白处画设计图，然后打印出来，偶尔写恐怖故事——一些孩子称他为食尸鬼——而当他不想做这些事时，就在走廊里溜达，偶尔（我们听说）检查女生的卫生间。
>
> 我们有一些小冲突。有一次我叫所有学生坐下，听我要说的话——有关他们在走廊里的行为举止。我允许他们在走廊里来回走动，但不要大声喧哗，这要靠大家的自觉（我打算这么说），我不想从其他老师那里听到此类事情。问题是首先得坐下——我坚持每个学生先坐下，然后我再说话。皮斯顿一直站着。我又重新发令。他并不理睬。我指着他说我在跟他说话。他表示他听见我的话了。随后我问他究竟为何不坐下。他说他不想坐。我说我就是要他坐下。他说那对他不起作用。我说无论如何必须坐下。他说为什么？我说因为我是这么说的。他说他不坐。我说，看着我，我要你坐下听我说我要说的。他说他在听呢，我会听但我不坐下。
>
> 唉，这就是学校有时会发生的事。作为教师的你会对一件

事鬼迷心窍——我是受伤的一方，通常向学生赐予闻所未闻的自由，而他们通常是在那儿得寸进尺。喝咖啡时间回到办公室，听某人说你们班的谁和谁未经允许在走廊里闲逛，向我班里的孩子做鬼脸、打手势，当时我正在上有关埃及那一课的最重要部分——这可不是啥乐事——应该允许你说某种固执己见的话，大多数学生也会听，坐下来听你说，但偶尔总会有人跟你拧劲，拒绝屈从于没有必要的事……我们怎么会弄到这步境地？我们应该扪心自问。

在同一句中使用“ain't”和“tendentious”[①]，引用而不用引号，这样的作者当然知道自己在做什么。这种看起来毫无匠心然而却充满匠心的风格，对于赫恩登的写作目的是理想的手法。这种风格避免了充斥于诸多写作中的矫揉造作，而这些作者的工作也是很有价值的；它还为更丰富的幽默和常理提供了更广阔的空间。赫恩登听起来是一位好老师，我喜欢与他为伍。但最终他还是在为自己写作：一个人的读者。

“我在为谁写作？[②]”本章开始的这个问题惹恼了一些读者。他们想让我用更正式的文体“我在为何人写作？[③]”但我说不出口。那不是我的风格。

---

① 原句中同时用了“ain't”（俚语）、“tendentious”（正式用语），因而故意造成文体反差。

② Who am I writing for? 通常用语。

③ Whom am I writing for? 正式用语。

词语 第六章

有一种可以称为新闻体的写作，在任何风格的写作中，它的存在都将扼杀文章的新鲜度。这是报纸以及像《人物》之类的杂志通用的语言——一种由廉价词语、编造词语以及陈词滥调构成的混合体。这类词语广泛流行，作者想不用都难。你必须坚决抵制这些词语，否则你写出来就会像个雇佣文人。如果你不培养一种对词语的尊重和对语义细微差别着迷的兴趣，就不可能成为留有印记的作家。我们的语言拥有丰富有力而灵活的词汇。要花时间发掘，找到自己需要的词汇。

何为“新闻体”？那是用其他词性的词语临时补缀在一起的被子。形容词用作名词（“greats”大人物，“notables”名人），名词用作动词（“to host”主办），或者名词削掉一部分构成动词（“enthuse”充满热情，“emote”强烈地表现），或者名词加后缀构成动词（“beef up”强化，“put teeth into”全身投入于）。在这个词语世界里，大人物是“famed”（著名的），他们的同事是“staffers”（职员），未来总是“upcoming”（即将到来），有人总是“firing off”（发射）外交照会或看法。串在一起如下：在美国多年来已经没有人再发照会、备忘录或电报了。著名外交官康多莉扎·赖斯邀请了外国名流来振作国务院高级职员的士气，她坐下来发射出一串串照会。这些发射出去的照会总是以义愤的态度和坐立的姿势发的。发射用的武器为何物，我从未弄清楚过。

下面是一本著名新闻杂志里的一篇文章，读起来累人的程度无可比拟：

> 去年二月，便衣巡警弗兰克·赛尔皮科敲开一个布鲁克林海洛因毒品贩子嫌疑人的家门。当门开了一条缝，赛尔皮科硬挤进去，当头就遭遇一颗22毫米口径手枪子弹打进脸部。他竟然活了下来，但头部仍有碎片嗡嗡作响，造成眩晕和永久性左耳失聪。同样痛苦的是，有人怀疑他被其他警察故意立为射击的靶子。原因是35岁的赛尔皮科独自一人在掀起一场四年的战争，反对习以为常、流行肆虐的腐败。他和其他同事认定那腐败充斥于纽约市警察局。他的所作所为现在正像冲击波一样传遍纽约最精英级别的……虽然调查委员会即将到来的报告的影响还有待感受，赛尔皮科没有多少希望……

即将到来的报告还有待感受，因为报告只是即将到来；至于永久性失聪，下结论还为时过早。而什么使得那些嗡嗡作响的碎片嗡嗡响呢？目前只有赛尔皮科的头会嗡嗡作响。但除了逻辑上的懒惰用法外，这篇报道读起来累人的原因是，作者失误于除了用最眼前的陈词滥调外别无他词。“硬挤进去”，“当头就遭遇”，“打进脸部”，“独自一人掀起战争”，“腐败充斥于”，“像冲击波一样传播”，“纽约精英”——这些单调乏味的词语构成了最平庸的写作。我们知道这类文章中会有什么，其中毫无给人以惊喜的惊人之语或微妙的面貌。我们落在了平庸的雇佣文人手里，而且会立即发现这一点。于是我们就不往下读了。

不要使自己陷入如此境地。避免的唯一办法是特别小心用词。假如你发觉自己在写“有人近来经受了一场病痛来袭”或者在写“某个行业一直在经受下滑”，那么问问你自己他们如何能“享受”

这些[1]。留意其他作家选词的方式，对你自己从大量的词汇中选取的词眼光要挑剔些。写作中的比赛不是看快，而是看独创性。

养成习惯，不但要读今天作家写的，还要读前辈大师从前所写的。写作学自模仿。如果有人问我是怎么学会写作的，我会说我学写作是通过阅读那些在做我也想做之事的男男女女们的作品，同时竭力琢磨出他们是如何实现的。但要按照最佳样板来培养自己。不要以为文章登在了报纸杂志上就是好文章。马虎大意的编辑在报纸上司空见惯，这经常是由于时间紧张，而那些惯用陈词滥调的作者所面对的编辑们，看了太多这类词，已经失去了辨别能力。

还要养成使用词典的习惯。我最喜欢用的方便词典是《韦氏新世界词典》大学第二版。当然如同所有词语迷一样，我还拥有更厚的词典，在查特别词语的时候，使我受益匪浅。如果你对词义有疑问，查一查。查清词源，注意词根衍生出来的种种有趣的分支。看看该词是否有你所不知的意思。掌握词与词之间构成同义词的细微差别。哄骗、劝诱、奉承和诱骗之间都有什么区别？给自己弄一本同义词词典。

别瞧不起那本鼓鼓的词语集合库《罗格同义词词典》。人们很容易将其看做是一本滑稽可笑的书。例如，查“恶棍”，你会被与“流氓、无赖”有关的词语所淹没，只有词典编撰家才能魔法般地再现几个世纪的相关词汇，如“不公正”、“精神错乱”、“堕落”、“流氓作风”、“放荡”、“脆弱”、“罪恶滔天”、“恶名昭著”、“猥亵”、“腐败”、“邪恶”、“坏事”、“再犯”，还有“罪恶”。你会找到“恶棍”与“地痞”、“歹徒”与“犯罪分子”、“堕落者”与“坏蛋”、“流氓”

---

① enjoy是“享受、享有”的意思，后跟正面意义的名词，前面两句的“经受”用的也是“enjoy”一词，作者用此来表示有些词常被误用。

与“强盗”、“骗子”与“饭桶”、“无赖”与“流氓”、“悍妇”与“荡妇”。你会找到与其搭配的形容词、副词和动词来描述犯错误者是如何犯错误的，还有交叉参照引向其他腐化与罪恶的灌木丛。有《罗格同义词词典》在身边是刺激活跃记忆的最好朋友。它节省你在大脑的纹络系统中寻找的时间，去找到就在你嘴边的词——光在嘴边可不行。《罗格同义词词典》对作者来说就好比韵书对歌词作者，能够提醒你、帮你选词，你应该充满感激地用它。假如你发现流氓（scalawag）和饭桶（scapegrace）这两个词，想知道彼此的区别，那么就去查词典。

还要记住，在你选词、串词的同时，要注意词语听起来如何。这似乎荒唐：读者是用眼睛阅读。但事实上，他们能听见自己在阅读，其程度比你所想的要大得多。因此，韵律与头韵之类的事对句子至关重要。前面一段就是一个典型的例子——它也许不是最好的，但毫无疑问是最眼前的。显然，我喜欢组合一些词语，如 ruffians 和 riffraff、hooligans 和 hoodlums，比起只提供一个简单的词语单来，读者也更喜欢我这样组合。他们不只是喜欢词语的组合，而且还欣赏为了娱乐大家所做的努力。然而，他们并不是用眼睛欣赏。他们是用内在的耳朵听词语。

E. B. 怀特的《风格的要素》一书，每位作者都应该一年读一遍。怀特在其中做出了令人信服的说明。他建议对那些存留了一两个世纪的词语，尽量重新组合一下，比如托马斯·潘恩的名句“这是考验人的灵魂的时代”：

> 这样的时代考验人的灵魂。
>
> 生活在这个时代是多么考验人啊！
>
> 这是考验人的时代，考验的是灵魂。
>
> 这是关乎灵魂的，是考验人的时代。

潘恩的词语像诗，其他四句像燕麦粥，这就是创作过程非凡的神秘之处。好的散文作家必须是半个诗人，总是听自己所写的。怀特是我最钟爱的风格文体学家之一，因为我意识到自己是与一位注重语言节奏和音调的人在一起。我（用耳朵）喜爱他用词语构成的图案，变出一个一个句子。我尽力猜想他是如何改写句子，重新组合，使句子结束时仍留有余音的；他如何选一个词而不用另一个词，目的是追求一种情感分量。比如就像“宁静”（serene）和“寂静”（tranquil）之间的区别——一个非常轻柔，另一个却令人吃惊地不安，因为有 n 和 q 这两个不寻常的音。

这种对于声音和韵律的考量应该包括在你的所有写作之中。假如你写的句子都以同样慢腾腾的步伐行进，甚至连你自己都发觉这是致命的弱点，但不知如何治愈，那就朗读出来。（我完全凭耳朵写作，在将自己的作品公布于世之前总是通读一遍。）这样你就会听见问题出在何处。看看自己能否获得某些文体上的变化，方法是通过颠倒句子结构，或替换上新颖、奇特的词，或改变句子长度，这样句子就不会听起来像是出自同一台机器。偶尔一个短句能发挥巨大的作用。它会长久萦绕于耳。

记住，词语是你所拥有的唯一工具。学会有独创性地、谨慎地用词。同时也要记住：有人在那儿倾听。

On Writing Well

The Classic Guide to Writing Nonfiction

第 二 部 分

方 法

第七章 统一性

要写好就得实践，此乃至理名言，其言名在于其理真。要写好的唯一办法就是强迫自己保证每天都写。

你若是为报社工作，要求每天写两三篇文章，六个月后你的写作能力就会大为改观。这并不是说你就此成为作家，你的文笔也许还会杂乱无章、充斥陈词滥调，但你在练习如何将语言付诸笔端、增强自信心、发现最常见的问题。

一切写作最终都是在解决问题。这个问题也许是到何处去寻觅事实，或是如何组织材料；也许是方法、角度，或是语气、风格。无论如何，你都得面对问题，解决问题。有时你会苦于找不到解决方案而绝望。你会想，“就是活到九十岁，我也摆脱不了这个困境。”我自己就常这么想。一旦解决了问题，我就像外科医生一样去除了第 500 个阑尾。这些我都经历过。

统一性是好的写作的保障。所以首先要明了各个部分的统一性问题。统一性不仅能避免读者晕头转向、误入歧途，还能满足读者潜意识中渴望秩序的需求，保证一切都在掌控之中。因此，在诸多变量中做出选择，坚持你的选择始终如一。

选择之一是人称代词的统一性。你是以亲历者的第一人称，还是以旁观者的第三人称写作？或是以第二人称写作？这第二人称可是体育记者的宠儿，是海明威惯用的技法。（“你知道这次一定是巨人之间最刺激的冲撞，之前你绝对没从直播间见过，不过你不再是乳臭未干的臭小子了，一定扛得住！”）

另一个选择是时态的统一性。大多数人习惯于用过去时写作。（“有一天我去了波士顿。”）而另一些人用现在时写作得心应手。（“我现在就坐在扬基有限公司的餐车里，火车缓缓进入波士顿站。”）但如果时态换来换去，就会使人手足无措。这并不是说你只能用一种时态；时态选择的最重要目的是能够使作者处理好时间的种种变化，从过去到假设中的将来。（“从波士顿车站打电话给母亲，我这才意识到假如我告诉她我将到来，那她就会等我了。”）但是，面对读者你必须选定一种主干时态，在这之间可以瞻前顾后。

还有一种选择是语气的统一性。你可能想用悠闲随意的语气面对读者，就像《纽约客》所竭力打磨的那样。也许你想用一本正经的方式向读者描述一件大事，或陈述一系列事实。两者都行。其实，任何一种语气都行，但是不要两三种混搭。

对于还没有学会掌控的作者来讲，这种要命的混搭司空见惯。游记是最明显的例子。“我和妻子安娜一直想去香港，”一位作者这样开始，往事历历在目，“去年春天的一天我们偶然看见一幅航空公司的招贴画，于是我说，‘咱们去旅游！’孩子们都长大了。”这位作者这样写，然后继续兴高采烈地详细描述他和妻子如何转停夏威夷，如何在香港机场兑换钱出笑话，如何找到旅店。好！他亲身带我们旅游，我们也切身体会到他和妻子的经历。

但突然他转向旅行手册。“香港可为好奇的观光客提供众多令人神往的体验，”他这样写。“你可以从九龙乘华丽的渡轮，观看无数舢板在拥挤的海港疾驶，而感到惊叹不已；或者花一天时间逛一逛传奇的澳门街巷，体验其作为走私密谋老窝的斑斓历史。你还可以乘老式缆车爬上……”然后作者又写回到自己和妻子找中餐馆吃饭，一切又都不错。大家都喜欢那儿的饭菜，随后作者又讲述了一段自己的历险经历。

之后作者突然在写导游手册："进入香港，首先要有有效护照，但无须签证。一定要接种甲肝疫苗，按照医嘱看是否需要接种伤寒疫苗。香港的气候适宜，只是七月和八月……"作者本人和妻子安娜都不见了，很快——大家也都不见了。

并不是说疾驶的舢板和注射肝炎疫苗不能写进去。烦扰读者的是作者并没有确定文章的写作样式，也没有明确如何面对读者。他以不同的面貌，冲着读者就来，想到什么材料就用什么材料。其结果不是掌控好材料，而是被材料所掌控。假如他花一点儿时间确立好统一性，一切就不会这样了。

因此，写作前问自己几个基本问题。例如："我要以什么身份面对读者?"（记者？信息提供者？普通男人或女人?）"我要用什么人称和时态?""我要用什么文体?"（客观报道？个人但正式？个人而随意?）"我对材料采取什么态度?"（介入式？疏离式？裁判式？反讽式？娱乐式?）"我要写多少?""我要强调的唯一要点是什么?"

最后两个问题特别重要。多数非虚构作家都有定性情结。他们觉得自己有义务使自己的文章具有最终的定性结论，这关乎题材、荣誉以及写作的神圣性。这种反应的确令人称道，但并不存在什么最终结论。今天你所认为定性之事晚上就会变为不定，而作家孜孜以求每一个事实细节，到头来却发现自己只是在追逐彩虹，永远坐不下来写作。没人能"针对"什么笼统的事写出一本书或一篇文章。托尔斯泰并不能针对战争与和平写出一本书，梅尔维尔也不能针对捕鲸写出一本书。他们所做的，只是针对时间和地点，以及针对那些时间地点中的个别人物，缩减自己的选材，描述出统一的故事——一个人追逐一条鲸鱼。每一个写作计划在开始前都必须缩减。

因此，往小里想。首先确定题材中的哪一角是你想啃掉的，然后全力以赴，仅止于此。这也是精力与士气的问题。庞大的写作计划会耗尽你的热情。热情是你保持写作得以进行和保持吸引读者的动力。你的激情一旦开始退潮，读者会第一个知晓。

至于你想强调什么要点，每一部非虚构作品都应该留给读者一个他们自己从前没有过的发人深省的想法。不需要两个或五个——只需要一个。那么首先确定你想留在读者脑海里的唯一要点是什么。这不但会指明你该走的路，你所希望达到的目的地，还会影响你所采取的语气和观点。有些要点最好是用严肃认真的风格，有些含而不露，另一些则幽默诙谐。

一旦确定了各部分的统一性，你就能融任何材料于框架之中。假如那位去香港的游客选择完全用聊天的语气描述他和妻子安娜的经历，他就会找到一种自然的方法融会贯通地向大家讲述九龙渡轮以及当地的天气情况。他个人的秉性和目的也将完整无缺，文章也会浑然一体。

但经常发生这样的事，写作之前自己已经确定好了一切，结果却发现所确定的并不对。素材开始将你引向未曾预见的方向，而你觉得用另一种语气写更舒服。这很正常——写作行为本身会激发一连串你从未预想过的念头或回忆。假如你感觉对，就不要逆流而上。相信素材，它会引领你进入你并无意踏足的地带，那里的气氛对头。顺势调整你的风格，继续前行直达你的目的地。不要做预设计划的囚徒。写作并不恭维蓝图。

假如拘泥于原计划，文章的后部分就会与前部分严重脱节。但至少你知道哪一部分忠实于自己的本意。这时就可以进行修补。回到开头，重写那个部分，这样你的基调和风格就会从头到尾统一起来。

这并没什么丢人的。剪刀和糨糊——或者电脑上相同的功能——是值得尊敬的作家的工具。切记：无论你组合得好坏，每一个部件都必须统一到你最终所搭建的大厦之中，不然整座大厦就会坍塌。

第八章 开头与结尾

文章中最重要的句子是第一句。如果第一句不能吸引读者继续读到第二句，那么你的文章就死定了。而如果第二句不能吸引读者接着读到第三句，那也同样是死定了。句子如此排列，每一句都向前拖着读者，直到读者上钩，作者就是这样建构至关重要的文章单位：“开头”。

开头应该多长？一段还是两段？四段还是五段？没有现成的答案。有一些开头只用几句鱼饵就巧妙地钩住读者；另一些则慢悠悠地走上几页，形成缓慢但稳定的引力。每一篇文章都提出不同的问题，唯一有效的检验是：开头是否好使？你的开头不一定是最佳开头，但如果它完成了该做的工作，就要心存感激，继续写。

有时候开头的长度依你为其写作的读者而定。文学评论的读者期望作者以某种发散的方式开始，他们会跟进这些作家，欣赏和玩味他们将在文章的何处露面，以及这些作家如何悠闲地转悠，最终才到达目的地。但我要告诫你，不要指望读者会跟进多久。读者想很快知道文章里有什么是他们感兴趣的。

因此文章的开头首先必须立即抓住读者，迫使他继续阅读。它必须诱惑读者，给读者以新鲜感、新奇感、悖论、幽默、惊奇，或者与众不同的想法、有趣的事实、某个问题等。什么都行，只要它能激发读者的好奇心，拽住他的袖子。

其次，开头必须言之有物。它必须提供坚实的细节，告知读者为何写这篇东西以及读者为何一定要读它。但不要耽搁在原因上。多哄诱读者一会儿，保持他的好奇心。

继续建造。每一段都应该增益前一段。多考虑增加坚实的细节，少考虑取悦读者。但要特别注意每一段的最后一句话——那是迈向下一段的关键跳板。尽力给这句话多一点点幽默或惊奇，就像在单人喜剧的惯例中时而出现的“妙语”。让读者微笑，这样你就至少赢得读者再读一段。

让我们看几个开头，它们的节奏不同，但所保持的紧迫感却类似。我先以自己的两篇专栏文章为例。这两篇最初登在《生活》和《看》杂志上。根据读者的评议，这两份杂志的消费者主要的阅读场所是理发店、美发沙龙、机场，以及医生的诊室（“有一天我在理发，看见了你的文章”）。我提此事是想提醒大家，大多数期刊阅读是在吹风机下而不是在台灯下进行的，因此作家没有多少时间可以用来闲扯。

第一个例子是一篇题为《阻止福特鸡肉香肠》的文章开头：

> 我常想知道热狗里面有什么。现在我知道了，但却希望并不知道。

只有两个短句，但读者不继续读第二段都难：

> 我的麻烦开始于农业部颁布热狗成分之时——这些成分就是指热狗中法律上允许的所有成分——农业部是应家禽业要求而颁布热狗成分的，以放松其条件使鸡肉也可以包括在内。换句话说，福特鸡肉香肠能在法兰克福香肠的领地找到幸福吗？

以上用一句话解释了该专栏文章所基于的事件。然后是一段妙语来恢复轻松的语调。

> 农业部就此分发了问卷，得到的 1 066 份回答多数带有敌

意。按照这些回答，这个想法本身就不可思议。公众的情绪被一位妇女恰到好处地激发起来，她大声疾呼："我才不吃家禽肉呢，绝不。"

又一个事实，一个微笑。每当你有运气得到一个这样有趣的引语时，想办法用上。这篇文章接着细化了农业部所说的可以做热狗的成分——一连串的材料，包括"牛、羊、猪或者山羊的可食性肌肉，可取自膈膜、心脏或者食管部分……（但不包括）唇部、口鼻部或者耳部肌肉"。

从这里继续向前——期间不由自主地稍稍探讨一下食管肌肉问题——然后进入这场家禽业利益与法兰克福熏猪牛肉香肠业利益之间的争议，接着引入要点，那就是美国人会吃任何哪怕是稍微有点儿像热狗的东西。最终的暗示是，推而广之，美国人不知道，或者不在乎自己吃的食物里究竟是什么。该文的风格保持轻松，带一点儿幽默。读者开始受其离奇的开头吸引，但结果发现内容要比预期的严肃。

下面是一个慢节奏开头的例子，它吸引读者的主要是好奇心而非幽默感，文章叫《感谢上帝，球迷们》：

按常规，谁都不想看第二眼——甚至连一眼都不想看——来自棒球投手伯利·格兰姆斯出生地威斯康星州澄湖那片滑溜溜的榆树皮，但是那片树皮现在陈列在纽约州库珀斯城国家棒球博物馆和荣誉堂里。标签的说明显示，这就是格兰姆斯在比赛中嚼的那种树皮，意在"增加唾液以便抹在球上投唾沫球。棒球湿的时候会以迷惑人的方式沿弧线飞向本垒板"。这也许是美国今日可提供的最无趣的事实之一了。

但棒球迷们不能以常理来衡量。我们沉迷于比赛的细节，

> 凭着自己对曾看过的球手的比赛记忆，在余生里对此唠叨个没完。因此没有一条细节是无关紧要的，每一条细节都将我们重新与球手相连。我这个岁数正好能记得当时的伯利·格兰姆斯，还有他那湿乎乎的球迷惑性地飞向本垒板，而当我发现他的树皮时，便全神贯注地研究起来，就好像遇见了罗赛塔石碑“原来他是这么干的”，我边想边仔细观察那片诡异的植物残片。“滑溜溜的榆树！真见鬼。”
>
> 这只是我儿时闲逛那座博物馆时所遭遇的几百件事之一。恐怕没有其他博物馆对我们的过去会产生如此特别的心路历程……

读者现在被稳稳当当地钩住了，作者任务中最难的部分到此结束。

引这个开头的一个原因是提醒大家，文章的救星常常并不在于作者的风格，而是在于某些作者能够发现的奇异的事实。我去到库珀斯城，在博物馆里花了一整个下午记笔记。四处都有怀旧的搅扰，我崇敬地盯着卢·格里克的衣帽箱和博比·汤姆森的赢球棒。我坐在取自波罗球场的大看台座椅上，用未钉鞋钉的鞋底刨着来自埃贝茨球场的本垒板，尽心尽职地抄写所有可能有用的标签和说明。

“这些是泰德完成环绕各垒跑时踏本垒板穿的鞋，”一条标签如是说，标明那双鞋为泰德·威廉姆斯在他最后一次棒球赛中打那次出名的本垒时所穿。那双鞋的状况比沃尔特·约翰逊穿的那双要好得多——后者的鞋边都烂开了。但文字说明恰好提供了棒球迷想要的某种合理性解释。“当我在场上投球时，脚必须舒服，”了不起的沃尔特说。

博物馆五点关门，我回到汽车旅馆，对脑子记的和查询的内容都很放心。但直觉告诉我第二天上午还要回去转一圈，而就在这一次我才注意到伯利·格兰姆斯滑溜溜的榆树皮，使我灵机一动将其作为理想的开头。它至今还有效。

这个故事的启示是，你所收集的素材应该总是比你将要用到的多。每一篇文章的坚实度需要你从充裕的细节中选取少量最适合你的部分得以保证——所收集的材料越多越好。但在某一个时间点上，你必须停止调研，开始写作。

另一个启示是扩大你的材料范围，而不是只研读显而易见的材料，访谈显而易见的人。看看各种标记、告示牌，以及沿路边涂写的形形色色的垃圾广告。读读包装上的标签、玩具说明书、药品说明，还有墙上的涂鸦。读读每月从电力公司、电话公司以及银行飞来的那一张张自负自大的账单。读读菜单、目录以及二等邮件。在不起眼的报纸缝隙间寻觅，比如星期日房地产一栏——通过人们想要的房屋露台，就可以分辨出这个社会的秉性。我们每天的景观充斥着荒诞的奇文轶事。要注意这些。它们不但具有重要的社会意义，而且足够新奇，可避免写出与众趋同的文章开头。

说到与众趋同的文章开头，有许多种我情愿永远见不到。一种是作未来考古学家状："当某个未来考古学家偶然发现了我们的文明遗迹时，他对这个自动唱机又会做出何种结论呢?"甚至连这家伙还未出场，我就已经厌倦他了。我也同样厌倦来自火星的客人："假如有来自火星的生物降落在我们的星球上，他会惊奇地看见一群群衣着单薄的地球人躺在沙滩上烤着肌肤。"我厌倦了"不久前的一天"碰巧发生的巧事，或者方便地编一个最近周六的午后："不久前的一天，一个鼻子像纽扣状的小男孩正在新泽西州帕拉默斯郊外的空地上与他的小狗泰里一同散步，这时他看见有什么怪怪的像气球的东西升出地面。"而且我非常厌倦那种"有共性"的开头："约瑟夫·斯大林、道格拉斯·麦克阿瑟、路德维格·维特根斯坦、舍伍德·

安德森、博尔赫斯、黑泽明都有何共性？他们都喜爱西部片。”咱们还是让未来的考古学家、火星来客以及纽扣状鼻子男孩退下吧。尽量给你的开头以新鲜的视角或细节。

请思考下面的开头，琼·迪迪翁撰写的这篇名为《洛杉矶 38 区罗曼大街 7000 号》的文章：

> 罗曼大街 7000 号坐落在雷蒙德·钱德勒和达希尔·哈米特的那些崇拜者所熟悉的洛杉矶区域：在好莱坞的下方，日落大街南面，由“模范影业公司”、仓房、两户一幢的平房所构成的中产阶级破旧街区。由于派拉蒙、哥伦比亚、德西露、赛缪尔·高德温等影业公司在附近，住在这周围的许多人多少与电影业有联系。比如，他们都曾洗印过影迷照片，或者认识琼·哈洛的美甲师。罗曼大街 7000 号看起来像是一个褪了色的电影外景地、一幢彩色建筑物，上面的现代艺术装饰斑驳陆离，窗户现在不是被木板封住就是被六角形网眼镀锌网格封上，而在入口处的夹竹桃中，一块胶皮脚垫上写着：欢迎。
>
> 实际上这里并不欢迎谁，罗曼 7000 号属于霍华德·休斯，大门锁着。休斯家族的“传播中心”坐落在这哈米特-钱德勒领地晦暗不明的阳光下，这情形不禁使人怀疑人生的确是一部电影脚本。休斯家族帝国在我们那个时代是世界上唯一一个工业综合体——多年来它拥有机械制造、外国石油钻探工具分部、酿造厂、两家航空公司、大量不动产持股、一家主要影业公司、一家电子与导弹企业——而所有这些都由一个人经营，他的工作方法极像电影《夜长梦多》中的人物。
>
> 碰巧，我就住离罗曼 7000 号不远，我特意时不时驾车路过那里，我猜想那种心情同亚瑟王学者们拜访康沃尔郡海岸一样。我对霍华德·休斯的民间传说感兴趣……

我们希望这篇文章能引导人们略见休斯是如何经营的，并对司芬克斯之谜给予一些提示——而真正拽我们进入文章的则是不断递增的充满怜悯之情与已逝辉煌的细节。认识琼·哈洛的美甲师与影业辉煌的联系太微不足道，并不欢迎谁的欢迎垫子已成为影业黄金时代的稀奇遗物。在那个时代好莱坞的窗户并没有被镀锌网格所封，那只公鸡由迈耶、德米尔、扎纳克等巨子掌控，人们可以确切地看见他们行使巨大的权利。我们要想知道更多的内容，那就得继续读。

另一个办法就是讲故事。这个办法很简单，显而易见而且简便易行，而我们却常常忘记使用这一现成之法。叙述是吸引注意力的最古老、最有力的方法，人人都想听故事。想方设法以叙述的形式传达信息。下面的开头是埃德蒙·威尔逊对发现死海古卷的记述，那些古卷是现代所发现的最令人震惊的古代遗物之一。威尔逊并没有花时间搭建平台。这可不是那种“从早餐到床铺”的叙述模式，没经验的作者才用此类模式，他们叙述一次钓鱼的行程从天亮前闹钟响起开始。威尔逊直入正题——啪！我们的注意力一下就被抓住了：

> 1947 年早春的某一天，一个叫穆罕默德狼人的贝都因男孩在死海西岸的悬崖边放山羊。正当他向上爬去追走散的羊时，发现了一个以前从未见过的山洞，便随意向里面扔了一块石头。里面传来奇怪的破碎声。男孩吓了一跳，逃走了。但他后来同另一个男孩又回到那里，一起探索了那个洞穴。里面的一些坛子的残片之中有几个高高的陶土坛子。当他们取下碗形的盖子的时候，坛子里发出很难闻的气味，那气味来自坛子内部的深色长方形块状物。他们将块状物弄出洞穴，看见这些东西被厚厚的亚麻布包裹着，外面还涂了黑黑一层似乎是沥青或蜡的东西。两个人摊开里面的东西，发现是长篇手稿，以平行栏目的形式撰写在缝在一起的薄卷上。虽然这些手稿已经退色，有些

地方已经破碎，但大体上相当清晰。他们发现其文字并非阿拉伯语。他们对手稿疑惑不解，将其保留下来，迁居到哪儿都随身带着。

这些贝都因孩子属于一个非法走私的帮派，他们将山羊和其他物品从外约旦走私到巴勒斯坦。他们向南转了一大圈，为的是绕过由海关人员荷枪实弹把守的约旦桥，并将物品漂过河去。他们现在正在去伯利恒的路上，去那里的黑市卖东西……

然而关于如何写开头并没有什么固定的规则。在别让读者跑掉这一宽泛的规则之内，所有作者都必须以最自然的写作方式和最适合自己的方式处理自己的题材。有时你可以用一句话讲出整个故事。下面是七部令人难忘的非虚构书籍的开场白：

世界伊始，上帝创造了天和地。

——《圣经》

在罗马历699年之夏，即基督出世之前的公元55年，高卢总督盖尤斯·尤利乌斯·恺撒将他的目光转向了不列颠。

——温斯顿·S·丘吉尔，《英语国家历史》

将此字谜拼起来，你会发现牛奶、奶酪与鸡蛋、肉、鱼、豆与谷类、绿叶菜、水果与根茎菜，这些构成了我们每日所需的基本食物。

——厄玛·S·龙鲍尔，《烹饪之乐》

对于马努斯岛的土著人，世界就是一个大盘子，周边向上卷，底部是平坦的泻湖村子，那里高脚屋就像长脚鸟一样站立，平静安宁，不受潮涨潮落的影响。

——玛格丽特·米德，《在新几内亚长大》

这个问题在美国女性心里埋藏搁置多年，无人问津。

——贝蒂·弗里丹，《女性的奥秘》

在五或十分钟之内，不超过这个时间，其他三个人打电话给她，问她是否听说那里出事儿了。

——汤姆·沃尔夫，《太空英雄》

你所知道的比你认为的要多。

——本杰明·斯波克，《育儿经》

以上是针对如何开头的一些建议。现在我要讲一讲如何结尾。知道何时结束一篇文章的重要性是大多数作者始料不及的。你应该像选择第一句话一样充分考虑如何选择最后一句话。好吧，也可以说几乎要一样充分考虑。

这也许难以置信。假如读者开头就跟上你了，随着你转过死角，越过颠簸地带，当结尾就在眼前，他们当然不会离你而去。当然，他们会离去，因为眼前的结尾结果只是幻景。就像牧师的布道辞一样，本来是建构成一系列完美的结局，但却永远不结束，一篇文章在该停之处不停那就讨人厌了，因而是失败之作。

我们大多数人仍然是年少之时作文老师灌输给我们的教条的囚徒：每一篇故事都必须有一个开头、中间和结尾。我们至今仍能想象出那种提纲，以罗马字母为主干标记（Ⅰ，Ⅱ以及Ⅲ），画出我们将忠实地踏上的路线图；然后是次主干标记（Ⅱa 以及Ⅱb），标示出我们将短暂探寻的次要路径。但我们总是许诺要回到第Ⅲ部分，总结我们的旅程。

这种方式适用于对自己的基础没把握的小学生和中学生。它迫使学生认识到每一篇作品都应该有一个逻辑严谨的设计。这个教条值得让任何年龄的人都知道，甚至连专业作家跑题的频率也常常比他们自己所愿意承认的严重得多。但是如果你打算写出好的非虚构作品，你就必须摆脱第Ⅲ部分死死的控制。

当你看见屏幕上出现始于“总而言之，人们注意到……”这类句子，或者“那么我们从中能够收获何种结论呢?”这类问题，你就知道已经是到了第Ⅲ部分。这些信号预示你将以压缩的形式重复你已经详细说过的内容。这时读者的兴致开始动摇，你业已建立起来的张力开始松弛。然而你还是想要忠实于波特小姐，你的老师，她让你发誓对神圣的提纲效忠。于是你提醒读者什么是总而言之可以被注意到的。你又重新搜罗一遍你已经举证过的结论。

但读者能听见你费力转动的声响。他们会注意到你的所作所为，以及这些作为使你感到多么无聊。他们感到愤愤不平的颤动。你为何不多想想打算如何结束这篇东西?你在结尾的总结难道只是因为你觉得读者太笨，不明白你的要点吗?你还在不停地转动。但读者另有选择。他们撤了。

以上是记住文章最后一句重要性的负面理由。不清楚这句应置于何处会毁了一篇好端端的文章；本来这篇文章通篇结构严整，只是最后阶段出了问题。写好结尾的正面理由是，最后一个好句子——或最后一个好段落——本身应给人以快乐。它给予读者向上的力量，待文章结束时，它仍令人回味。

完美的结尾应该稍微给读者一点儿惊奇，而且要恰到好处。读者不希望文章结束得太快，或者太突然，或者是重复说过的。好的结尾读者一看便知。就像好的开头，它好使。它就像舞台喜剧中落幕前的最后一句台词。我们正在一场剧的中间（我们认为如此），突然一位演员说了些滑稽、夸张或者警句之类的话，舞台灯光随之熄灭。我们惊讶地发现这场戏结束了，随后为其奇妙的结束方式感到愉悦。使我们愉悦的是剧作家完美的掌控。

对于非虚构作者，将其归纳为规则的最简单方法是：当你准备好停止之时，停止。如果你已经陈述完所有事实而且强调了你要强调的要点，赶紧找最近的出口。

经常只需要几句话就可以结束一切。理想的状况是，这些句子应该概括文章的中心思想，最后的结束句应该以其得体性和意料之外的效果震动人心。这里举例说明门肯是如何结束他对卡尔文·柯立芝总统的评价的。柯立芝总统对国民“客户”的吸引力是，其“政府几乎不统治国民，因而杰斐逊的理想最终得以实现，杰斐逊的信徒们兴高采烈”：

> 我们最受苦之时并非白宫像宿舍一样平静的时候，而是有那么一个无能的保罗在房顶叫喊时。除去哈定这个无足轻重的总统外，柯立芝博士的前任是个救世主，后两任也是如此。觉醒了的美国人不得不在这几位和柯立芝之间选出一位，他们还有片刻可犹豫的吗？柯立芝当政期间无惊天动地之举，但也没有头疼之事。他没什么主意，因而也不讨人厌。

这五个短句很快就送读者上了路，而且读者走时还带着令人发醒的思绪。柯立芝没主意因而也不讨人厌这个想法，不禁给读者留下一种享受回味的余地。这的确好使。

我在写作中经常做的是将事件带回到一个循环中——也就是在结尾敲响回音，同开头曾响起的音符呼应。这样可以满足我的对称感，也愉悦读者，达到共鸣，完成我们共同踏上的征程。

但一般来讲，最有效的是引语。回头翻看自己的笔记，找出某些给人以结束感的、或者滑稽的、或者增加某种意想不到的最后细节的语句。有时它会在访谈期间蹦出来——这时我常想“结尾就是它了！”——或者在写作过程中出现。60 年代中期，伍迪·艾伦正在确立自己作为美国专职神经质艺人的名声，他在夜总会演独角戏。当时我为杂志撰写第一篇长文，记述了他的到来。那篇文章的结尾是这样的：

> “如果大家看完演出，欣赏我这个人，”艾伦说，“而不是仅仅喜欢我的笑话；如果他们看完演出，无论我说什么，他们还想听我说，那么我就成功了。”按照其回头客来判断，他的确成功了。伍迪·艾伦就是那位知己先生，而且他似乎注定要多年把持这一特许演出权。
>
> 但他的确也有自己的问题，在美国无人分享，无人欣赏。“我一直被一个事实所困扰，”他说，“那就是我母亲真的特别像格劳乔·马克斯①。”

这里有一句话来自那么遥远的左派领地，没人料想到它的出现。它所承载的惊奇是巨大的。这样的结尾难道会不完美吗？假如有什么使你感到惊讶，它也会使你的读者感到惊讶——和愉悦，特别是当你结束故事和送他们上路之时。

---

① 格劳乔·马克斯（Groucho Marx，1890—1977）：美国喜剧演员，电影、电视明星，以机敏闻名。

零零碎碎 第九章

这一章包括零零碎碎的小小忠告，涉及方方面面——像大家所说的那样，我将其收集在一把伞下。

动词

要使用主动语态动词，除非没有能绕过被动语态动词的捷径。主动动词与被动动词风格之间的区别，从清晰度和力度上来讲，对于作者就是生与死的区别。

“乔看见他了”语气强。“他被乔看见了”语气弱。第一句简短而精确，它对于谁做了什么不留任何疑问。第二句必然冗长并且还有一种枯燥乏味的特性：有什么事被某人向另一个人做了。而且该句还有歧义。他被乔看见多少次？一次？每天？每周一次？包含被动结构的风格会消耗读者的精力。没人会真正明白有什么被谁向谁实施了。

我用“实施了”这个词，因为它是那种被动语态作者喜欢用的词。他们更喜欢用带拉丁语词根的长词，而非简短的盎格鲁-撒克逊词——这就增加了麻烦，使句子更粘连。简短比冗长好。在林肯第二次就职演讲词中的 701 个单词中（这本身已经是用词经济的奇迹了），其中 505 个单词是单音节词，122 个是双音节词。

动词是你所有工具中最重要的。动词推进句子，给句子以动力。主动动词推得紧，被动动词时时拖。主动动词还能使人预见某种活动，因为此类动词要有代词（“他”），或名词（“那个男孩”），或某个人（“斯科特太太”）将其付诸行动。许多动词在其意象或声音中还带有含义的暗示：闪耀，耀眼，旋转，欺骗，分散，昂首阔步，拨弄，纵容，烦恼。恐怕没有其他语言具有如此巨大的动词供给、如此鲜亮的色彩。不要选一个乏味或勉强够用的动词。用主动动词激活句子，避免用那种需要尾部带介词才能完成任务的动词。不要说“set up a business”，可以说“start or launch a business”（开始一项事业）。[1] 不要说“公司总裁下台了”。他辞职了吗？他退休了吗？他遭解雇了吗？要准确。要用准确的动词。

如果你想看主动动词如何给写就的词以活力，不要只回到欧内斯特·海明威、詹姆斯·瑟伯或亨利·大卫·梭罗那里。我推荐英王詹姆士一世钦定《圣经》和威廉·莎士比亚。

副词

多数副词是不需要的。假如你选用一个意思确切的动词，然后再加一个带有同样意思的副词，你就会搞乱句子，惹恼读者。不要告诉人们收音机嘟嘟叫地响，“嘟嘟叫”已经包含响的意思。不要写有人紧紧地咬牙，咬牙本来就是紧紧的，别无他法，不必再用“紧紧地”。在不经意的写作中，强力动词反复被多余的副词所削弱。形容词和其他词性的词也是如此：“毫不费力地容易”，“有一点儿艰苦”，“完全使人目瞪口呆”。“目瞪口呆”一词的美感就在于它暗指某种完全彻底的震惊，我无法想象有人会部分地目瞪口呆。假如有什么事容易到毫不费力，直接用“毫不费力”好了。那么什么叫

① 这里的动词都是“开始做”的意思，前者为动词短语，更口语化，后者更简明、标准。

“有一点艰苦”？也许是和尚享用的铺满地毯的单间吧。不要用副词，除非这些词的确起作用。求你不要以“获胜的运动员咧嘴大笑”之类的表达来报道新闻。

在讨论此类问题之时，让我们停止使用“决定性”地以及其含义模糊的远亲们。每天我在报上都会看到某些局势决定性地变好，另一些则决定性地恶化，但是我从来都不知道好转的程度有多么决定性，或谁做的决定，就如同我从来都不知道某个“特别公平”的结果会有多么特别，或者是否相信一个“具有争议性的真实”的事实。“他是纽约大都会队有争议性的最好投手，”得意洋洋的体育记者如此写道，渴望达到帕纳塞斯艺术圣山的高度，而瑞德·史密斯却从没用“争议性”之类的词就达到了。这名投手是该队的最佳投手吗？——这可以通过论证加以证明。如果能，请省略“争议性”这个词。或者他也许是最佳投手？——这样此观点就具有争议性了。恕我坦言，我也不知道。这实际是个难以定夺之事。

形容词

多数形容词也是不需要的。像副词一样，它们四处喷洒在句子中，这些作家也不停下来想想那些概念早已在名词中了。此类散文到处充满险峻的峭壁和花哨的蜘蛛网，或者表达某些颜色已经不言自喻之物的颜色的形容词，如黄色水仙、褐色泥土。如果你想对水仙做一番评价，选一个诸如“艳丽”之类的词。如果你所处的乡间的泥土是红色，尽管用红土来形容。这些形容词才能起到名词本身起不到的作用。

多数作者几乎是无意识地在其散文之壤播撒形容词，使其更茂盛和漂亮；句子变得越来越长，他们充斥其中的有诸如“威严的榆树”、“活泼的小猫”，“老道的侦探”，“沉睡的泻湖”等等。这是习惯性地用形容词，你需要摒弃这个习惯。并非每棵橡树都是节节疤疤的。只为装饰而存在的形容词对于作者是自我放纵，对于读者则是负担。

同样，规则很简单：让形容词起到需要起的作用。“他望了望灰蒙蒙的天和黑压压的云，决定驶回港口。”深暗色的天和云是做出此决定的原因。假如告诉读者房子毫无光彩或者女孩儿美丽很重要，那就直接用“毫无光彩”和“美丽”。这些形容词会具有恰到好处的力量，因为你已学会节俭地使用形容词。

小修饰语

剪掉修饰你感觉如何、怎么想以及你看见什么之类的小词儿：一点儿、某种、颇为、相当、很、太、非常、在某种意义上，还有几十种更多的此类词语。这类词语会冲淡你的风格和说服力。

不要说你有点儿困惑、有种累的感觉、有点儿郁闷、有些儿烦恼，就直说困惑、累、郁闷、烦恼。不要用小小的胆怯去围绕你的散文。好的写作精练而自信。

不要说你不太满意，因为旅馆相当贵。说你不满意，因为旅馆贵。不要告诉大家你相当幸运。那有多幸运？不要将一件事描述为颇为壮观或很了不起。“壮观”和“了不起”之类的词是不受度量的。“很”、“非常”表示强调是个有用之词，但它也常常是个赘词。没有必要称某人很有条理。他要么有条理，要么就是没条理。

更大的问题是权威性问题。每一个小修饰语都会削减读者的部分信任。读者要作者相信自己并且相信自己所说的。不要减弱这个信念。不要有点胆量。要有胆量。

标点符号

这里只是有关标点的一些粗略想法，决没有将其作为入门读物的意思。假如你不知如何句读——其实许多大学生也不知——找一本语法书吧。

句号：有关句号没有太多可说的，只是多数作家没有及时用到位。如果你发觉自己无望地陷入长句之中，那也许是因为你试图在合理的情况下让该句做更多的事，也许想要表达两个不相似的想法。解决的最快办法是将一句断为两个甚至三个短句。在上帝眼里，句子可接受的最短长度并无规定。好作家当中，短句为主，但别跟我提诺曼·梅勒——他是个奇才。假如你要写长句子，也得首先做个奇才。或者至少要保证，从头到尾，在句法和标点上，所写的句子都要可控，这样读者才知道在弯弯曲曲的路径上的每一步他所处的位置。

感叹号：不要用感叹号，除非你必须要造出某种效果来。感叹号营造了一种煽情的气氛，例如描写初入社交界的少女评论只让她个人激动的事件时所表现出来的扣人心弦的激动："爸爸说我一定是喝了太多的香槟了!""但说实话，我当时能跳一晚上舞!"这些句子中的感叹号敲击着我们的头脑，使我们感到事情是多么好玩、多么美妙，但我们大家因此而遭的罪比这些句子所给予的好处要多。因此要与之相反，造好句子，使词序起到你要强调的作用。同时也要抵制用感叹词来通知读者你在开玩笑或用讽刺语。"我从未想到水枪也可以上膛!"读者对你提醒这是滑稽的一刻会感到恼怒。同时他们也被剥夺了自己发觉其好玩的乐趣。幽默通过低调陈述可以取得最佳效果，而感叹词却没有任何微妙之处。

分号：这个标点符号有一种陈腐的19世纪气息。我们将它与小心翼翼的平衡句，以及康拉德、萨克雷、哈代深思熟虑的"从一方面看来"和"从另一方面看来"之类的词组联系起来。因此分号对于现代非虚构作者来说应该慎用。然而我注意到在本书我所引的段落中分号相当经常地出现，而且我自己也常用它——一般是用来针对句子的前部分增加相关的想法。虽然如此，分号带给读者的，假如不是停止，至少也是个停顿。因此要谨慎使用分号，切记它会将你想奋力达到的21世纪初的动力放慢到维多利亚时代的节奏。要依靠句号和破折号。

破折号：不知为何，这个极为宝贵的工具被广泛认为是不太适用的——就像一桌温文尔雅的好英语晚餐上的土包子。但他却有完全的会员资格，并且能使你摆脱许多尴尬境地。破折号有两个用法。其一是在句子第二部分详述或说明你在第一部分陈述的某个想法。“我们决定继续走——还有100英里路，我们可以及时赶到吃晚饭。”破折号凭其形状本身就可以推进这句话，解释他们为何要继续走。其二涉及两个破折号，将长句中解释性的想法分开。“她告诉我上车——整个夏天她都在要我剪头发——于是我们静静地驶向城里。”本来需要一个单独句子来处理的解释性细节，现在顺便被利索地解决了。

冒号：冒号看起来变得比分号更陈旧，其许多功能已经被破折号所取代。在类似于罗列一连串项目之前起到纯粹的暂停作用方面，冒号仍然很有效。“介绍手册上说，船将在以下港口停泊：奥兰、阿尔及尔、那不勒斯、布林迪西、比雷埃夫斯、伊斯坦布尔和贝鲁特。”类似这样的功能，哪一个标点符号也抵不过冒号。

语气变化词

学会尽快警醒读者前一句之后发生的任何语气变化。至少有几十个词可以完成此项任务：但、不过、然而、仍然、还、反而、因而、所以、同时、现在、之后、当今、随后，以及更多。如果你改变方向时用“但”开始，那么毫无疑问，读者在理解一句话时会多么容易。但与此相反，如果他们必须等到最后才意识到你改变了语气，那将会多么难。

我们很多人都被教导说每一句话都不该以“但”开始。假如这就是你所学的，那抛弃它——在开始处没有比它更强的词了。它宣告同之前的句子形成完全的反差，这样读者就事先准备好了这一变化。如果你想缓解一下太多以“但”开始的句子，就转为用“然而”。然而，这是一个弱性词，需要审慎地放置。不要以“然而”开始句子——它会像一片湿洗碗布挂在那儿。也不要以“然而”结束句子——到那时它已经失去了其“然而性”。将其置于合理早的部位，就像我刚才一样将其置于三句话之前。这样其突兀性就变成了优点。

“不过”的作用与“但”几乎相同，但其意思更靠近“仍然”。在英语中，这两个词都可以置于句首——“不过他还是决定去”或者“不过他仍然决定去”——来替代概述读者已被告知有关内容的一个长长的词组：“尽管所有危险都已向他指出这一事实，他还是决定去。”查清句中的所有位置，看此类短词可否同时表达与冗长、乏味的从句一样的意思。“我反而乘了火车。”“我还是不得不羡慕他。”“就这样我学会了抽烟。”“因此见到他是容易的。”“同时我与约翰谈过了。”这些轴心词节省了多少膨胀的词语啊！（这里的感叹号表明我真是这个意思。）

缩约词

如果你使用像“I’ll”（我将）、“won’t”（不会）、“can’t”（不能）这样的缩约词来自然而然地适应你所写的，你的文风相对于你的性格会变得更温和、真挚。“我将很高兴见到他们，如果他们不生气的话”比起“我将会很高兴见到他们，如果他们不会生气的话”

就不那么生硬。（大声朗读后一句，你将听见它有多做作。）并没有什么规定反对这种非正式用语——相信自己的耳朵和直觉。我只建议避免使用那种容易混淆的形式——读者在搞清楚是哪个意思之前很可能已经深入到句子里。经常是其含义并非读者所想到的意思。还有，不要自己造缩约词，这会降低你的文风。坚持用你在词典中能查到的。

概念性名词

在差的写作中，表达某种概念的名词得到广泛使用，而不是诉说某人做了什么的动词。这里有三个典型的僵死句子：

> 常见的反响是不信任的嘲笑。
>
> 茫然的冷嘲热讽并不是对于这个旧体制的唯一反应。
>
> 当前校园的敌意是变化的征兆。

这些句子的怪异之处在于句子里没有人。句子里也没有实意动词——只有“是”或“不是”。读者想象不出有任何人进行活动；所有意思都非人格化地包含在某种概念模糊的名词里：“反响”、“冷嘲热讽”、“反应”、“敌意”。变一变这些冷冰冰的句子，叫人动起来：

> 多数人只是以不信任的态度嘲笑。
>
> 一些人对旧体制报以冷嘲热讽；另一些人……
>
> 很容易注意到变化——你会看到所有学生有多么气愤。

我修改过的句子也没有跳跃出什么活力，部分原因是我想使劲揉成形的材料是不成形的面团。但至少这些句子里有了真人和真动词。不要陷入拎了一满袋抽象名词的窘境。那样你会沉入湖底，永无出头之日。

蔓生的名词串儿

这是一种新美语疾患，它将两三个名词串在一起，而实际上用一个名词——或者更好一点儿，一个动词——就够了。现在没人走向破产；我们只是有资金领域问题。天不再下雨了，而只是有降雨活动或者雷暴可能性的天气。求求你啦，让雨下来吧。

现今有多达四五个概念性名词附加在一起的情况，就像一个分子链。这里有一个我最近发现的绝好样本："促进交际技能发展干预"。看不见一个人，也没有任何实意动词。我想这是一个帮助学生提高写作能力的项目。

夸大其词

"客厅看起来就像那里爆炸了一颗原子弹，"写作新手这样描述一场失控了的晚会之后星期天早晨的情景。好吧，我们都知道他是在夸张，想造出点儿滑稽效果，但我们也都知道原子弹根本就没在那儿爆炸，什么炸弹也没有，也许水弹除外吧。"我感觉就好像十架747 喷气式飞机飞过我的头顶，"他写道，"我真想跳出窗户自尽。"这些戏谑之语会戏谑出格——这位作者早已出了界线——读者也早已感到昏昏欲睡，无可抵御。这就像被一个不停地背诵打油诗的人缠住了一样。不要夸大其词。你不会真想跳出窗户。生活中真正可怕滑稽的情形多得很。让幽默悄悄潜入，我们几乎听不见它的到来。

可信度

可信度对于作者同对于总统一样脆弱。不要夸大一件事，不要言过其实。如果读者抓住你在竭力扮假为真，哪怕只有一句虚假的陈述，你所写的一切就会遭到怀疑。这个风险太大，不值得一试。

口述

在美国有许多写作是通过口述完成的。行政主管、公司高管、经理人、教育家以及其他官员们所想的是高效利用时间。他们认为将什么“写”下来的最快办法是向秘书口述，也不用再看一眼。这实际是得不偿失——他们节省了几个小时，却毁坏了自己的人格。口述的句子很容易夸大其词、拖泥带水、废话连篇。业务繁忙，避免不了口述的公司高管们至少应该抽出时间编辑一下自己口述的内容，减词加词，保证最后落实到文字的内容能够真实反映他们的特点；特别是那些要给客户的文件，客户们会依照其文风判断其人格和公司的情况。

写作不是竞赛

每一位作者的出发点不同，去往的目的地也不同。然而，很多作者被同一种想法困扰得不知所措，他们认为自己是在与其他也在写作之人或许写得更好之人竞争。这经常发生在写作课上。缺乏经验的学生会不寒而栗地发现，自己同班的同学在校报上都已署过大名了。但为校报写文章并不算什么太高的资历。我经常发现为校报写文章的兔子们往往被勤勉地移向掌握写作技能这一目标的乌龟们所赶超。同样的恐惧也捆绑了自由撰稿人，他们看见其他作者的文章出现在杂志上，而自己的作品却不停地遭到退稿。忘掉竞争，按照自己的步调走。你唯一的竞赛是同你自己比。

潜意识心理

你的潜意识心理活动对写作的贡献比你想的要多。你经常会花一整天的时间试图在语词的灌木丛中杀出一条路，你感到似乎自己羁绊在那灌木丛中没救了。而第二天早上当你重新投入进去，往往会有好办法出现。在你睡眠之时，你那作者的大脑并没有休息。一个作者会一直工作。对你周围的动向保持警觉。经过几天、几个月、甚至几年，通过你潜意识心理活动的渗透，正当你的有意识心理活动劳作于写作之时，急需之刻，你所看见、所听见的大部分都会回来。

最快捷的解决办法

令人称奇的是，句子中一个难解的问题经常可以用简单删除的办法加以解决。不幸的是，这个办法对于卡住的作者来说，通常是最后想到的。首先他们会想方设法安置这个麻烦的词语——将其挪到句子的其他部分，竭力重新调整，增加新词来澄清思路，或者润滑任何卡住的部分。这些努力只会使情况更糟，作者最后只得下结论说这个问题无解决办法——这可不是什么欣慰的想法。当你发觉自己处于如此绝境，再看看那个麻烦成分，问自己，“难道我真的需要它吗?”很可能你并不需要。其实它一直在做无用功——这就是它为何一直带给你那么多痛苦的原因。去掉它，看那受苦受难的句子重放生机，自由呼吸。这是最快的治愈办法，也常常是最好的。

段落

保持段落简短。写作具有视觉性——它首先抓住的是眼球，然后才有机会抓住大脑。短段落在你所写的四周留有空气，使其看起来更有吸引力，而那种冗长的段落会打击读者的兴趣，甚至连开头都不愿意读。

报纸段落应该只有两三句长；报纸的版式横向排得比较窄，因而其行数很快就会增加。你也许会想如此频繁换行有损于表达你的观点。显然，《纽约客》对此类恐惧难以自拔——担心读者读上几英里长，毫无喘息之机。别担忧，利会大于弊。

但也不要失控。连续的短段落与一个大长段落同样讨人厌。我想到所有那些侏儒段落——无动词的奇迹——由当代记者们所写，为的是使文章快而易。实际上他们这样切断自然的思路反倒使读者阅读起来更加困难。试比较以下同一篇文章的两种排列——注意看第一眼时和读起来时彼此的区别：

白宫 2 号律师星期二提前下了班，驱车到一个眺望波托马克河的偏僻公园，结束了自己的生命。

他手里有一把左轮手枪，身体低垂地靠在内战时期的大炮上，没留下遗言，没有解释。

只有朋友、家人和同事的震惊和悲痛。

还有直到星期二之前读起来还像是任何人的幻想的人生故事。

白宫 2 号律师星期二提前下了班，驱车到一个眺望波托马克河的偏僻公园，结束了自己的生命。他手里有一把左轮手枪，身体低垂地靠在内战时期的大炮上，没留下遗言，没有解释——只有朋友、家人和同事的震惊和悲痛。他还留下了直到星期二之前读起来还像是任何人的幻想的人生故事。

美联社的文稿（左），其段落轻松、简短，而且第三、四句无动词，具有轰动效果，且带有优越感。“啊哈！看，我为你把它弄得多简明!”那位记者向我们说。我的文稿（右）给予记者写出好英语并把三个句子整合为一个逻辑单元的尊严。

划分段落在非虚构文章和书籍写作中是一个微妙而重要的因素——它是一幅地图，不停地告诉读者你是如何组织想法的。研究一下好的非虚构作家，看他们是怎么做的。你会发现几乎所有人都以段落为单位思考，而不是以句子为单位。每一段都有其自身内容和结构的整一性。

性别歧视语

令作者最烦恼的一个新问题是如何处理性别歧视性语言，特别是代词“他—她”。女权运动有助于揭示性别歧视是多么广泛地潜藏于我们的语言之中，不仅是在挑衅性的“他”中，而且在成百上千的带有令人反感的意思或在价值判断上有弦外之音的词语中。这些词包括以恩宠自居的“小妞儿”，暗示二等地位的“女诗人”、二等角色的“家庭主妇”，某种头脑空空的“丫头们”，贬损女性工作能力的“女律师”，故意好色、很少用于男性的“离婚女子”、“女生”、“金发碧眼女郎”。男子遭抢劫也就抢了，女子遭抢劫就会是一个身材匀称的女乘务员或者时髦的黑发女郎。

更有损人格的——也更微妙的——是所有将女性看为男性家庭财产的用法，而不是将她们看作有自我身份，在家庭中扮演同等角色的人：“早期定居者带着妻子和孩子向西推进。”该把这些定居者改成开发边疆的家庭，或者开发边疆的夫妻带着自己的儿子和女儿向西走，或者男男女女们定居在了西部。现今很少有什么角色不是向男女都开放的。不要用暗示只有男人才能成为定居者、农民、警察或者消防员的词语结构。

另一个棘手问题是由女权主义者对一些带“男人”（man）的词不满所提出的，如：“主席”（chairman）和“发言人”（spokesman)。* 她们反对的观点是女人也能同男人一样主持好会议，也同样擅长发言。这样就出现了一些新词，如“chairperson”和“spokeswoman”。这些来自60年代的临时词语使我们意识到性别歧视问题，既在词语中也在态度上。但最终这些仍是临时性的词语，有时对这项事业的损害反倒多于帮助。一个解决办法是找另一个词：“chair”代替“chairman”，“company representative”（公司代表）代替“spokesman”。你也可以将名词转成动词：“代表公司，琼斯女士说……”当某种职业既有男性也有女性称谓的形式时，找一个通用的替代词：男演员和女演员都可以称为表演者。

但这还是留下了代词等待解决。“他”就是折磨人的词。“每一个雇员都应该决定他认为什么对他自己以及他的家属是最好的。”我们对这类无数的句子又该怎么办呢？一个办法是将其转为复数：“所有雇员都应该决定他们认为什么对他们自己和他们的家属是最好的。”但这只是在小剂量下才有效。将每一个“他”都转成“他们”，这样的风格很快就会变得淡而无味。

另一个通常的解决办法是用“或”：“每一个雇员都应该决定他或她认为什么对他或她自己是最好的。”但同样，这也得慎用。作者经常会发现在一篇文章中有几种情况，他或她可以用“他或她”，只要自然就好。“自然”的意思，指的是作者已经注意到他（或者她）有这个问题，并尽力在合理的限度内解决此问题。但还是要直面问题：英语语言卡在了阳性通用名词上（“Man shall not live by bread alone”，人不能光靠面包生存）。要把每一个“他”转成“他或她”，每一个“他的”转成“他的或她的”，就会堵塞语言。

在《写作法宝》的早期版本中，我用“他”来指“读者”、“作

* 此处后缀的情形特指在英语语言环境下，请读者参考阅读。——编者注

者”、“评论者”、“幽默作家”等。我感到假如每次我提到这些人都用“他或她”，这本书读起来就费劲了。（我完全杜绝“他/她”这种形式，斜杠在规范英语中毫无地位。）不过几年来，许多女士写信给我唠叨这个问题。她们说身为作者的她们对总是想象到一个男子在写作、阅读表示反感。她们是对的。我忍受着唠叨。多数唠叨者敦促我用复数形式。我不喜欢复数；复数形式削弱了写作的力度，因为复数不如单数确切，不那么容易唤起视觉想象。我想要每一位作者都想象出有一位读者在竭力阅读他或她所写的。然而我还是发现有三四百处，在这些位置我可以去掉“他”，办法主要是转成复数，而且无大碍；天也没塌下来。在本版中仍有男性代词，但我感到这里的用法是唯一不麻烦的解决办法。

最好的解决办法就是简单地去掉“他”以及其所带的男性特有的内涵，而使用其他代词或者变换句子的其他成分。“我们”可以方便地替代“他”。“我们的”常常可以替换“他的”。（A）“首先他注意到有什么事情发生在他的孩子身上，而后他为此抱怨他的邻里。”（B）“首先我们注意到有什么事情发生在我们的孩子身上，而后我们为此抱怨邻里。”泛指名词可以代替确指名词。（A）“医生经常忽略妻子和孩子。”（B）“医生经常忽略家人。”通过这些小小的变化，可以消除无数错误。

在我的修补中有帮助的另一个代词是“你”。在谈论“作者”做什么以及“他”都遇到些什么麻烦时，我发现在很多地方我都可以直呼作者（“你会经常发现……”）。这并不适用于所有类型的写作，但对于写指导手册或自助手册的作者来说却是个天赐的办法。以本杰明·斯波克博士的口吻对发烧小孩的母亲说话，或者以朱莉娅·蔡尔德的口吻对忘了菜谱的厨师说话，是读者所能听见的最放心的声音。永远都要寻找使自己能够贴近读者的办法。

修改

修改是写好作品的基础，它决定了这场游戏的成败。这个想法让人难以接受。我们在第一稿中都有一种感情投入，我们不能相信自己的作品天生不是完美的。但其不完美的可能性是百分之百。多数作者并非开始就能说出自己想说的，或者尽可能说得好。新孵出的句子几乎总是有错。它不清楚。它没逻辑性。它啰唆。它太笨重。它装腔作势。它乏味。它充斥赘语。它充满陈词滥调。它缺乏节奏。它可以有几种不同的读法。它不是从前一句接着往下走。它不……要点是，清晰的写作是反复修补的结果。

许多人认为专业作家不需要修改，词语会自动到位。正相反，严谨的作家会不断地修改。我从不认为修改是一个多余的负担，我感谢每一次改进自己作品的机会。写作就像一块好表——它应该走得顺畅，不带任何多余的零件。学生并不苟同我对修改的热衷。他们认为那是惩罚：额外的作业或额外的内场练习。请——如果你是这样的学生——把它当做一件礼物。假如你不理解写作是一个进化的过程，而不是一个完成的产品，你就写不好。没有人指望你一次就写对，甚或两次就写对。

那么我说的“修改”是什么意思呢？我并不是指写一份稿件，然后再写一个不同的文稿，然后再写第三个。多数修改包括重塑、缩紧、精炼你第一次写的原材料。许多部分包括保证给予读者一种他能够轻易从头到尾读下去的叙述的流畅感。不断使自己处在读者的位置上。有什么他应该在句子前面被告知，而你却将其放在句尾了呢？当他开始读 A 句到 B 句时，你已经改变了 B 句的题材、时态、语调、重点，他知道这些吗？

下面看一个典型的段落，想象它是作者的第一稿。其中并没有什么错，它清晰、合语法。但其中到处是粗糙的棱角：作者未能不断地让读者了解时间、地点、语气上的变化，或者变换和激活自己的写作风格。我所做的是，在每一句后面用方括号加上编辑在读第一稿时可能想到的一些建议。之后你会看见我修改过的段落，其中吸收了那些具有纠正性的建议。

> 在过去的年代，邻居们会互相帮助，他记得。[将“他记得”前置以便建立一种回顾的基调。] 事情似乎不再是那样了，然而。[用“然而”表示对比的词必须置于句首。用“但是”开始。同时明确美国这个地理位置。] 他想知道其原因是否是因为在现代世界人人都太忙。[以上所有句子长短都一样，而且昏昏沉沉的，节奏也相同；把这句变成问句?] 他想到如今人们有这么多事情要做，他们没有时间再保持老式的友谊。[这句基本上重复上一句；去掉或者加具体细节。] 在美国的前一个时代，情况可不是这样的。[读者仍在现在状态；调转一下句子说明读者现在是在过去。“美国”一词如果在前面已经插入，这里就不需要了。] 他也知道在其他国家情形是大为不同的，他回想起自己在西班牙和意大利乡村生活的岁月。[读者仍在美国。用一个否定连词将读者过渡到欧洲。句子太松散。断为两句?] 几乎对他来讲，随着人们变富，房子彼此建造得越来越远，他们似乎将自己从生活中最基本的需求里孤立出来。[讽刺延迟得太长。早一些植入讽刺。突出有关财富的悖论。] 然后有另一个想法使他烦恼。[这是本段的真正要点，提醒读者这很重要。避免弱化结构“有……”] 正当他近期得病最需要朋友之际，他的朋友们却都离弃了他。[重新调整以“最需要”结尾；最后一个词是回响在读者耳边的词并且给句子以力量。留“得病”到下一句，那是另一个想法。] 就好像他们发现他做了羞愧的事而感到内疚一

样。[引入“得病”在此作为羞耻的原因。省略“羞愧”，这里已经暗示了。] 他回想起在什么地方读过有关世界原始地区的社会，在那里病人都被远而避之，虽然他从未听说过在美国有这样的习俗。[句子开始太慢，而且一直呆滞、乏味。断句为更短的单位。迅速射出讽刺要点。]

他记得邻居们过去总是互相帮助。但那似乎在美国不再发生。其原因是大家都太忙吗？人们的时间真是都被电视、汽车以及健身运动占用而无暇顾及友谊了吗？在以前的年代，情况绝非如此。世界其他地区家庭的生活方式也不如此。甚至在西班牙和意大利最穷的乡村，他回忆道，人们都会带上一条面包串门儿。他的脑中忽然闪念出一个颇具讽刺意味的想法：随着人们变得富裕起来，他们反倒将自己与生活的丰富性割裂开来。但真正使他烦恼的是一件更令人吃惊的事。他的朋友离弃他之际正是他最需要他们之时。他这一病倒几乎就好像他做了什么羞愧之事。他知道其他社会有对重病之人避而远之的习俗。但那种习俗只是存在于原始文化群落中。或许真是如此吗？

我的修改并非是所能做的最好的，或是唯一的。这些主要是工匠的技艺问题：改变意群的长短、紧缩语句的流动、突出要点。在抑扬顿挫、语言的细节和新鲜度方面，还大有改进的余地。总体结构同样重要。从头到尾朗读你的文章，切记在前一句中你将读者置于何处了。你可能会发现你写了像下面这样的两句话：

这部剧的悲剧主人公是奥赛罗。又矮小又恶毒，埃古的嫉妒与猜疑在不断膨胀。

埃古这句话本身没有问题。但是作为连接上一句的句子，那它就大错特错了。在读者耳畔回响的名字是奥赛罗，读者会自然而然地认为，是奥赛罗又矮小又恶毒。

当你朗读自己所写的时，脑子里想着这些连接处，你会很不安地听见在很多处你使读者迷途、困惑，或者没能告诉读者他所需要的，或者两次告诉他同一件事：这些都是每一份初稿不可避免的松散的结果。你必须要做的是有整体安排——从头到尾要紧凑，行文要简洁、温暖。

学会这项清理过程。我不喜欢写作的艰苦，我喜欢写作的果实。但我热衷于修改。我特别喜欢删节：按删除键，看到不必要的词或词组或句子消失在屏幕上。我喜欢替换一个乏味的词，用一个更精确、多彩的词。我喜欢加强一句与另一句之间的过渡。我喜欢替换单调的句子，增加更愉快的韵律，或更典雅、更有乐感的句子。精练每一个细微之处，我感到自己在靠近我想到达之处，而当我最终到达那里，我知道，是修改而不是写作赢得了这场游戏。

用电脑写作

电脑对于修改和重组是上帝赐予的礼物，或者说技术的礼物。它将词语径直放在你眼前，供你随时考虑——和再考虑；你可以玩转句子，直到弄对为止。段落和页码会不停地自动调整，无论你裁减与变化多少都没关系，然后打印机会将一切整齐打印出来，期间你可以去喝杯啤酒。对作家来讲，几乎没有什么甜美的音乐之声比听见自己的文章全部改好后又被重新打出更美妙了——但不是被作家们用手打的。

本书已经不再需要像较早的版本那样解释如何操作这件称为文字处理器的奇妙机器，它已经进入大家的生活，也无须解释如何将其神奇的功能用于写作、修改以及组织。现在这都是常识了。我只想提醒大家（假如你还不信的话）它所节省的时间和精力是大量的。

比起从前用打字机，有了电脑，我更愿意坐下来写，特别是在面对复杂的材料组织工作时。我可以更早完成任务，也不那么累。这些对作者都是至关重要的益处：时间、产出、精力、享受和掌控。

相信自己的材料

我从事写作这个行当越长，就越意识到没有什么比事实更有意思。人们的所为——还有所说——一直令我惊讶，包括其神奇性、怪癖、戏剧性、幽默，甚至痛苦。有谁能控制所有这些令人震惊之事的发生呢？我发觉自己越来越频繁地对作者和学生说，“相信自己的材料。”但这个告诫似乎难以遵循。

最近我花了一点儿时间，给一个美国小城市报纸当写作指导。我注意到许多记者陷入一种习惯，他们用写特写的风格竭力使新闻更受欢迎。他们的开头包括以下一系列句子：

> 喔……！
>
> 难以置信。
>
> 埃德·巴恩斯迷迷糊糊不知道自己在看什么东西。
>
> 或者也许只是春倦症。奇怪，四月会对一个小伙子有那么大的作用。
>
> 不像是他离家前没有检查车子。
>
> 但之后还是一样，他没有记得去告诉琳达。
>
> 这很奇怪，因为他总是记得告诉琳达。自从他们早在初中时走到一起，一切就如此了。
>
> 那果真是 20 年前的事吗？
>
> 而现在还有小斯库特要担忧。
>
> 想想看，那条狗已经露出怀疑了。

这些文章经常从第一版开始，我会读到“接第九版”，但是不清楚写的是什么。然后我会尽职地翻到第9版，发现自己在读一篇有趣的故事，充满确切的细节。我会对记者说，“故事不错啊，但我得读到第9版。你为什么不把它放在开头?”记者的回答是，“哦，开头我在描写色彩。”其预想是，事实与色彩是两个分开的成分。它们不是分开的；色彩对于事实是有机统一的。你的任务是呈现色彩斑斓的事实。

1988年我写了一本有关棒球的书，叫《春季训练》。书中结合了我终身的职业与终身的癖好——这是能够发生在作家身上最好的事情之一；人们如果写自己喜欢的，他们能写得更好，也更享受写作。我选择春季训练作为棒球这个大题目的一角，因为此时是该更新之时了，对球员和球迷都是如此。这项体育运动被还原到其原初最纯粹的状况：在室外进行、在阳光下、在草坪上，没有风琴音乐，年轻的球员们彼此靠近得都能碰着，他们的工资和不满都被仁慈地搁置一边儿六个月。最重要的是，这是传授和学习的时间。我选择记述匹兹堡海盗队，因为他们在佛罗里达的布雷登顿旧时的球场训练，而且是一个刚开始重建的年轻俱乐部，经理人是吉姆·莱兰，他致力于传授技艺。

我并不想使这项运动浪漫化。我不喜欢棒球电影中击球手打了本垒时的慢动作镜头，来告知我这是一个多么意义重大的时刻。我了解本垒那桩子事，特别是如果他们在第九局的后半局靠两个在外击中赢得比赛。我坚决不让自己的写作走向慢动作镜头——不提醒读者其重要性——或者将棒球称为生命、死亡、中年、失去的青春，或者更纯真的美国的象征。我的前提是棒球是一项工作，一项光荣的工作，我想知道这项工作是如何教和学的。所以我去了吉姆·莱兰和他的教练那儿，我对他们说，“你是教师。我也是教师。告诉我：你怎么教击球？你怎么教把球投给击球员？你怎么教接球？你怎么教跑垒？你怎么在如此残酷的长日程安排中保持这些年轻人的士气?”所有人都慷慨地回答了我，仔细告诉我他们是如何做他们想做的。球员和其他有我想要的信息的男男女女也是如此：有棒球裁判员、物色新秀者、买票员、当地球迷。

有一天我爬进本垒板后的看台去找星探。春季训练是棒球人才的终极秀，整个球场到处都是那些终身评估棒球天才的练达之人。我发现一位六十多岁饱经风霜的人旁边有一个空座，他在用秒表计时并记录着什么。当一局结束的时候，我问他在卡什么时间。他说他叫尼克·卡姆齐克，加州天使队北选才队长，在卡跑垒道上选手的时间。我问他在找什么样的信息。

> “嗯，右撇子击球员需要4.3秒抵达第一垒，”他说，“左撇子需要4.1或4.2秒。自然会有些变化——你得考虑人为因素。”
>
> “这些数字说明什么?”我问。
>
> “嗯，当然双杀平均需要4.3秒，”他说。他说起来就像常识。我从未想过双杀需要多长时间。
>
> “因此这就意味着……”
>
> “如果你看见球员在4.3秒之内到达第一垒，你就会对他感兴趣。”

作为事实，这不言自喻。不需要再加一句指出4.3秒对于一个击球、两个投球还有三个内场球是多么有限的时间。给出4.3秒，读者自己就会感到惊叹。他们也喜欢允许他们自己思考。读者在写作的活动中起很主要的作用，因此必须给他们起作用的空间。尽量不用诸如“令人吃惊地”、“可以预见地”和“理所当然”之类的词语，这些会在读者遇见事实之前就给该事实定了价。相信自己的材料。

随自己的兴趣走

没有什么题材不允许你写。学生常常绕开写靠近自己内心最近的题材——滑板、拉拉队、摇滚乐、轿车——因为他们以为老师会认为这些题材“愚蠢”。对于认真对待人生的人，生活中没有什么方面是愚蠢的。如果你遵循自己的所爱，你就会写好，就会吸引读者。

我读过优美的书籍谈论钓鱼与扑克牌游戏、保龄球与马术表演、登山与大海龟，还有许多其他我觉得自己不会感兴趣的题材。写自己的爱好：烹饪、园艺、照相、编织、古玩、慢跑、航海、戴水肺潜水、热带鸟、热带鱼。写自己的工作：教学、护理、做生意、开店。写自己在大学喜欢而且总想回去研究的领域：历史、传记、艺术、考古。如果你写的时候真诚地与其相连，没有什么题材会是太专业或太古怪的。

On Writing Well

The Classic Guide to Writing Nonfiction

第 三 部 分

形 式

作为文学的非虚构写作 第十章

几年前的一个周末，我在布法罗的一个作家研讨会上发言，会议是由那个城市的一群女作家组织的。这些女士对自己的行当是认真的，她们写的书和文章扎实、有用。她们问我是否愿意在那周的早些时候参加一个无线电广播谈话节目，这样可以宣传本次会议——他们与主持人在录音室，我在纽约我的公寓里，我们电话连线。

约定的夜晚到了，我的电话响了，主持人开播，他以自己那一行业热情高涨的情绪向我问好。他说录音室和他在一起的有三位可爱的女士，他很想知道我们大家如何看待目前的文学状况，我们对也是文学成员并且自己也有文学抱负的他的听众有什么建议。这个热诚的介绍就像一块石头掉在我们当中，三位可爱的女士谁也没说什么，我认为这里是恰当的反应。

沉默了一会儿，我终于说，“我觉得我们应该禁止再提‘文学’、‘文学性’、‘文人’之类的词。”我知道主持人简略地了解我们都是什么样的作家，我们都想讨论什么。但他没有什么别的参照。“告诉我，”他说，“你们大家对今天美国的文学体验有什么高见？”针对这个问题又是一阵沉默。最终我说，“我们在这儿要谈的是写作技艺。”

他不知如何是好，于是便开始求助于作家的名字，如欧内斯特·海明威、索尔·贝洛、威廉·斯蒂伦，这些人我们当然认为是文学巨匠。我们说这些人碰巧都不是我们的榜样，我们所提到的是刘易斯·托马斯、琼·迪迪翁、加里·威尔斯。他从未听说过这些人。其中一位女士提到汤姆·沃尔夫的《太空英雄》，他也没听说过。我们解释说我们羡慕这些作家，是因为他们有驾驭当今事件和问题的能力。

“但是你不想写文学性的东西吗?”我们的主持人问。三位女士说她们觉得自己已经满足于所做的事。这使得节目又停顿下来，于是主持人开始接听众的电话，所有听众都对写作技艺感兴趣，想知道我们是怎么做的。“然而，在夜深人静之时，”主持人对几位听众说，“你就从未梦想过写一部伟大的美国小说吗?”他们没想过。他们没有那样的梦想——在夜深人静之时，或在任何其他时候，他们都没想过。这就是那种惯常的蹩脚无线电谈话节目之一。

这个故事概述了所有非虚构写作实践者都会看到的一种情形。我们这些人在尽力写好我们所居住的世界，或教学生写好他们所居住的世界，但我们都陷入一个时间弯曲之中，在那里文学从其定义本身仍就包括被确定为19世纪“文学性”的形式：长篇小说、短篇小说、诗歌。但现今作者所写、所卖的，图书、杂志所出版的，读者所需求的，绝大多数是非虚构作品。

这种变化可以通过各种例子得以说明。其一是“每月一书俱乐部”的历史。该俱乐部在1926年由哈里·谢尔曼创建之时，美国人很少有接触优秀新文学的途径，而主要是读如《宾虚》之类的破烂书。谢尔曼的想法是把所有有邮局的城镇都等同于一个书店，而后他开始将最好、最新的图书寄给他在全国各地新招募的读者。

他所寄的大部分图书是小说。1926—1941年，俱乐部主选书单偏重于小说家：埃伦·格拉斯哥、辛克莱·刘易斯、弗吉尼亚·伍尔夫、约翰·高尔斯华绥、埃莉诺·怀利、伊格纳奇奥·西隆尼、罗莎蒙德·莱曼、伊迪思·华顿、萨默塞特·毛姆、薇拉·凯瑟、布思·塔金顿、艾萨克·丹森、詹姆斯·古尔德·科曾斯、桑顿·怀尔德、西格里德·温赛特、欧内斯特·海明威、威廉·萨罗扬、约翰·P·马昆德、约翰·斯坦贝克，还有许多其他作家。那是在美国的“文学”高潮。“每月一书俱乐部”的成员几乎没有听见第二次世界大战的临近。直到1940年，一本名叫《米尼弗太太》的书才将这一消息带到俱乐部成员的家中，那是一本关于早期不列颠之战的小说，冷峻得使人上唇紧绷。

所有这一切都随着珍珠港事件发生了变化。第二次世界大战将七百万美国人送往海外，开阔了他们对于现实的视野：新地方、新问题、新事件。战后，这个趋势又由于电视的出现得到加强。每天晚上在自家客厅目睹现实的人们对小说家的慢节奏和随意幻象失去了耐心。一夜之间，美国变成了一个只注重事实的国家。1946年以后，“每月一书俱乐部”的成员主要需求的是——因而收到的也是——非虚构作品。

杂志的传播也顺应同样的潮流。《星期六晚邮报》一直提供给读者的是比重很大的短篇小说餐食，这些小说家的名字似乎都有三个词——克拉伦斯·巴丁顿·凯兰、奥克塔沃斯·罗伊·科恩——但到60年代初，该报颠倒了这个比重。该杂志的百分之九十现在分配给非虚构文章，只保留一篇由三个词名字的作家撰写的短篇小说，来保持那些忠实于此的读者不至于感到被遗弃。这个时代是非虚构作品黄金时代的开始，特别体现在《生活》杂志中，它每周都刊登技艺精湛的文章。《纽约客》则通过现代美国写作原创性地标，如雷切尔·卡森的《寂静的春天》和杜鲁门·卡波特的《冷血》，提升了非虚构写作的形式。《哈珀》杂志也约到许多出类拔萃的作品，如诺曼·梅勒的《夜幕大军》。非虚构作品成为新美国文学。

当今生活中没有哪个方面——无论是现在还是过去——没有被

人们以极认真优雅的写作风格提供给普通读者。在这种纪实文学中，增加了所有从前被认为只是学术性的学科，并使其成为非虚构作家和兴趣广泛的读者的领域，如人类学、经济学、社会史。增加的所有这些结合历史与传记的书籍，近年来使美国文坛名声大震：大卫·麦卡洛克的《杜鲁门》和《海之间的路》、罗伯特·艾伦·卡罗的《权力掮客：罗伯特·摩西和纽约的衰落》、泰勒·布兰奇的《分水岭：马丁·路德·金岁月的美国：1954—1963》、理查德·克鲁格的《报纸：纽约先驱论坛报的生死》、理查德·罗兹的《原子弹诞生记》、托马斯·L·弗里德曼的《从贝鲁特到耶路撒冷》、杰伊·安东尼·卢卡斯的《共同基础：美国家庭生活的动荡十年》、埃德蒙·莫里斯的《西奥多·雷克斯》、尼古拉斯·莱曼的《乐土：黑人大迁移及美国的变迁》、亚当·霍克西尔德的《利奥波德国王的鬼魂：殖民非洲的贪婪、恐怖与英勇故事》、罗纳德·斯蒂尔的《沃尔特·李普曼与美国世纪》、玛丽安·伊丽莎白·罗杰斯的《门肯：美国的反传统文评家》、大卫·雷姆尼克的《列宁墓：苏联帝国的最后岁月》、安德烈·德尔班科的《梅尔维尔》、马克·史蒂文斯和安娜琳·斯旺的《德·库宁：美国大师》。简而言之，我的非虚构新文学作家名单将包括所有承载了信息，并以有力、清晰与人文的特点呈现这些信息的作家。

我并不是说虚构作品死亡了。显然，小说家可以带我们进入其他作家无法带入的地方：进入深沉的情感世界和内在的生活。我所说的是，我没有耐心听势利之人说非虚构写作只是给新闻体写作换了一个名称，以及新闻体写作无论用什么名称都是一个脏词儿。我们在重新界定文学，让我们也重新界定一下新闻体写作。新闻体写作就是先出现在期刊上的写作，与读者无关。刘易斯·托马斯的最早两本书，《细胞生命的礼赞》和《水母与蜗牛》，就是首先为《新英格兰医学杂志》以散文形式所撰写的。历史地讲，好的新闻体作品在美国已成为好的文学。H. L. 门肯、林·拉德纳、约瑟夫·米切尔、埃德蒙·威尔逊，以及其他几十位主要的美国作家，在他们于文学殿堂内被经典化之前都是职业记者。他们只是尽力做好自己的事，从不担心自己所为是如何被界定的。

最终每一位作家都必须遵循自己感到最惬意的路径。对多数学习写作的人来说，这条路径就是非虚构写作。它使得人们能够写自己知道的事，或者自己能够观察或发现的事。这一点特别适用于年轻人和学生。我们更愿意写有关自己生活的题材，或者自己有能力写的题材。动力是写作的核心。如果说非虚构写作是你所写或者所教的最佳领域，不要被迷惑而以为这是一种低等的类别。唯一重要的区别只在于它是好的写作还是差的写作。好的写作无论采取什么形式，无论我们管它叫什么，都仍然是好的写作。

第十一章 写人：访谈

要让人们谈论起来。学会问问题，引他们讲述生活中最有趣、最生动的答案。没有什么比听人亲口讲述他们怎么想、怎么做更能激发写作活力了。他自己的词语总比你的词语好，即使你是本国最优雅的文体大家也是如此。他的词语带有他说话时语气的曲折变化，以及他造句时的独特风格。这些词语包括对话的地域性以及行业的行话。它们还表现出他个人的热忱。这是一个人在同读者直接对话，而不是通过了作者的过滤。作者一旦介入，其他人的经历就变成二手的了。

因此要学会如何进行访谈。无论你写的是何种形式的非虚构作品，其活灵活现的程度与你在写作过程中编织进去多少"引语"成正比。你常常发现自己正在着手写一篇显然是毫无生机的文章——一个机构的历史，或者某个地方性事件，如排水沟——你很怕不能确保读者甚至你自己在阅读的过程中保持清醒。

提起信心来。如果想要寻找人文因素，你就会找到解决的办法。每一个乏味的机构的某个岗位都有对自己所做的事情怀有强烈热忱的人，他们是故事的丰富宝库。在每一个排水沟之后都有一位政客，他的未来悬于能否将其治理好；都有一位寡妇，她一直在此街区居住，愤慨于某位愚蠢的立法者认为排水沟会通畅无阻。找到这些人来讲述你的故事，那就不乏味了。

我经常向自己证明的确如此。很多年前，我应邀为纽约市公共图书馆写一本小书，庆祝其在第五大道上的主楼建成 50 周年。表面上看，这似乎只是一幢大理石建筑和上百万陈旧书籍的故事。但在那外观之后，我发现图书馆有 19 个研究部，每一个部门都有一位主任，监管大量的稀奇宝物和馆藏，从华盛顿手写的告别演说到 75 万张电影剧照。我决定访谈所有的部门主任，了解其馆藏，了解他们为跟上新知识领域增加了什么，以及他们的办公室是如何使用的。

我发现科技部有专利收藏，规模仅次于美国国家专利局，因而也是这座城市专利律师们的第二个家。而且每天不断有人来此，他们认为自己处于发现永动机的边缘。“每个人都有什么要发明，”部门主任解释道，“却不告诉我们他们在找什么——也许是怕我们自己会去注册专利吧。”结果发现整幢建筑就是一个学者、探索者和怪人的混合体，我的故事表面上看是一个机构的编年史，实际上是有关人的故事。

在一篇有关伦敦索思比拍卖行的长文中，我用了同样的方法。索思比也同样分为不同的部门，如银器、陶瓷、艺术品，每一个部门由一位专家负责，就像纽约市图书馆一样，其生存有赖于公众变化多端的异想天开。这些专家就像一个小学院的院长，每人都有内容和讲述方式很独特的轶事：

> “我们就坐在这里，像米考伯①一样等待东西送进来，”家具部主任泰姆韦尔说。“最近剑桥附近有一个老太太写信说她要筹集两千英镑，问我能否去她的房子那里寻查一下，看看她的家具是否值这么多钱。我去了，屋子里的家具绝对没什么价值。要走之际，我说，‘都看过了吗？’她说都看了，除了女仆的房

① 米考伯（Micawber）：英国作家狄更斯小说《大卫·科波菲尔》中的人物，无远虑而老想走运的乐天派。

间，她觉得没什么好看的。那间屋里有一个很精美的 18 世纪橱柜，老太太用来储藏毯子。‘如果你卖那件橱柜，’我说，‘那你就什么也不用担心啦。’她说，‘那绝对不可能——我的毯子往哪儿放啊?’”

我也不用担心了。通过倾听做这门生意的好奇的专家学者，倾听每天早上蜂拥而至的男男女女，他们带来从英国阁楼找到的自己不再喜欢的东西（“恐怕不是安女王时代的物件，太太——更靠近维多利亚女王时代，可惜啊”），我得到了作家想要的所有人文细节。

还有一次，在 1966 年，我应邀写“每月一书俱乐部”的历史，庆祝它四十岁生日，我想这当中可能什么也遇不上，而只是一些了无生气之事。但我在篱笆的两边都发现了饶有趣味的人文因素，因为图书总是由意志强大的评委组专家选择，然后寄往同样固执的订购读者，而订购读者从不迟疑地将他们不喜欢的书包起来直接寄回去。我得到了一千多页对俱乐部最初五位评委的访谈记录（海伍德·布龙、亨利·塞德尔·坎比、多萝西·坎菲尔德、克里斯托弗·莫利、威廉·艾伦·怀特），同时增加了我亲自与俱乐部创始人哈里·谢尔曼以及当时仍活跃的评委的访谈。其结果是呈现出长达四十年的有关美国人阅读变化的个人记忆，甚至那些书籍都有了自己的生命，在我的故事中成为人物角色：

“对所有记着《飘》的巨大成功的人来讲，”多萝西·坎菲尔德说，“也许很难想到这本书当时是如何影响人们的。碰到这本书的人只将其看作一部很长很长的详述有关内战及战后故事的书。我们从未听说过其作者，也没有任何人对此书的评论。选这本书有点儿困难，因为其中的一些人物刻画不太真实或令人信服。但是作为叙事作品，该书具有法国人称为‘吸引力’

的特点：它使你想要翻页，看下面会发生什么。我记得有人评论说，‘好了，人们可能并不喜欢这本书，但是不能否认你的钱换来了大量的阅读。’其巨大的成功，我必须说，对我们和对其他人一样，都是令人吃惊的。”

以上三个例子都是锁定在人们头脑中的典型例子，好的非虚构作家必须为其解锁。最好的实践方式是出去采访人。采访本身就是最受欢迎的非虚构形式之一，因此你应该尽早掌握它。

应该怎样开始呢？首先，决定你想采访什么人。假如你是大学生，不要采访你的室友。尽管我们完全尊重你有多么好的室友，他们恐怕没有太多我们想听的内容要说。要学非虚构写作技能，你必须将自己推到真实的世界中——你的城镇，或你的城市，或你的国家——并装作你是为了真正出版而写。假如这样做有所帮助，可以决定你想为哪家出版物写。将你的题材选为某人，其工作特别重要，或特别有趣，或特别与众不同，普通读者都愿意阅读有关这个人的事。这并不是指他或她非得是银行总裁。可以来自当地的比萨店或者超市，或是理发学校的老板。可以是每日出海的渔民，或者少年棒球联合会的经理，或者护士。可以是屠夫、面包师，或者——假如你能找到他更好——烛台工匠。找你所在社区的女士们，她们会揭示两性注定要做什么的古老神话。简而言之，选择那些触动读者生活一角的人。

访谈是你可以不断提高的技能之一。尝试之后，你就不会像第一次访谈时那样紧张，但在尽力使受访对象不要太腼腆，而受访对象不善言辞因而不能回答所问之时，你恐怕也不会感到完全轻松。但这项技能的大部分都是机械性的。其余部分则靠直觉——知道如何使另一个人放松，何时推进，何时倾听，何时停止。这些都可以通过实践学会。

访谈的基本工具是纸和削好的铅笔。你觉得这个建议显而易见，有点儿伤自尊？你会惊讶于有多少作者莽撞地追踪猎物而没带铅笔，或者铅笔断了，或者钢笔不好用，而且没有纸。“时刻准备着”这个座右铭对于非虚构作者来讲和对于童子军一样适用。

但要将笔记本收好，需要时再取出。没有什么比一个陌生人带着一个速记员的本子更难让对方放松了。你们两个都需要时间认识彼此。先花一点儿时间聊聊，评估一下你要打交道的是什么样的人，让他或她信任你。

在没做任何功课之前，决不要进行采访。如果你想采访城镇官员，要弄清他或她的选举记录。如果是女演员，要弄清她演过什么影视作品。假如你问的事实是可以事先得到的，你会让人恼火的。

将可能问的问题列一个单子，这样能避免采访变得沉闷所造成的巨大尴尬。也许你并不需要单子，你会临时想到更好的问题，或者接受采访的人可能改变角度而你无法预知。这样你只能靠直觉行事。假如他们跑题太远，拉他们回来。假如你喜欢新方向，跟进，忘掉你有意要问的问题。

许多采访者内心都有恐惧，以为自己在强加给别人什么，觉得自己没有权利侵犯他们的隐私。这种恐惧几乎完全没有根据。所谓的凡夫俗子会很高兴有人要采访他。多数人的生活，假如不是在静静的绝望中，至少也是在绝望的寂静之中，因此他们很欢迎有机会向似乎愿意倾听的外人谈谈自己的工作。

这并不一定意味着一切顺利。你经常会同那些从未接受过采访的人谈话，他们在这个预热的过程中可能感到局促不安，过分敏感，也许不能提供任何可用的东西。过一天再来，访谈会好一些。你们两个甚至会享受这一过程，这证明你没有在逼迫你的牺牲品做他们不想做的事。

讲到工具，（你会问）可以用录音机吗？为何不带一个录音机，把它打开，然后忘掉那些纸和笔？

显然录音机是一个抓取人们所要说的内容的超级机器，特别是对那些出于文化或秉性原因绝不费事写东西的人来说。在诸如社会史和人类学领域，这是很有价值的。我欣赏斯塔兹·特克尔的书，如《艰难时世：大萧条时期口述史》。他“写”这部书的方法是记录对普通人的访谈，将结果拼缀成连贯的统一体。我也喜欢问—答方式的访谈。这种访谈有一种随意的声音，清新自然，避免了作者凌驾于产品之上并将其抛光的可能。

严格来讲，这不是写作。这是一个问问题、修剪、嫁接、编辑记下来的回答的过程，需要占用大量的时间和精力。你以为受过教育的人会一直以线性精确度冲着录音机说话，结果他们在语言之沙上毫无目的地跌跌撞撞，连一个像样的句子也说不全。耳朵可以容忍缺少语法、句法成分、少转折词，但眼睛不能忍受这些东西印出来。录音机用起来似乎简单，实则不然，之后需要做无数遍的编辑加工。

但我警告你远离录音机的主要理由是很实际的。风险之一是你不是常常随身带录音机，你更有可能带的是铅笔；另一个风险是录音机可能失灵。在新闻职业中，记者本来以为带回来“一个真正的好故事”，紧接着他按播放键，却发现根本没有声音。没有比这更令人沮丧的了。最重要的是，作者应该能够看到自己的材料。假如你的采访在磁带上，你就成了听众，需要不停地摆弄那部机器，往后倒带，找你根本找不到的精彩言辞，往前倒带，停止，开始——这简直能将你逼疯。做一名写者。将东西写下来。

我用手采访，用一根削得尖尖的一号铅笔作记录。我喜欢同另一个人相互作用。我喜欢那个人看见我在工作——干一件活儿，而不仅仅坐在那儿让机器为我做事。只有一次我充分利用了录音机，那是为我的书《米切尔与拉夫》准备的，是有关爵士乐手威利·拉夫和德怀克·米切尔的。虽然我对两位都很熟悉，但我感到一个白人作家冒昧地写黑人的体验，有责任要把音调搞准。这并不是说拉夫和米切尔讲另一种英语，他们的英语讲得很好，而且常常很雄辩。但作为南方黑人，他们所用的某些词与习语为自己的传统所独有，这为他们所讲话的增添了丰富性与幽默感。我不想错过任何一点儿这些用法。我的录音机抓住了这一切，这本书的读者可以听见我对二位的描述是准确的。在你有可能违背你所采访之人的文化传统整体性的情形下，要考虑用录音机。

记笔记也有一个大问题：受访的人常常讲起话来比你写得快。你还在记 A 句，他很快就推进到了 B 句。你停止 A 句，追他到 B 句，同时还竭力在耳朵里抓着 A 句的其余部分，希望 C 句会无足轻重，可以完全略过，这样就有时间赶上。可惜，你现在的受访者讲得飞快。他终于说出你花了一个小时一直在诱导他说的全部内容，并且他说起来似乎像丘吉尔那样雄辩。你的内耳塞满了想要抓住的句子，但很快这些句子就溜走了。

告诉他停。就说，“请停一分钟，”然后继续写，直到赶上。你发狂般地抄记的意图是准确引用被访者，没人愿意被误引。

通过练习，你能写得更快，并形成某种形式的速记。你会发觉自己在为常用词发明缩写，并省略了连接性小句子结构。一旦访谈结束，补充所有你能记起来的缺失词语，完成未完成的句子。多数句子还停留在可回忆起来的范围之内。

当你到家后，将笔记打出来——很可能几乎辨认不出来——这样你就可以轻松阅读了。这不但能使访谈同你所搜集的剪报以及其他材料一起更容易使用，而且还能使你静下心来回顾自己在匆忙中写下的大量词语，从而发现受访者真正想说的。

你会发现他说了大量无趣或者不相关、或者重复的事。挑出最重要和最精彩的句子来。你会很想用笔记中所有的词语，因为你做了大量辛勤繁杂的劳动，才将其全部记下来。但这就太放纵自己了。没有理由将读者也置于同样的辛苦之中。你的任务是蒸馏出本质的东西来。

那么你对被采访者的义务又如何呢？你能在多大程度上裁减或摆弄他的词语呢？这个问题使每一个第一次做采访回来的作者感到烦恼——也应该如此。如果记住下面两个标准，解决的办法并不难：简洁明了和公平合理。

你对受访者的道德义务就是准确地呈现他的立场。假如他仔细衡量了一个问题的两端，而你却只引用他的观点的一面，使他似乎倾向于那一面的立场，你就会错误地再现他告诉你的。或者，你也许会由于离开语境引用他的话，或只选某些精彩的话而没增加后来的严肃思考，错误地再现他的观点。你所谈论的内容涉及一个人的荣誉和名声，也涉及你自己的。

在那之后，你的责任就是对读者的。他或她应该获得最紧凑的信息包。多数人在对话中会漫谈，填充一些没有关联的故事和琐事。其中大部分使人愉悦，但毕竟还是琐事。你的访谈应该强有力到只包括要点而没有废话。因此，如果你在笔记的第 5 页发现一个充分说明第 2 页中一个要点的评述——一个在访谈的前部分提出的要点——如果你将这两个想法连起来，让第二句话跟在后面，说明第一句话，你就帮大家忙了。这可能会违背访谈实际进行时的真实情况，但你会忠实于受访者说话的意图。通过各种方法摆弄好引文：挑选、去除、精简、调换位置，留下好的引文放到最后。只要保证处理得不违背真实性就好。不要变换词语，也不要让裁剪了的句子打乱留下的内容所处的恰当语境。

我真是指"不要变换词语吗"？既是也不是。假如说话人选词精当，你就应该出于职业对语言要求的特别自豪感而一字不差地引用。多数采访者对此很马虎，他们认为大概差不多也就够了。实际上还不够：没人愿意看到自己从来不用的词语以自己的口吻印出来。假如说话人的对话很粗糙——句子拖拖拉拉，思路杂乱无章，语言乱作一团，连他自己都感到难为情——作者别无选择，只能清理语言，提供缺失的连接部分。

有时候你尽力忠实于说话者，但太忠实了，反而使你陷入困境。你在写文章的过程中，不折不扣地打出自己记下来的词。你甚至对自己作为这么忠实的抄写员感到心满意足。之后在编辑自己所写的内容时，你意识到有几个引语不太能说明问题。你首次听见这些引语的时候，它们听起来很贴切，你并没多想。而现在再想，你发现其中的语言或逻辑有漏洞。留下漏洞对读者和说话者都不好，对作者也不光彩。通常你只需添加一两个词来澄清。你或许在笔记中找出另一个能清楚地表达同样要点的引语。但同时记住，你还可以找你采访的人，告诉他你想核实一下他说的几件事，让他重述自己的要点，直到你明白为止。不要成为自己引文的囚徒——受到引文美妙的声音诱惑，而不再停下来分析。绝不要让任何自己不明之事出笼入世。

至于如何组织访谈内容，开头应该明确地告诉读者为何受访之人值得一读。他有什么地方值得我们倾注时间和注意力？因此，要在受访者用自己的语言所说的和你用自己的语言所写的之间，尽力取得平衡。如果你连续三四段引用一个人的话，就会显得单调。当你把这些段落分开，以向导的身份定期出现，引语就会更生动。你仍是作者，不要放弃对内容的掌控。但你的出现要有用，不要只插几句干瘪瘪的话，来向读者疾呼你这么做的唯一目的就是要断开一连串的引语。（例如，“他拿烟斗在旁边的烟灰缸上敲，这时我注意到他的手指很长。”“她悠闲地拨弄着芝麻菜沙拉。”）

在使用引语的时候，把它放在句子的开始。不要用一个乏味的词组说受访者说，然后导向引语。

差例子：史密斯先生说，他喜欢“每周进城一次，同自己的几位朋友吃午饭”。

好例子：“我一般喜欢每周进城一次，”史密斯先生说，“同自己的几位朋友吃午饭。”

第二句话有活力，第一句话死气沉沉。没有比“史密斯先生说”这种结构的句子更死气沉沉的了。许多读者会就此打住。如果受访人说了什么，就直接让他说，以温情、人性化的句子开始。

但要注意在何处断开引语。在你能最自然地断开时断开，这样读者便知是谁在说话，不过不要在可能影响节奏和意思之处断开。注意下面三种变体都造成了某种程度上的损伤：

“我通常喜欢，”史密斯先生说，“每周进城一次同我的几位朋友吃午饭。”

“我通常喜欢进城，”史密斯先生说，“每周一次同我的几位朋友吃午饭。”

“我通常喜欢每周进城一次吃午饭，”史密斯先生说，“同我的几位朋友一起。”

最后，不要费力找“他说”的同义语。不要只是为了避免重复“他说”，而用断言、坚称和劝告之类的词语来表示受访者的引语。请千万不要写“他微笑道”或“他咧嘴笑道”之类的词语。我从未听见什么人微笑道。读者的眼睛反正会略过“他说”，因此无须小题大做。如果你特别喜欢语词的变化，选择能抓住对话变化实质的同义词。“他指出”、“他解释说”、“他回答道”、“他补充说”等，这些词语都带有特定的含义。但假如受访者只是在肯定地说什么，而不是在他已说过的话之后加什么，就不要用“他补充说”。

所有这些技巧只能帮你到此。一次成功的采访，最终与作者的性格与个性有关，因为你所采访之人对有关题目的了解总是超过你。有关如何在不对等的情形下克服焦虑，以及如何学会相信自己的聪明才智，本书第 20 章“愉悦、恐惧与信心”提供了答案。

恰当的和不恰当的引语使用在新闻中都很常见，其中就有某些知名度很高的事件。有一个是有关珍妮特·马尔克姆污蔑诽谤罪的审判。陪审团发现她涉嫌在《纽约客》传略中“伪造”心理医生杰弗里·M·马松的某些引语。另一个是由乔·麦金尼斯透露的。在他写参议院议员爱德华·M·肯尼迪的传记《最后一个兄弟》中，他“以我推测是他的观点为依据，撰写了某些场景，描述了某些事件”，但其实他从未采访过肯尼迪本人。如此模糊的事实和想象成为困扰严谨作者的一种趋势，也是对此类写作技能的一种侵犯。然而即便对自觉的记者来说，这也是不确定的领域。让我来援引约瑟夫·米切尔的作品作一指导。在散文中无缝编织引语是米切尔在 1938—1965 年为《纽约客》撰写的出色文章所取得成就的标志，其中许多是写工作在纽约码头附近的人们的。这些文章对我这一代非虚构作家影响重大，是一本基础教材。

米切尔的六篇文章后来逐渐成书，即《海港之底》，成为美国非虚构作品的经典。这六篇文章在 20 世纪 40 年代晚期和 50 年代早期以极为恼人的频率刊登于《纽约客》，刊登时间经常相隔几年。有时我会问在那家杂志工作的朋友何时出此系列的新文章，但他们从不知晓，甚或从不冒昧地猜想。这是马赛克式的作品，他们提醒我说，马赛克师对于如何将一块块碎片拼嵌在一起非常讲究，非得拼嵌对了才行。当新文章终于出现，我明白了为何需要那么长时间：真就非得这样写才对。我仍记得阅读《亨特先生的坟》一文时的激动心情，那是我最喜欢的米切尔文章。该文描述了一位87岁高龄的非裔循道公会教堂的长者，他是斯塔腾岛名为沙地村的一个19世纪黑人采蚝村庄最后一批幸存者之一。由于《海港之底》的连接，过去的记忆成为米切尔作品中的主要人物，赋予其既有挽歌式又有历史性的基调。作为主要描写对象的老人们是记忆的守护者，他们是连接早期纽约的活的纽带。

下面这段引用了乔治·H·亨特对美洲商陆这种植物的描述，是《亨特先生的坟》中许多很长的引语中典型的代表，由轻松、愉快的细节合成：

> “春天的时候，当它刚长出来时，根部上端的嫩芽很好吃。这些嫩芽吃起来像芦笋。沙地村的老太太过去都迷信吃美洲商陆的嫩芽，那些南方老太太们。她们说这样可以更新人的血液。我母亲就信这个。每年春天她都指使我去林子里采美洲商陆的嫩芽。我也信这个。所以每年春天，假如想起来，我就去采一些做熟了吃。并不是我有多喜欢吃这些东西——其实这些嫩芽让我直放屁——只是这些东西让我想起过去的日子，想起我的母亲。眼下，斯塔腾岛的这个地方，在远离市区的林子里，可能在某个不知名的地方另一边十五英里处，就在亚瑟杀人的路上面不远，靠近阿登大道上方，有一个转弯处，从那里你有时可以看见纽约摩天楼的楼顶。只能看见最高的摩天楼，只是这些摩天楼的楼顶。但必须是特别晴的天才行。即使这样，你也可能一会儿看得见，一会儿又看不见了。就在这路上转弯处旁

边，有一块小沼泽地，沼泽地的边上是我所知的最佳采摘地。今春的一个早上，我去那里想采一些，可是这个春天来得晚，你还记得吧，美洲商陆还没长出来。卷牙长出来了，还有奥昂蒂、春美草、臭菘和矢车菊，就是没有美洲商陆。所以我这儿看看，那儿看看，没注意踩在哪儿，一下子踩空了，等我明白过来，淤泥已经到了膝盖。我在淤泥里挣扎了一分钟，定了定神，这时我刚好抬头向上看，突然间我看见，在很远处，几英里、几英里以外，纽约摩天楼的楼顶在晨光中熠熠生辉。我真没想到，太叫人惊讶了。那就像《圣经》中的幻象。"

好了，其实没人认为亨特先生真的一口气说完了所有这些，米切尔做了大量拼接。然而我毫不怀疑亨特先生在此时或彼时的确说了，所有这些词语和措辞都是他的。这听起来就像他；米切尔并没有依照他所推测的受访者的观点来描写这些情景。他做了文学性的布局，假设自己花了一个下午被带着去墓地转了转；与此同时，由于我了解他出了名的耐心细致和彬彬有礼以及精雕细琢的方法，我猜想这篇文章至少花了他一年的时间四处辗转、聊天、写作、修改。我很少读到质地如此丰富的文章，米切尔的"下午"有那种实实在在的下午的从容不迫的特质。到文章结束的时候，亨特先生已经回顾了在纽约港挖牡蛎的历史，在沙地村逝去的一代又一代人，每个家庭与家庭成员的姓名，种庄稼和做饭，野花和水果，鸟儿和树木，教堂和葬礼，变化和衰落；他已经接触到了生活的方方面面。

《亨特先生的坟》毫无疑问是非虚构作品，但米切尔在这篇文章中改变了已逝去的时光，他以剧作家独特的技法，压缩、突出了其中的故事情节，因而给予读者一种可控的叙述框架。假如他按照事件实际发生的时间顺序讲故事，将自己在斯塔滕岛上度过的日子串联起来，其结果会像安迪·沃霍尔拍的电影一样，一个人睡觉八个小时，电影的时长就得八个小时，以显示其真实性。米切尔通过审慎的操控，将非虚构技巧提升到了艺术的高度，但他从未操控过亨特先生的真实性。这里既没有“推测”，也没有“杜撰”。他做得客观公平。

最后讲一讲我的标准。要写好一篇有力度的访谈，不改一改、删一删被访者的原话是不可能的。任何作家都得这么做。对此有两种不同的意见，彼此呈现出许多细微的差别。纯洁主义者会说约瑟夫·米切尔拿了小说家的魔杖描写事实，而革新者则会说米切尔是一位开拓者——他比别人早几十年就践行了“新新闻学”。作家如盖伊·塔利斯和汤姆·沃尔夫由于在60年代发明此方法而大受欢迎。他们运用充满想象的对话与情感等虚构技巧，给以严肃事实为基础的叙述作品增添了光彩。其实两种观点都有合理性。

我认为，错误的做法是在作品中杜撰引语或猜测某人可能说了什么。写作是一种公共信任。非虚构作家少有的特权是拿整个世界上的真人真事来写。当你让人们说话的时候，对待他们所说的话要像对待贵重的礼物一样。

第十二章 写地点：游记

了解了如何写人之后，就该知道如何写地点。人和地点是多数非虚构作品得以成立的两个支柱。每一件事总要发生在某处，读者想知道那个某处是什么样的。

在少数情况下，你只需要一段或两段文字来描写事件的背景。但更常见的是，你需要再现整个居民区或城镇的气氛，以便让你所讲述的故事富有质感。在某些情况下，比如游记本身——你以粗犷的笔调回忆自己如何乘小船穿越希腊诸岛，或者在落基山背包旅行——描述性的细节会是主要内容。

对地点的描述不管占多大比重，都似乎相对容易。但令人沮丧的真相是，这其实很难，因为正是在这个领域，多数作家——包括专业和业余的——写出了不仅是最差的作品，而且简直就是糟糕透顶的作品。这种糟糕透顶的作品与作者性格上的某些严重缺陷并无关系。相反，它是作者的热情这一美德所造成的。没人能像刚旅行回家的人那样很快就招人烦。这种人特别享受自己的旅行，非得把一切都告诉大家不可——但我们并不想听这“一切”。我们只想听一部分，听是什么使他的旅行与众不同？听他能告诉我们有什么我们还不知道的？我们不需要他描述在迪斯尼乐园的每一趟乘车游玩，或者告诉我们大峡谷有多么壮观，或者威尼斯有运河。但假如有一次他在迪斯尼的乘车游玩遇到了阻碍，或假如有人坠入了壮观的大峡谷，那才是值得听的。

我们去了某地，感到自己是到达那里的第一人，为此我们浮想联翩，这些都是很自然的事，也很合理。这些感觉与想法促使我们不断四处旅行，验证自己的经验。有谁能参观伦敦塔而不想到亨利八世的妻子们，或者参观埃及而不被金字塔宏伟的规模和悠久的历史所感动？但那些地方其实早就被无数人光顾过。作为作者，你必须勒紧主观主义这条缰绳——你作为旅行者常常被新景色、声音、气味所感动——但为了读者，你必须保持观察的客观性。记录下你旅途中的一切会使你兴趣盎然，因为是你在旅行，但那一切也同样会使读者兴趣盎然吗？不会。仅仅汇集大量的细节来激发读者的兴趣是行不通的。每一个细节都必须有重要意义。

另一大陷阱是风格问题。在非虚构作品中，作者最容易滥用词语、无病呻吟。你会局促不安地在对话中使用大量形容词，如“神奇的”、“斑驳的”、“玫瑰色的”、“传奇式的”、“飞快的”。这些都是常见的流行语。在一天的观光中，有一半的景点都很“别致”，特别是风车房和廊桥；这些都被确认为具有“别致”性的特征。坐落在山区（或丘陵地带）的城镇被描绘为“依偎”在那里——我几乎没读到过在山区有哪个城镇不是“依偎”在那里——乡村被小路间隔得“星罗棋布”，更合意的描述是这些地方处于“半遗忘”状态。在欧洲，你一醒来就听见马车咯噔咯噔地沿着“饱经历史沧桑”的河边行驶；你似乎听见羽毛笔的嚓嚓声。这是一个新旧相遇的世界——旧的与旧的决不相遇。在这样的世界里，毫无生气之物焕发生机：店面微笑、楼房夸耀、废墟示意，就连烟囱顶都唱起古老的迎宾歌。

游记体裁还是一种富有弹性风格的写作，其中的词语严格审视起来并无微言大义，或者说其含义因人而定，如“吸引人”、“迷人”、“浪漫”。写出“这座城市自有其吸引力”并说明不了什么。除了女子仪态学校校长，又有谁会来界定“迷人”呢？还有“浪漫”又如何界定？这些都是观者眼中的主观概念。日出对一个人可能很浪漫，而对另一个人则可能很落寞。

那么你该如何克服如此惊人的差异而写好地点呢？我的建议可以缩减为两个原则——一个是风格原则，另一个是内容原则。

首先，在风格方面，要精心选词。如果一个词语很容易到手，要特别小心审视，它可能就是无数的陈词滥调之一。这些词语被紧密地编入游记写作之中，你需要花特别的力气才能避免。另外还要抵制滥用光彩夺目的抒情词语来描绘神奇的瀑布。这么做最好的效果也只会使你听起来做作，不像你自己，而最坏的效果则是自以为是。因此要尽力找鲜活的词语和意象。将文绉绉的词语留给诗人吧，将此类词语留给愿意要的人吧。

至于内容，也要极为审慎地选择。假如你描写海边，不要写“海岸岩石遍布”，或“时而海鸥飞过”。海岸本来就常常是岩石遍布，而且上方常有海鸥飞过。去掉每一个此类家喻户晓的事实：不要描写大海有波浪，沙滩是白色的。选择的细节要具有重要性。这些细节也许对你的叙述很重要，也许与众不同，或丰富多彩，或滑稽可笑，或赏心悦目，但一定要保证这些细节有效用。

让我来举几个不同作家的例子，他们的个性完全不同，但所选的细节却具有很相似的力量。第一个例子是琼·迪迪翁的一篇文章，题目是《金色梦想的梦想家》。文章报道了一起发生在加利福尼亚州圣贝纳迪诺谷耸人听闻的案件。在该文前面一段，作者就好像驾车带我们驶离都市文明，来到一段人迹罕至的公路。就在那里，露西尔·米勒的大众牌汽车不明原因地起了火：

这就是祈祷电话[1]好打书难买的加州。在这里，人们梳着蓬松隆起的头发，穿着卡普里裤，女孩们一生的愿望就是能穿上中长款的白色婚纱；与此同时，这里的离婚事件也层出不穷，有金伯利、谢丽、黛比、提华纳等离婚案，许多人又回归美发学校重新学着打扮自己。“我们当时就是疯疯癫癫的孩子，”他们毫不后悔地这么说，一心展望未来。未来在这个金色国度总是一片灿烂，因为没人记得过去。在这里，热风吹拂，陈旧的生活方式不再相干，离婚率是全国平均离婚率的两倍，每 38 个人中就有一个生活在拖车房里。在这里，人们从四面八方来到了自己的终点站，有的漂泊自寒冷的北方、遥远的过去，远离自己陈旧的生活方式。在这里，人们积极地寻找新的生活方式，在他们唯一所知的电影和报纸中寻觅。露西尔·玛丽·麦克斯韦·米勒就是这种新生活方式所浓缩成的纪念碑。

先想象一下榕树街，因为那里正是事发地点。去榕树街的路从圣贝纳迪诺沿着 66 号路的山丘大道一段向西行驶：经过圣菲道岔区和小睡汽车旅馆；再路过一个叫灰泥圆锥帐篷 19 号的汽车旅馆，“睡印第安棚屋——让钱花得超值”；路过丰塔纳赛车城和拿撒勒派丰塔纳教堂，还有歌舞厅休息点；路过凯泽钢厂，穿过库卡芒加，出去就到了位于 66 号路和玛瑙大道交汇处的卡普凯餐馆——那里有酒吧和咖啡馆。从意思是“禁海”的卡普凯，沿玛瑙大道往北，可以看见小区的彩旗在疾风中猛烈飘动。“半英亩牧场！快餐吧！石灰华大厅！95 美元搞定。”这是一条令人心狂神迷之路，是新加利福尼亚残渣余孽的处所。但再过一段路，各式招牌在玛瑙大道渐渐稀疏，那里的房屋也

① 一种宗教组织的热线电话，以吸引教徒参加宗教活动。

> 不再有春季房地产业主房屋的亮丽色彩，而是色彩斑驳的低矮平房；那里的住户种几架葡萄，养几只鸡。之后，山丘变陡，路开始爬坡，平房也很少见，四周一片荒寂，路面凹凸不平，两边长满桉树和柠檬树——这里就是榕树街。

仅两段描述，我们不但感觉到印第安灰泥圆锥帐篷、临时住房、借来的夏威夷式浪漫，而且还感觉到在此地落脚的人们矫饰的生活，以及其可悲可叹的不稳定性。所有细节——数字、名称、招牌——都各行其职。

描述具体细节也是约翰·麦克菲散文的支柱。他写的《进入乡间》这部有关阿拉斯加的书——从他众多别具匠心的书中只选一部——其中有一部分专门描写为州政府选择新地点的可能性。麦克菲只用几句就使我们明白了现州府所在地的问题。无论是作为居住地还是作为立法者制定合理法规的处所，这个地方都是个问题：

> 在现今的朱诺，行人尽管低头、奋力向前，还是会受风的阻碍而寸步难行。沿街有栏杆，参众议员们可以借此把着上班。在过去的几年里，风速表接二连三地被安装在城市上方的山梁上，测出的风速可达每小时200英里。这些装置都没能逃过一劫。塔古风将这些风速表的指针吹到了刻度的尽头，随后将其摧散。这儿的天气倒不总是那么糟糕，但朱诺市基本上是在这样严酷的气候条件下形成的，因而这里的街区很紧凑，建筑互相毗邻，街道呈狭窄的欧式风格，依着山坡、面对咸水湾而建……
>
> 哈里斯就是在那两年里（在阿拉斯加州参议院期间）忽然有了搬迁州府的动议。研究这一动议始于1月份，持续了至少三个月，哈里斯渐渐得到一种他称为“完全被隔绝的感觉。你

陷入困境，人们接触不到你，你在笼子里，你每天都要向难对付的游说者辩解，而且每天都是同一伙人。所发生的一切需要更多的宣传解释工作”。

这座城市如此远离美国普通民众的生活体验，其特性显而易见。对立法者来说，一个可能性是将州府搬到安克雷奇。在那儿人们至少不会感到自己是在一个封闭的城市里。麦克菲在这一段描述中提取了最本质的东西，无论在细节还是比喻上都恰到好处：

几乎所有美国人都知道安克雷奇，因为安克雷奇是城市涨出其边界的那部分，曾驱逐过桑德斯上尉。先建设，后文明。安克雷奇时不时以开拓之城的名义得到大家的谅解。但安克雷奇并不是边塞之城。它与其环境毫不相干。它随风而来，是一粒美国的种子。安克雷奇整齐划一，就像一架大饼干成形切割刀从埃尔帕索这个地方切出来的一样。安克雷奇位于代顿纳海滩背海处的奥克斯纳德中心特伦顿的北部边缘。它很紧凑，是速成的阿尔布开克市。

麦克菲所做的是捕捉朱诺市和安克雷奇市的意义所在。作为游记作者，你的主要任务是找到你所描写之地的中心意义。几十年来，无数作者试图把握密西西比河，捕捉这条贯穿美国神圣中部的雄伟通道的精髓，而且他们在描述中常常带有《圣经》般愤慨的语气。但是没有人能像乔纳森·拉邦那样对这一流域作出如此简明的描述。他的创作灵感来自于重访受洪灾的中西部各州后的体验。以下是文章的开头：

从西部飞往明尼阿波利斯，你会把这看成是一件具有神学内涵的事。

明尼苏达州大片平坦的农庄散落于规整的网格之中，空阔得就像方格纸那样令人惊讶。每一条沙砾铺的路，每一条沟渠，都是沿着城镇测量系统中的经纬线设计的。农庄是方的，田地是方的，房屋是方的；假如你把人们头顶上方的屋顶掀掉，会看见各家各户坐在方形房间正中央的方形桌子旁。大自然已被剥夺、修剪、钻探、惩罚、压制在这个直角形、直向思维的路德教区域。这里让你渴望看见桀骜不驯的曲线或者不规则的景象，看到田野里斑驳的色彩，在那里农人不经意间放任玉米和大豆混种。

但在这趟飞行途中并没有不经意的农人。下面的地貌一览无余，仿佛等待上帝检查，就像一幅巨大的广告，显示出人们严守的操行。它说明，下面没有任何嬉戏、不正常的情况；我们都是清清白白正直的百姓，是去天堂的合适人选。

然后大河走进视野，一条宽阔的蛇形影子顺从地在棋盘上爬行。密西西比河弯弯曲曲地流淌，一片片黑色沼泽，一座座绿色雪茄形状的岛屿，令人迷惑不解。这一切看起来就好像被有意置于此地，目的是教导中西部敬畏上帝的人们，告诫他们大自然固执不化的本性。大自然就像约翰·加尔文的坏脾气一样，它以野兽的姿态呈现在大陆中央。

在河上生活的人们赋予密西西比河不同的性别。他们对此绝非随心所欲，而几乎总是赋予自己的性别。“你最好尊重这条河，不然他会吃了你，”闸门工大声说。“她可怕着呢，她在这一带就吞噬了好多人，”午餐台边的女服务员这么说。诗人艾略特将这条河比喻为我们的内心世界（相对于海在我们周围），这是在向我们揭示日常生活中有关密西西比河的一个事实。看见浑浊翻腾的河水，人们的确会想到这体现了自己内心的矛盾冲突。人们向旁人吹嘘这条大河的恣意汪洋，它巨大的滋事与破坏力，还有它所造成的洪灾与溺人事件。此时，他们的嗓音里有一种弦外音："我内心也有那么做的冲动……我知道那种感觉。"

身为非虚构作者，有谁比生活在美国更幸运呢？这个国家在不断地变换花样、创造奇迹。无论你所写的地方在城市还是乡村、东部还是西部，每一个地方都有与其他地方不同的面貌、人口，以及一套文化习俗。要发现这些与众不同的特点。下面三段描述了美国几个很难区分的地方。然而，在每一个例子中，作者都给出了许多细节，使我们感到身临其境。第一个片段选自杰克·埃格洛斯的《去见迪克与简的途中：波多黎各人的心路历程》，描写的是作者童年在纽约拉美社区的经历。在那里不同族裔的"领地"可以共存于同一个街区：

> 每一个教室里有十个孩子不会说英语。黑人、意大利人、波多黎各人在教室里关系良好，但大家都知道彼此不能去其他人的区域。有时我们在自己的区域也不能太随意活动。在109街，从路灯往西是拉丁王牌区，从路灯往东是塞纳卡人区，我就属于这个"俱乐部"。不会说英语的孩子号称为海老虎，这个称号出自一首西班牙流行歌曲。"海老虎"与"海鲨鱼"是两艘船，从圣胡安驶抵纽约，从岛上运过来很多很多移民。
>
> 居民区有界限。第三大道以东为意大利区。第五大道以西为黑人区。南面，在103街有一座小山，当地人称之为库尼山。当你登上山顶，奇怪的事就发生了：美国从此开始，因为从山的南部开始是"美国人"生活的区域。迪克和简没有死，他们还好好地活着，在更好的街区里活着。
>
> 每当我们一群波多黎各孩子决定去杰弗逊公园泳池游泳，

我们就知道会冒险干仗，被意大利人揍。每当我们去哈莱姆的拉米拉格罗萨教堂，我们知道也会冒险干仗，被黑人揍。而当我们翻过库尼山，我们会冒险看别人的白眼，鄙视的目光，以及来自警察的审问，比如“你们在这个街区干吗?”或者“你们这些孩子怎么不回自己的地儿呆着去?”。

什么自己的地儿？哥们儿，我写过关于美国的作文。尽管我不会打网球，难道我就无权享用中央公园网球场？我就不能看迪克打球吗？难道这些警察不为我服务吗？

让我们从那里再到东得克萨斯的一座小城，也就是阿肯色州界对面的一座城镇。普鲁登斯·马金托什描写该城的一篇文章刊登在《得克萨斯月刊》上。我喜欢这本杂志，因为该文的作者和其他得克萨斯的作家在其中以活灵活现的风格，带我这么一个曼哈顿中城的居民遍访了该州的每一个角落。

我逐渐意识到，在成长的过程中我一直以为是得克萨斯特点的，其实属于整个南方。人们所珍视的得克萨斯神话其实与我所在州的那个部分没有多大关系。我认识多花狗木、无患子、紫薇、含羞草，但这里没有得克萨斯羽扇豆或者红扁萼花。虽然四州博览会和牧人竞技会在我所在的城里举办，我却从未学会骑马。我从未认识过什么真正戴牛仔帽穿牛仔靴的人，即使认识这样穿戴的人，他们也只是穿着玩而已。我只认识一些农场主，他们的农场被称为某某老人农场之类的，而不是大门上立有牛标记的牧场。城里的街道被命名为木、松、橄榄以及大道，但没有瓜达卢佩和拉瓦卡之类的名字。

再往西走是加利福尼亚莫哈维沙漠的穆拉克机场，那里是美国极为艰苦荒芜的地方，但正适合美国空军使用。上一代空军就是在这里开始实验如何突破声障的。汤姆·沃尔夫在《太空英雄》中的前几章对此有精彩描述。

这里看起来就像是化石地貌，这是由于长久以来的地质变迁所遗留下来的。到处都是巨大的干涸湖床，最大的是罗杰斯湖。除了三齿蒿之外，这里唯一的植被是短叶丝兰，形成一派弯曲成畸形的植物景象，看起来像仙人掌和日本盆景植物的杂交。这些植物有石化深绿的颜色和变形得厉害的枝干。傍晚，短叶丝兰的轮廓显露在石化的荒原上，就如同陈旧的梦魇。夏天，这里的温度一般可达华氏110度，干涸的湖床布满沙砾，掀起的暴风和沙尘暴就好像直接来自电影中的异域军团。晚上，温度会降至接近零度，12月份开始下雨，干涸的湖泊会满上几英寸深的水，某种腐臭的史前虾会从沼泽中向上爬，海鸥会从一百多英里外的海洋越过山脉飞过来，吞吃这些蠕动的小返祖虾。人们得亲眼看见才会相信……

风将几英寸深的水横着湖床吹来吹去，湖面变得绝对平滑。春天湖水蒸发，太阳烘烤大地，河床就成为自然界最棒的降落场地，而且也是最大的，可以允许降落误差达几英里。这对于在穆拉克机场从事的这项航空事业来讲是求之不得的环境。

在穆拉克，除了风、沙、风滚草、短叶丝兰之外，只有两个并排的匡西特活动房屋样式的飞机棚，几个汽油加油泵，单一的混凝土跑道，几个油毡纸棚屋，还有几顶帐篷，此外别无他物。军官们呆在标为“营房”的棚屋里，级别低一点儿的军人呆在帐篷里，整晚挨冻，整天挨烤。每一条通往营区的路都有一个由士兵把守的岗哨。就在这样一个被上帝遗弃之地，军队所从事的是研发超音速飞机和火箭推进式飞机。

我称这种写作形式为游记写作，但要练习这种写作并不意味着你非得去摩洛哥或蒙巴萨才行。去当地的购物中心，或者保龄球馆，或者日托中心。但无论你写什么地方，要去够次数，区分出那里别具一格的特色。一般来讲，那种特色就是那个地方和住在那里的人的某种结合。如果你去的是本地保龄球馆，其特色就是那里的气氛和常客的一种混合。如果你去的是外国城市，其特色就是那里古老文化和现住居民的一种混合。要尽力去发现。

英国作家 V. S. 普里切特是这种发现技艺的大师，他是最优秀、最多才多艺的非虚构作家之一。下面看看他从伊斯坦布尔的造访中能挤出点儿什么：

> 伊斯坦布尔所激发的想象力震撼了大多数游客。苏丹王的形象在我们头脑中挥之不去。我们或多或少期望看见他们仍浑身宝气地盘腿坐在卧榻之上。我们记得圣城的故事。事实上，伊斯坦布尔除了其氛围外，并没有什么辉煌。这座城市建在山丘上，有陡坡，有鹅卵石街道，人群熙熙攘攘……
>
> 商店大多卖布、衣服、袜子、鞋子，希腊商人跑出店外，摊开布匹向过客兜售，土耳其人则被动地等客上门。搬运工喊叫，人人都喊叫，你被马头撞上，被驮着的床上用品撞到一边，而穿过这一切，你又看见一种在土耳其的奇妙景象——一个神情严肃的年轻人拎着一个由三条链子吊着的铜盘，在盘子正中心有一小杯红茶。他没洒一滴，行动自如地穿过混乱的人群，将茶送给坐在店前台阶上的老板。
>
> 人们发现在土耳其有两种人：一种是拎着的，另一种是坐着的。论坐得悠闲、精到、美妙，无人比得过土耳其人，他身体的每一寸都坐着，就连他的脸都坐着。他坐在那里，就好像经历了几代宫廷峰的宫殿中苏丹王所享有的坐的艺术。他再喜

欢不过的是邀请你在他的店里或办公室一起坐坐，同时还有十几位其他坐客：他客气地问你几个问题，有关你的年龄、婚姻、孩子的性别、亲戚多少、在哪儿住、如何生活，然后像其他坐客一样，你清一清嗓子，说话音量之大超过在里斯本、纽约或谢菲尔德所听到的任何声音，随后同大家一起静默。

我喜欢"就连他的脸都坐着"这样的词语——短短几个词，所表达的意思却极具想象力，令人惊叹，同时很好地说明了土耳其人的特性。我要是再去土耳其，绝对不会注意不到那里的坐客。仅用一种迅捷的洞察力，普里切特就抓住了整个民族的特性。这是描写好其他国家的基本写作要素。要从非物质性中提炼出重要的特性。

英语（正像普里切特所提醒我的那样）历来擅长游记这种独特的文体形式——这种文章更着重于某个地点从作家那里提取了什么，而不是作家从那个地点提取了什么。新景观能够激发思想，不然作者在头脑中可能想不到这些。如果游历在扩大，它应该不仅扩大我们对哥特式教堂的观瞻或者法国人酿酒方法的了解。它应该激发群星璀璨般大量的思想，有关男男女女如何工作、嬉戏、养儿育女、敬神拜神、生生死死。在阿拉伯半岛有一批痴迷沙漠的英国学者探险家，如 T. E. 劳伦斯、弗雷亚·斯塔克、威尔弗里德·塞西杰。他们选择生活在贝都因人的部落中，在其所撰写的书籍中，大部分的神奇力量来自于他们在如此严酷苛刻的环境中对于生存的反思。

因此，当你写地点时，要尽量地尽其材。但假如把创作过程倒过来，就让地点让你人尽其才吧。虽然梭罗只出城一英里，却写了美国人所能写出的最丰富的一本游记《瓦尔登湖》。

最后，无论如何，给地点带来生机的是人的活动：人的活动赋予地点性格。四十年后，我依然记得詹姆斯·鲍德温在《下一次是火》一书中动感十足的描述。他在书中描写了自己作为一所哈莱姆教堂儿童传道员的情景。我至今依然有礼拜日早晨身处教堂里的感觉，因为鲍德温在自己的作品中超越了简单的描述，而进入由声音、节奏、共同信仰、共同情感相结合的更高的文学领域：

> 教堂里一派激动人心的场面。过了好长时间我才从这激动中回过神来，但在最直觉、最内心的层面，我却从未真正回过神来，也将永远不会。从没有如此的音乐，如此的圣剧，演绎出圣人欢庆、罪人呻吟、铃鼓疾敲，所有人的声音汇合在一起，向神圣的主高唱赞歌。我从未体验过如此的情怀，它发自这些多肤色的、憔悴的、带有某种胜利和容光焕发的面容；大家发自内心深处的声音来自对主的仁慈的极端渴望，可触可见，永不间断。我从未见过如此火一般的热情和激动毫无征兆地充溢整个教堂，使教堂就像莱德贝利[①]和很多其他人所证实的那样“震颤”。从那以后，我再也没有感受过如此巨大的力量和荣耀。有时候在布道中间，我忽然感觉到自己已经真的奇迹般地高高举起人们所说的“主的旨意”——这时教堂和我融为一体。他们的痛苦和欢乐就是我的，我的也是他们的——他们大喊“阿门！”“哈利路亚！”“是啊，主！”“赞美他的名字！”“传道吧，兄弟！”这些声音持续不断，拍击着唱独角戏的我，直到我们都平等如一，在圣坛下痛苦并快乐地扭动身体，唱歌跳舞，大汗淋漓。

决不要怕写一个自己认为已经被别人写尽的地方。只要你写了，那就是你的地方。我就给自己定了这么一项挑战，决定写一本书，题目是《美国的景点》，其中有 15 个最受欢迎的热门景区已经成为

---

① 莱德贝利（Leadbelly，即 Huddie William Ledbetter，1888—1949）：美国黑人民谣及布鲁斯传奇音乐家，以强有力的嗓音与粗犷的吉他弹奏闻名，为民谣确立了标准。

美国标志性的景点，或者说强有力地代表了美国人的理想与精神。

我要写的景点中有九个是超级偶像：拉什莫尔山、尼亚加拉瀑布、阿拉莫、黄石公园、珍珠港、弗农山庄、康科德与莱克星顿、迪斯尼乐园、洛克菲勒中心。还有五个地方体现了对美国的独特看法：马克·吐温童年的故乡密苏里州的汉尼拔，他借此创造了密西西比河和理想童年的双重神话；内战结束之地阿波马托克斯；莱特兄弟发明飞机之地基蒂霍克，它象征着美国人发明创造的天赋；德怀特·D·艾森豪威尔的大草原故乡堪萨斯的阿比林，它象征着美国小城镇的价值观；纽约州边远村庄肖托夸，美国的自我完善与成人教育理念大多孵化于此。我所写的圣地中只有一处是新的：玛雅·林民权纪念地，在阿拉巴马州的蒙哥马利，纪念在南方民权运动中被杀害的人们。除了洛克菲勒中心，我之前从未参观过以上其他的地方，对那里的历史也一无所知。

我的方法不是问在拉什莫尔山景点抬头凝视的游客“你感觉到什么?”我知道他们会说什么，比如一些主观的印象（如“简直不可思议!”），因此这些信息对我没用。相反，我到这些地方去问那里的管理员：你觉得为什么每年有两百万人到拉什莫尔山来?或者三百万人到阿拉莫来?或者一百万人到康科德桥来?或者几十万人到汉尼拔来?所有这些人都在追寻什么?我的目的是进入每一个地方，了解其自身的意图，去发现每一个地方自身的努力目标，而不是我可能希望或者想要这个地方怎么样。

通过采访当地的男男女女——公园管理员、园长、图书管理员、商人、老居民、得克萨斯共和国姊妹协会、弗农山庄女士协会的女士们——我进入了最丰富的矿藏之一，这里等待着作者去发掘、寻找美国：在当地工作的人习以为常的健谈满足了其他人的需求。下面就是三个地方的管理员告诉我的：

拉什莫尔山："下午，当阳光将阴影投入那个凹陷处，"一位叫弗雷德·班克斯的管理员说，"你会感到那四位伟人的眼睛直勾勾地看着你，不管你挪到哪里都是如此。伟人们一直看入你的心里，想知道你在想什么，使你感到内疚：'你尽职了吗？'"

基蒂霍克："来到基蒂霍克的人中有一半与航空有某种联系，他们在寻找事物的根，"主管安·奇尔德雷斯说。"我们得定期替换某些威尔伯·莱特和奥维尔·莱特的照片，因为他们的脸都被磨掉了——参观者想要触摸他们。莱特兄弟是普通人，受教育程度只有高中水平，但他们在很短的时间里，用很少的资金，做出了非同寻常的事。他们大获成功，我觉得他们改变了我们的生活方式，'我会这么受鼓舞并这么勤奋地工作来创造这么伟大的东西吗？'"

黄石公园："参观国家公园是一项美国家庭传统，"管理员乔治·鲁宾逊说，"人人皆知的公园就是黄石了。但还有一个藏而不露的原因。我认为人们有一种天生的需求，要与他们所进化而来之地重新建立某种联系。我在这里注意到一种最紧密的联系，那是最年轻的人和最年长的人之间的联系。他们都更靠近自己的原始地。"

这本书中带有强烈感情色彩的内容，都是由我让别人述说提供的。我无须增强其感情度或爱国度。要小心强度的分寸。假如你在写神圣之地或意义重大之地，那就把强度留给别人。我到达珍珠港之后不久明白了一件事。日本于 1941 年 12 月 7 日炸沉亚利桑那战舰之后，人们继续让这艘战舰每天漏一加仑油。在我后来采访那儿的主管唐纳德·马吉时，他回顾说，接这份工作时，他扭转了一项禁止 45 英寸高的孩子参观亚利桑那纪念舰的官僚规定。那项规定认为，小孩们的行为会“负面地影响”其他游客的感受。

“我不认为孩子太小就不能理解那艘船象征着什么，”马吉告诉我，“如果他们看见漏油——如果他们看见那艘船还在流血，他们是会记住它的。”

第十三章 写你自己：回忆录

在作者可以利用的所有题材中，最熟悉的是自己：自己的过去和现在、自己的思想和情感。然而这些也可能是自己最想竭力回避的。

每当我受邀去学校或大学上写作课，我问年轻学生的第一件事是："你的问题是什么？你关心什么？"从缅因到加利福尼亚，他们的回答都一样："我们得写老师想要的。"这句话真令人沮丧。

"这是好老师最不想要的，"我告诉他们。"没有哪位老师想要25份千篇一律的作文。我们要寻找的，我们想看到从你的作文中蹦出来的，是个性。我们要找的是任何使你独一无二的东西。写你自己的所知所想。"

中年人也并没有摆脱这个问题。在作家研讨会上，我遇见一些女士，她们的孩子都已长大，现在她们想通过写作来清理一下自己的生活。我敦促她们运用个人生活中的细节，写最靠近自己的。她们表示反对，说"我们得写编辑想要的"。换言之，还是"我们得写老师想要的"。为什么她们认为自己需要得到许可才能写自己最熟悉的或者她们自己的体验与情感？

让我们再跳到另一代人。我有一位记者朋友，他一辈子踏踏实实地写作，但总是用二手材料阐释他人的事情。几年来我常听他提到他的父亲，一位在堪萨斯一座保守的城里持自由立场、孤立无援的牧师。显然我这位朋友强烈的社会良知就来自于此。几年前我问他何时开始写生活中对自己真正重要的内容，包括他父亲。有朝一日吧，他说。但这一天总被推迟。

当他到了 65 岁，我开始不断烦扰他。我寄给他一些感动过我的回忆录，最后他同意把自己的上午时间花在写回顾性的内容上。现在他简直不敢相信自己踏上的是怎样一条解放之路：他发现了许多自己不明白的有关父亲的事情，以及有关他自己的生活。但当他描写自己走过的旅程时，他总是说，“我以前从没有这个胆量”，或者“我总是害怕尝试”。换言之，“我之前并不认为自己得到了许可”。

为什么不呢？难道美国不是“坚强的个人主义者”之地吗？让我们找回那丧失的领土和那些迷失的个人主义者。如果你是写作课老师，让你的学生相信他们自己的生活值得一写。如果你是作者，许可你自己告诉大家你是谁。

说“许可”，我不是指“放任”。我可没有耐心放任松松垮垮的写作技能——60 年代那种“一切都随它去”的措辞。要想在这个国家拥有一项体面的事业，能写出体面的文字很重要。但针对你为谁写作这个问题，不要急于讨好。如果你有意识地为老师或编辑写，结果是你为谁也没写。如果你为自己而写，你就会达到你的写作目的。

写自己的生活自然与阅历有关。当学生说他们得写老师想要的，其实常常是指自己没什么想说的——他们的业余生活极为贫乏，主要的活动不是看电视就是逛购物中心，都是人造的现实世界。而在任何年龄，写作这一具体活动都有强大的探索机制。浸入自己的过去，我会发现某些已被遗忘的事情在我需要的时候会准时到位，这常使我感到惊讶。当你的其他资源之井干枯的时候，你的记忆几乎总能提供素材。

不过，许可是一把双刃剑，使用时人人都要牢记军医的警告：

过度写自己无论对于作者还是读者的健康都是有害的。自我与利己主义只有一线之隔。自我是健康的，作者若无自我行之不远。利己主义则是障碍。虽然本章无意发放许可来空谈疗法，我还是要提出规则，以确保回忆录中的每一个组成部分都起作用。写自己，要不遗余力地用自信和愉悦的心情去写自己。但要保证所有细节，包括人物、地点、事件、轶事、思想、情感，都能稳步地推动故事的进展。

这就涉及回忆录的形式问题。几乎任何人的回忆录我都读。对我来说，没有其他非虚构形式能如此深入地进入个人经历的根基——进入人生的所有戏剧、痛苦、幽默以及不可预知性。在我读过第一遍的书中，记忆最真切的一般都是回忆录，比如安德烈·艾西蒙的《走出非洲》、迈克尔·J·阿伦的《流放》、拉塞尔·贝克的《长大》、薇薇安·戈尼克的《强烈的依赖》、皮特·哈米尔的《醉酒人生》、莫斯·哈特的《第一场》、约翰·豪斯曼的《排练》、玛丽·卡尔的《说谎者俱乐部》、弗兰克·麦考特的《安吉拉的骨灰》、弗拉基米尔·纳博科夫的《说，记忆》、V. S. 普里切特的《门前的出租车》、尤多拉·韦尔蒂的《一个作家的开端》、伦纳德·沃尔夫的《成长》。

给这些回忆录以力量的是聚焦的狭窄度。不像跨度为一生的自传，回忆录也呈现人生，但只精选一小部分而忽略大部分。回忆录作者带我们回到其过去某一段刻骨铭心的时光，比如童年，或者饱受战争或某种社会动荡影响的岁月。贝克的《长大》就是盒中盒。故事记述了遭受大萧条打击的家庭中一个男孩成长的经历，其力度来自当时的历史环境。纳博科夫的《说，记忆》是我所知的最优雅的回忆录，它激起人们对沙皇时代在圣彼得堡度过的金色童年的回忆，那是一个家庭教师与夏宫的世界，是一个俄国革命永远将其终结的世界。这一写作行为冻结于特定的时间和地点。普里切特在《门前的出租车》中回顾了几乎是狄更斯一样的童年，他在伦敦皮毛行当学徒的那段阴郁时期似乎属于19世纪。然而普里切特的描写并没有自怜，反倒有些自娱。我们看到他的童年与他所出生的特定时期、特定国家以及阶层密不可分，是他成长为了不起的作家的有机部分。

当你尝试回忆录写作的时候就要想得窄一点儿。回忆录不是整个人生的概述，它是通向生活的窗户，很像在构图上具有高度选择性的照片。它看起来像是在随意、甚至任意地回顾往事，实则不然，它是有意的建构。梭罗八年间写过七个不同版本的《瓦尔登湖》草稿。在美国人的回忆录中，没有比这一部更难完成的了。要写好回忆录，你必须成为自己生活的编辑，赋予散落四处、半遗忘的事件以叙事结构与组织思路。回忆录是发明真实的艺术。

艺术的秘诀之一是细节。任何细节都会有效——一个声音、一种味道或者一首歌的名字——只要它在你所提取的那部分生活中起结构性的作用。想一想声音。看一下尤多拉·韦尔蒂是如何开始《一个作家的开端》一书的，看起来薄薄的一本书，却充满了丰富的回忆：

> 我1909年出生在密西西比州杰克逊城北国会街自家的房子里，是三个孩子中最大的一个，我们都是伴随家里敲打的钟声长大的。门厅里放着一架教堂样式的橡树老爷钟，它撞出鸣锣般的响声，传到客厅、餐厅、厨房、配餐室，连楼梯的板壁都声声作响。整个晚上，钟声钻进我们的耳朵，有时我们甚至在卧廊都会被半夜惊醒。我父母的卧室里有一台小撞钟与之呼应。厨房里的钟不发声而只显示时间，餐厅里的是个布谷鸟钟，下面有坠连在长链条上。有一次我小弟弟爬上椅子够到碗柜的顶

部，成功将猫在坠上悬吊了一会儿。我不知道父亲在俄亥俄州住时的老家是否与此有关，不过在18世纪初第一批韦尔蒂兄弟来美国之前，这一家都是瑞士人；反正我们大家一生都特别在意时间。这对于一位未来的小说家来说至少是件好事，它使我学会了深刻地洞察时间的顺序，而且在描述事件时几乎总是想首先处理好时间安排问题。这是我在几乎不知不觉中就学会的许多好事之一，写作中掌控时间的技巧对我是随需随到。

我父亲喜爱所有教育人、愉悦人的工具。他保存东西的地方是图书馆式大桌子的抽屉，在里面，折叠起来的地图之上有一架带黄铜伸缩部件的望远镜，晚饭后他用它在前院观察月亮和北斗七星，还按时观看月食、日食。还有一架折叠式柯达相机，在圣诞节、生日以及外出旅行时用。在抽屉的最里面有放大镜、万花筒、陀螺仪，都放在一个黑色硬麻布盒子里。他会让陀螺仪在绷紧的绳子上跳舞给我们看。他还为自己准备了一套游戏拼接组件，由穿在一起的金属环、连接链和连接锁构成，父亲无论怎么耐心地教，我们都拆不开。父亲对精巧的发明有一种近乎孩童般的热爱。

不久，餐厅的墙上又多了一个气压表，但其实我们并不需要气压表。父亲像乡下孩子一样对天气和天空的变化了如指掌。他每天早晨第一件事就是站在门前台阶上，观察一下天气，然后吸一口气。他是个很棒的天气预报员。

“可我不是……”母亲会极为得意地这么说。

因此我对于天气变化也极为敏感。后来我写小说的时候，环境气氛从一开始就起到很大的作用。天气的剧烈变化以及由此引起的内心情感的起伏，会以戏剧性的形式共同呈现在我的作品中。

注意，我们一开始就马上了解到许多有关尤多拉·韦尔蒂早年的信息——她出生的家境、她父亲的为人。她以钟表声带我们进入她的密西西比少女时代，钟表的报时声在楼梯上下回荡，甚至向外传到了卧廊。

阿尔弗雷德·卡津运用气味作为线索，来追寻自己在布鲁克林区布朗斯维尔地段所度过的童年。从我很久以前第一次读到卡津的《城市里的步行者》之时起，我就记得那是一本感官特点浓重的回忆录。以下这段不仅是用鼻子写作的范例，而且还显示出回忆录如何受作家所创造的地点滋养——那是一种使其街区和传统与众不同的感觉。

> 至于星期五的晚上，我最喜欢的是街道上的黑暗和空荡，就好像为那一天的休息和拜神做准备，而犹太人则像迎接“新娘”一样对待那一天，就连碰钱都是被禁止的，他们停止一切工作、一切旅行、一切家务，甚至连开灯关灯都停止了——犹太人通过饱受痛苦的心灵，找寻到自己某种远古的中心。我等待星期五晚上街道黑下来，就像其他孩子等待圣诞灯亮起来一样……当我三点回家的时候，烤箱里焙烤的咖啡饼的温暖气味，妈妈手脚着地在厨房地板上刷洗油地毡的身影，使我心中充满温馨的感觉，我觉得自己的感官都伸展出去，拥抱住家里的每一个物件……
>
> 我最盼望的时刻六点钟到来，这时父亲下班回家，他的工作服闻起来还有淡淡的松节油和虫胶清漆的味道，下巴上还有银漆的白点闪闪发亮。他把大衣挂在通往厨房的又长又黑的走廊，一只口袋里留着一份折得松散的纽约《世界报》。随后我大脑的另一半会唤起纽约东河那边的一切，新印出来的报纸油墨味道和头版的地球图案浮现在脑海里。这份报纸对我来说承载着与布鲁克林大桥特别的联想。编辑部坐落在俯瞰大桥的公园

街上，《世界报》就是在那里的绿屋顶下出版的。纽约港清新、咸咸的空气滞留在我家的走廊里，混合在油漆和新闻纸的气味中。我感到父亲通过每天一份的《世界报》，直接将外面的气息带进家里。

卡津后来跨过布鲁克林大桥，成为美国文学评论界的泰斗。但他心目中的文学体裁并非诸如长篇小说、短篇小说或诗歌之类的文学形式，而是回忆录，或者他所称的“个人历史”——特别是那种他孩提时发现的“美国个人经典”，如沃尔特·惠特曼在内战时期的日记《典型的日子》和他的《草叶集》，梭罗的《瓦尔登湖》，特别是他的日记以及《亨利·亚当斯的教育》。使卡津兴奋的是，惠特曼、梭罗和亚当斯都大胆运用最个性化的形式——纪事、日记、信件、回忆录——将自己写入美国文学的地貌之中，而他通过书写个人历史，创造出同样与美国“值得珍视的联系”，因而也将自己，这位俄国犹太裔的子孙，置于同样的地貌之中。

你可以用自己的个人历史跨越你自己的布鲁克林大桥。回忆录是捕捉美国新移民生活的最佳形式，每一位移民的儿女都从自己的文化中带来与众不同的声音。下面是恩里克·汉克·洛佩斯撰写的《回到巴钦巴》中的一段，典型地反映出被遗弃的过去和被抛在身后的故乡所发出的巨大力量，它给予这种写作形式以丰富的情感。

我是来自巴钦巴的“老墨”，那是一个很小的墨西哥乡村，在齐瓦瓦州，我父亲曾在那里为比亚的军队打仗。他其实是比亚军队里唯一的二等兵。

一般来讲，“老墨”在墨西哥是一个贬义词（简单讲，“老墨”是指那种粗俗平庸的墨西哥人，却装作是狗娘养的外国佬），但我用其特别的含义。对于我，这个词意味着“拔了根的墨西哥人"，而那正是我一生的写照。虽然我的整个成长和教育过程都在美国，我却从未真正感到过自己是美国人；而当我在墨西哥，有时又感觉像一个错了位的外国佬，有一个古里古怪的墨西哥人的名字。人们可能会下结论说，我不是文化分裂型的墨西哥人，就是有文化的分裂型美国人。

不管怎么说，这种精神分裂早就开始了，当时我父亲和比亚队伍里的许多人逃过边境，以躲避正在压近的、最终击败比亚的墨西哥联邦部队。母亲和我乘平板马车穿越炽热的沙漠平原，在父亲仓皇逃离几天之后，在得克萨斯的埃尔帕索同父亲会合。随着比亚的人每天蜂拥涌入埃尔帕索，很显然工作会越来越少而且不稳定，于是父母打点好我们仅有的几件家什，赶第一辆公共汽车去了丹佛。父亲希望搬到芝加哥，因为那个城市的名字听起来很墨西哥化，但是母亲少得可怜的积蓄都不够买票去科罗拉多。

在那里，我们搬进了讲西班牙语的居民区，那里的人特意称自己为西班牙裔美国人，他们憎恶突然从墨西哥迁徙过来的同族兄弟，嘲讽地称其为"南方佬"……我们这些"南方佬"开始在这个大居民区的一个次街区聚集起来，而正是在那里，我才痛苦地意识到父亲是比亚军队里唯一的二等兵。我的大多数朋友都是上尉、上校、少校甚至将军的儿子，只有少数几位父亲承认他们只是中士或下士……还有另一个现象越发加重了我的苦闷，那就是比亚的丰功伟绩是家里谈话中从不间断的话题。我的整个童年似乎都笼罩在这一阴影之中。几乎每晚的饭桌上，我们都会听到重复了无数遍的对这场战役、那次战略的叙述，或者某种罗宾汉施善似的伟大行为……

就好像要加深我们对比亚主义的印象，父母教我们《爱德丽特》和《他们将大炮送到巴钦巴》这两首墨西哥革命时期最著名的歌曲。大约二十年后（我在哈佛法学院任职的那段时间），沿着查尔斯河边散步，我还会不由自主地反复哼唱“他们将大炮送到巴钦巴，送到巴钦巴，送到巴钦巴”，这就是我能记住的那首带有强烈造反激情的歌曲全部。虽然我出生在那里，但我总认为“巴钦巴”是一个虚构的、杜撰的、路易斯·卡罗尔[①]式的名字。因此，当我八年前首次回到墨西哥，来到齐瓦瓦南面的一个十字路口，看见一块老路牌“巴钦巴 18 公里”时，简直惊呆了。还真有这么个地方——我内心大喊——巴钦巴是一个真实存在的城镇！驾车拐到狭窄、铺得很差的路上，我加大马力，开向儿时就一直歌唱的镇子。

对于加利福尼亚州斯托克顿市中国移民的女儿汤婷婷来讲，一个孩子在异国他乡开始上学，这样的人生经历充满了腼腆与尴尬。下面这段选自《女勇士》，标题“找到自己的声音”十分恰当。注意汤婷婷是如何生动地回忆起自己早年在美国那令人伤痛的事情和情感的：

我上了幼儿园，第一次必须说英语，这时我变得沉默寡言。甚至现在当我想说一个随意的“你好”，或者在前台问一个简单的问题，或者向公车司机问路的时候，还会有一种莫名的沉默——一种羞愧将我的嗓音撕成两半。我会僵直地站着……

第一年，我沉默无语，在幼儿园不跟任何人说话，去厕所也不请假，成绩也不及格。我姐姐也是三年没说话，在操场上沉默，午餐时同样沉默。除了我们家的女孩之外，还有其他沉

---

① 路易斯·卡罗尔（Lewis Carrol，1832—1898）：英国数学家、作家，著有童话《爱丽丝漫游仙境》，其中有许多杜撰的地名。

> 默寡言的华裔女孩，但她们大都比我们克服得早。我喜欢沉默寡言。开始我还没意识到自己该说话，或者该通过幼儿园的考试。我在家里说话，也对班里一两个华裔孩子说话。我做动作，甚至开玩笑。我用玩具碟子托着杯子喝水，当水溅出托在玩具碟子上的杯子时，大家哄堂大笑，用手指着我，于是我就再演一遍。我不知道美国人不用碟子托着杯子喝水……
>
> 当我发现自己必须说话的时候，上学成了痛苦的事，沉默寡言也成了痛苦的事。我不说话时，而且每次不说话时，都感到心情不好。不过我在一年级的时候也朗读课文，听见自己喉咙里吱吱地发出最空洞的低语。其他华裔女孩也不说话，因而我知道这种沉默寡言同作为华裔女孩的身份有关。

童年的低语现已成为用智慧与幽默向我们诉说的成年作家的声音，我对于在我们之中有这样的声音心存感激。一位华裔女孩就这样被扔进美国的幼儿园，被指望成为美国女孩，除了华裔美国女性之外，无人能够使我感到作为华裔女孩会是什么样。回忆录是使文化差异变得富有意义的一种方式，这些差异在当今美国可能是日常生活中痛苦的事情。在下面这篇《为我的印第安女儿》一文中，想一想刘易斯·P·约翰逊所描述的对身份认同的追求。约翰逊在密歇根州长大，是帕塔瓦米族奥塔瓦人公认的最后一位酋长的重孙子：

> 在大概35岁的某一天，我听说有一种帕瓦仪式。我父亲过去常参加这种仪式，于是我带着极大的好奇心和异常的兴奋，去发现我该继承的那部分传统。我打定主意，为这件大事做准备，让朋友在他的铁匠铺为我造一支矛。钢矛质地精良，蓝光闪闪，耀眼夺目。矛杆上羽毛鲜亮，威风凛凛。
>
> 在南印第安纳州一个尘土飞扬的集市广场，我发现有些白

人一身印第安人打扮。据说他们是“癖好者”，也就是说，他们有在周末装扮成印第安人休闲的癖好。这时我感到自己拿着矛很滑稽，于是就离开了。

过了好多年我才有勇气告诉别人那个周末我有多么窘迫，并且在其中看到了某种幽默性。但从某个方面来说，不管当时那个周末如何寂静，它都警醒了我。我意识到我并不知道自己是谁。我没有印第安人的姓名，不说印第安语，不知道印第安人的习俗。我恍惚记得奥塔瓦词儿“狗”，但那是儿语 kahgee，不是全称 muhkahgee，后来我才学会它的全称。更恍惚的是，我记得曾有过一次起名仪式（给自己起名）。我记得周围到处都是舞动的腿，四下里尘土飞扬。那曾在哪儿？我曾是谁？“Su-waukquat，就是树木开始生长的地方，”我问的时候，母亲这样告诉我。

那是在 1968 年，而我并非是这个国家唯一感到需要记住自己是谁的印第安人。还有其他人也有同感。他们举行帕瓦仪式，真正的仪式，后来我终于找到了他们。我们共同探寻自己的过去；对我来讲，这一探寻的顶点就是那次最长的行走，即 1978 年华盛顿大游行。也许因为我现在知道了作为印第安人意味着什么，我对别人仍不知道感到吃惊。当然，我们印第安人现在剩下的也不多了。一个普通人在自己普通的一生中认识一个普通的印第安人的机会不会太多了。

回忆录中关键的因素当然是人。声音、气味、歌曲以及卧廊只是带你到此而已。最终，你必须召回生活中让你印象深刻的人们。是什么让你对他们难以忘怀——什么天赋的聪慧，什么怪癖？在回忆录这一大鸟舍中，有一只典型的怪鸟是约翰·莫蒂默的父亲。他儿子在《抓住残骸》中回忆起这位盲人律师。这部回忆录成功地刻画出一位既温情脉脉又滑稽可笑的父亲。莫蒂默本人也是律师，同时还是一位多产的作家和戏剧家，以作品《法庭的鲁波尔》著称。他写道：父亲失明时，还坚持帮人打官司，就好像什么也没发生似的。为此母亲成了给他读辩护状和为他受理的案子做记录的人。

> 我母亲成为法庭上家喻户晓的人物，就像法警或庭长一样出名，带父亲从一个法庭到另一个法庭，耐心地微笑着。父亲则用带有云纹状图案的马六甲白藤手杖点着铺设平整的地面，向母亲或者向他的诉状律师大声责骂，或者同时责骂他们两个。战争早期，当他们在这个国家最终安顿下来，母亲就每天开十四英里的车，送父亲去亨利火车站，带他上车。父亲安坐在车厢一角的座位上，穿着打扮像温斯顿·丘吉尔：黑色外套，条纹裤子，领结扎在燕子领上，长筒靴上带有鞋罩。父亲会要求母亲用响亮而清晰的嗓音朗读当天离婚案的证据。随着火车嘎嘎作响地停靠在梅登黑德附近，一等车厢突然寂静无声，此时母亲正在读私人侦探调查到的有关通奸行为细节的报告。一旦她降低嗓音读到弄脏的亚麻床单，七零八落的男女衣物，或是轿车里的不轨行为，父亲就会大叫，“大声点儿，凯丝！”这时同车的旅客就能享受另一集耸人听闻的连载故事。

大家希望回忆录中最有意思的人物最终会是写回忆录的人。这位男士或女士从生活的山丘峡谷中都悟到了什么？弗吉尼亚·伍尔夫是高度个性化写作形式的积极实践者。她用回忆录、日志、日记、信件来捋清自己的思绪与情感。（我们经常开始出于义务写一封信，写到第三段时却发现还真有想对对方说的。）弗吉尼亚·伍尔夫一生所写的私密内容，对于那些同样与天使和魔鬼较量的其他妇女，有极大的益处。肯尼迪·弗雷泽曾为一本有关伍尔夫儿时遭性侵犯的书写过一篇书评，她在其中明确指出伍尔夫对她的影响。该文以回忆录形式开头，其坦诚与脆弱引人注目：

> 有一段时间，我感到生活似乎异常痛苦，读其他女作家的人生遭遇是少数的几种解决办法之一。我不幸福，并为此羞愧。我被生活所累。在我三十出头的几年里，常常坐在扶手椅里阅读他人的生活。有时读完之后，我会坐下来再从头通读一遍。我记得那一切难以言状的强烈情绪，以及一种鬼鬼祟祟的感觉——就好像唯恐自己被别人从窗外看到。甚至现在，我都感到自己应该假装只是在读这些女人的小说或诗歌——她们有意选给读者看的人生部分，化为艺术的那部分。但这却是谎言。我真正喜欢的正是那些私密的内容——日志和信件、自传和传记，只要她们似乎讲的是真话就好。我那时感到很孤独，只关注自己，十分自闭。我需要所有这些喃喃的合唱，这种不间断的真实故事，帮我渡过难关。她们对我来说就像母亲和姐妹，这些文学妇女中的许多人早已故去；她们似乎伸出手来帮我，超过我的家人。像其他许多人一样，我很小就来到纽约，为的是塑造自我。而像许多现代人一样——特别是现代妇女——我被弹射出自己的生活环境……（作家们的）成功当然给我希望，然而我最喜欢的却是她们生活中绝望之时的点点滴滴。我在寻找方向，收集线索。我特别感激的是有关这些女人的隐秘、羞愧的事情——她们的痛楚：堕胎、不匹配的婚姻、她们吃的药、她们喝的酒。还有，是什么使她们成为女同性恋者，或者爱上男同性恋者，或者爱上有妇之夫？

当你写个人历史的时候，必须贡献的最佳礼物就是你自己。要允许自己写自己，并享受这一过程。

科学与技术 第十四章

如果你在人文学院找一班写作课的学生，给他们留作业，叫他们写有关科学的某个题目，教室里准会响起一片可怜兮兮的嘀咕声。“别啊！别写科学！”学生会嘀咕道。他们都有一种共同的烦恼：怕科学。他们在年纪很小时就被某位化学或物理老师告知自己没长“理科脑子”。

找一位化学家或者物理学家或者工程师，叫他们写一份报告，你会看见他们简直要疯掉：“不！别叫我们写这个！”他们会这么说。他们也有一种共同的烦恼：怕写。他们在年纪很小时就被某位语文老师告知自己没有“词语天赋”。

两者其实都是不必要的害怕，但它们拖拽着人们的生活，因此在本章我愿意帮助你平息无论是哪一种害怕。本章基于一个简单的原则：写作并非是语文老师所独有的特殊语言。写作是付诸文字的思维。只要你想得清楚，就能写得清楚。打破迷信，科学只是另一种非虚构项目。打破迷信，写作只是另一种科学家传播知识的方式。

在这两种害怕中，我曾经怕科学。我的化学曾挂科。教我的女老师教过三代学生，已然是一位传奇人物，其传奇性在于她可以教会任何人化学。时至今日，我在这方面比詹姆斯·瑟伯的奶奶也强不了多少。瑟伯在《我的人生与艰难时世》中回忆道，奶奶以为，“电是从墙上的插座中无影无踪地滴进全屋的。”但作为作家，我已学会如何将科技内容传达给普通读者。这只是一句之后再写一句的问题。然而这个“之后”很关键。你必须迫使自己卖力地将一个个句子都写成线性结构，这至关重要。这可不是想象跳跃或暗含真谛之处。这里的统治家族是实事陈述和逻辑演绎。

我给学生留的科学作文很简单。我只是叫他们描述某些东西是如何运转的。我不要求文体风格或者任何其他优雅性。我只要他们告诉我，比如说，一架缝纫机是怎样工作的，或者水泵是怎样抽水的，或者苹果为何往下掉，或者眼睛怎样告诉大脑它看见了什么。描写任何过程都行，而且“科学”可以笼统地定义为包括技术、医学和自然。

新闻写作的一条原则是“读者一无所知”。从原则的角度来讲，这句话倒并非讨好之语，但科技写作的作者务必牢记这一点。你不能认为你的读者知道你自以为大家都知道的东西，或者读者还记得曾对他们解释过的东西。看了几百次的演示之后，我还不敢肯定我能像航班乘务员所演示的那样套上救生衣：也就是“简单地”将手臂穿过带子，“简单地”将两个棒形纽扣直接向下拽（或许是向边上拽?)，还有“简单地”将其吹起来——但不要过早。唯一我能确保的一步是过早地将其吹起来。

描述一个程序如何运作很有价值，其原因有二。它迫使你确信程序是如何进行的。然后它迫使你带领读者重新经历之前已经明了的想法和演绎。我发现这对许多思维混乱的学生来说是一种突破。有一个是来自耶鲁大学的很聪明的大二学生，他在期中还是满篇言辞模糊，后来有一天却兴高采烈地来到班上，问我可否向大家读一下他自己有关灭火器如何灭火的作文。我肯定我们当时都预感文章会一团糟。但他的作文运笔简洁严谨，清楚地解释了三种不同的火是如何用三种不同的灭火器来熄灭。我真是高兴极了，他一夜间就学会了有序写作，他自己也高兴极了。到了三年级结束的时候，他写了一本“如何做什么”的书，结果发行量比我写的书都好。

许多其他思维模糊的学生尝试了同样的办法，之后写起来就清晰了。试试吧。科学和技术写作原则适用于所有非虚构写作。这一原则引领一无所知的读者，一步一步地掌握他们原本认为自己并没有能力掌握，或者害怕因为自己太笨而理解不了的科目。

把科学写作想象为一座倒金字塔。先从塔底下以读者一定知道的事实开始，然后再介绍更多内容。第二句拓宽上一句所陈述的内容，使金字塔更宽，然后第三句拓宽第二句。这样你就可以逐渐超越事实，进一步移动到内涵与推断——这里的新发现是如何改变已知的事物，它可能打开什么新的研究渠道，该研究可能适用于何处。这个金字塔能变多宽是没有限制的，但是只有从一个狭窄的事实开始，读者才会明白宽广的内涵。

小哈罗德·M·施梅克刊登在《纽约时报》第一页上的文章就是一个范例。

> 华盛顿——在加利福尼亚有一只黑猩猩，会画“连城”游戏。培训师对这种习得现象很是兴奋，但他们对另一件事更为惊叹。他们发现能从这只动物的大脑看出某一个特别举动做得是对还是错。这取决于黑猩猩的注意力状况。当这只受过训的动物集中注意力时，他做出的举动就是正确的。

好，这个事实还挺有意思。但它凭什么登上《纽约时报》第一页呢？第二段告诉了我：

> 重要的是，科学家们能够辨认出黑猩猩的注意力状况。他们通过对脑电波信号进行详细的电脑分析，可辨别出被称为“精神状态”的现象。

但这在以前可能吗？

比起简单地探测兴奋、困倦或睡眠之类的粗略状况，其成果与希望要大得多。这是向认识大脑如何运作迈出了新的一步。

为何是新的一步呢？

加利福尼亚大学洛杉矶分校的黑猩猩及其研究小组已经从画“连城”游戏阶段毕业，但是研究脑电波的工作仍在继续。这项工作已经揭示出一些空间飞行期间大脑行为的惊人秘密。其成果有可能应用在解决地球上的社会与家庭问题，乃至改进人类的学习能力上。

真棒。这项研究的应用领域简直太宽泛了：太空、人类问题和认知工程。但它只是一个孤立的研究课题吗？其实不是。

这是正在全美国和全世界的实验室中进行的现代大脑研究蓬勃发展的一部分，所涉及的生物各式各样，从人到猴子，再到鼠类、金鱼、扁虫和日本鹌鹑等。

我开始看见整个形势的发展。但目的又是什么呢？

这些研究的最终目的是了解人类大脑——那个不可思议的三磅重的软组织集合体。大脑可以想象出宇宙最远的太空边缘以及原子最终极的核，但却探查不清自己的功能是如何运作的。每一项研究计划都是从一个巨大的谜团中啃掉一小块。

现在我知道加利福尼亚大学洛杉矶分校的黑猩猩在国际科学领域处于何种地位了。知道了这个之后，我就准备好去了解这只黑猩猩的具体贡献。

在这个教黑猩猩做画“连城”游戏的例子里，通过仪器在纸上记录下来的代表动物脑电波的波浪线中，即便是受过训练的眼睛也看不出什么特别之处来。但是通过电脑分析，人们有可能辨别哪些痕迹显示这只动物将要做出正确的举动，而哪些之前犯了错。

其中的关键部分是主要由约翰·汉利博士研发的电脑分析系统。能预兆正确答案的精神状态是那种可以描述为因受过训练而注意力高度集中的状况。假如没有电脑来记录并分析大量复杂的脑电波，这种精神状态的“征兆”就无从发现。

这篇文章在报纸上连续用了四栏，描述这项研究的潜在用途——探究家庭关系紧张的原因，减小司机交通高峰期的焦虑——而且最终还涉及医学与心理学的许多领域正在做的研究工作。但文章开始于一只黑猩猩做画“连城”游戏。

你可以通过帮助读者认同正在进行的科学工作，来解除科学写作中的许多谜团。同样，这意味着寻找人的因素——而且如果你非得以黑猩猩为例，至少那是在达尔文进化阶梯上仅次于人的最高一档。

其中有一种人的因素就是你自己。用你自己的经历去连接读者与你所描述的话题。在下面讨论记忆的文章中，注意作者威尔·布拉德伯里如何以个人独特的手法让我们理解一个复杂的话题：

直到现在，我还能看见沙土像一片乌云般打向我的眼睛，我听见父亲用沉着的嗓音叫我快把蜇眼的沙土哭出来，我感到胸中燃烧着愤怒和羞辱。距离我的玩伴在抢我的玩具救护车时对着我的脸扬起一把沙土那刻起，30 多年过去了，然而沙子和救护车的影像，父亲说话的声音，以及我受伤时情感的跳动，至今清晰可见。这些是我最初的记忆，这些最初的影像、语言、情感玻璃镶嵌于马赛克图案之中，后来通过大脑最基本的功能——记忆，我认识到那些就是自我。

如果大脑没有这个储存和回忆信息的神奇功能，那么这些醒与睡、表达我们如何感知事物以及进行复杂活动的大脑关键系统，就只能起到比模糊地感知每一刻的印象多不了多少的作用。人也不会有自我的真正感觉，因为他没有过去的画廊供审视、借鉴、欣赏，也不能在需要的时候藏匿其中。然而经过了几千年对自己行为特点的总结、细读和误读，人类渐渐对断开和储藏那些不断流逝的时间点滴的过程有了些许了解。

期中一个问题是，决定记忆的是什么，拥有记忆又意味着什么？例如，亚麻籽油有一种记忆，把它暴露于日光下，哪怕只有很短的时间，当它第二次曝光时，就会改变常态和感光度。它会“记住”第一次与光接触的特性。电子与流体线路也有记忆，情况更复杂一些。把这些线路安装在电脑里，就能够储存和提取大量的信息。而人体至少有四种记忆……

这是一个好开头。谁还没有一串串生动的、从极小的年龄回忆起来的印象呢？读者急于了解这种储藏和提取记忆的成绩是怎样取得的。亚麻籽油这个例子就足以激励人们去了解“记忆”到底是什么，而后作者又回到人的参照框架中来，因为是人安装了电脑线路，而且自身还有四种记忆。

另一种个性化的写作方法是将科学故事编织到某些人身上。伯顿·卢艾什多年来为《纽约客》撰写的系列文章，被称为“医学年鉴”，就具有这种吸引力。这些文章是侦探小说，其中总有一位受害者——某个普通人得了一种不知名的病——还有一位密探痴迷于寻找罪魁祸首。下面是其中一篇的开头：

1944年9月25日，星期一早上大约8点钟，一位衣衫褴褛、漫无目的的82岁老人倒在了哈德逊车站附近的人行道上。

一定有很多人注意到了他，但他独自躺在那里好几分钟，神志不清。他由于腹部痉挛而蜷缩着身子，痛苦地发出呕吐声。之后一名警察出现了。若不是弯腰仔细打量这位老人，警察还以为又碰上一个醉汉。大早上在城里这个区域遇见醉倒的流浪汉是常事。但是他这个想法并没有持续多久。这位老人的鼻子、嘴唇、耳朵还有手指都呈现出一种天蓝色。

到中午，十一位变蓝的男子被送进了附近的医院。但别害怕：野外流行病学家奥塔维奥·佩利特里医生在现场，他正打电话给疾病预防局的莫里斯·格林伯格医生。两人逐渐将病人的各种病症联系在一起，发现目前的病状似乎违背医学史上的任何记载，而直到后来这种病例才被确诊，罪魁祸首原来是一种极为罕见的中毒现象，就连许多标准的毒理学教科书都没提过。卢艾什的秘诀就是古老的讲故事艺术。我们受故事中追寻与悬疑的吸引。但他并没有以中毒医学史开头，或者谈论标准的毒理学教科书。他向我们描绘了一个人，又不仅是一个人，而是一个变蓝了的人。

另一个帮助读者了解不熟悉事物的方法是将人们与他们自己所熟悉的景致联系在一起。将抽象的原则简化为他们可以视觉化的意象。建筑师莫舍·萨夫迪构想出生物环境模型，他用这一模型设计了 1967 年蒙特利尔世界博览会创新性人居综合体。他在《超越生物环境模型》一书中解释说，人类假如花时间看一看自然是如何做的，就会把自己的家园建设得更好，因为“自然创造形状，而形状则是进化的副产品”：

人们通过研究植物和动物的生命、岩石和水晶的构成，可以发现形成它们各自形状的原因。鹦鹉螺进化成自己独特的形状，由此随着它的壳长大，头就不会卡在开口处。这就是我们所知的日晷式生长，其结果是长成螺旋状。从数学的角度看，这是其唯一的生长方式。

要用特定的材料获得强度也是同样的道理。看一看秃鹫的翅膀，其翼骨的构成，进化出一种复杂的三维几何形状，这是一种空间框架，很薄的骨头在末端变厚。秃鹫的主要生存问题就在于如何增强翅膀的力量（当这种鸟儿飞翔时，下摆运动量巨大）而不增加体量，因为那样会限制其活动。通过进化，秃鹫有了难以想象的最有效结构——翼骨中的空间框架。

“生命的每一个方面都有对形状的反应，”萨夫迪写道，指出枫树和榆树有宽宽的叶子，以便在温带气候下最大限度地吸收阳光；橄榄树叶则旋转式生长，因为它必须保存水汽而不吸收热量；仙人掌则垂直转向光照。我们都能想象出一片枫叶和一棵仙人掌来。对每一个理性原则，萨夫迪都给我们一个简明的例证：

经济性与生存是自然界的两个关键词。脱离具体环境来观察，长颈鹿脖子的长度似乎不经济，但实际上它很经济，因为长颈鹿的大部分食物都在高高的树上。我们所理解的美，我们所欣赏的自然界中的美，从来都不是任意的。

还可以再举一个黛安娜·阿克曼所写的有关蝙蝠的例子。我们大多数人对蝙蝠都只知道三个事实：蝙蝠是哺乳动物；我们不喜欢蝙蝠；蝙蝠有某种雷达，能使它们在黑夜中飞行而不撞上东西。显然，写蝙蝠的人必然要很快回来解释“回音定位”机制是如何运作的。在下面这段中，阿克曼给了我们极为精准的细节描写，而且很容易同我们已知的事情关联起来。阅读这一运作过程成了乐趣：

假如想象一下蝙蝠用高频声音向猎物发出呼唤和口哨，也就不难理解回声定位了。我们的耳朵在最年轻、最敏感的阶段

> 能够分辨每秒 2 万次的振动，但蝙蝠可以发出高达到每秒 20 万次的振动。蝙蝠并不是持续不断地发声，而是间歇性地发声——每秒 20～30 次。蝙蝠接收返回的声音，当返回的声音变得更快、更响，它便知道被追踪的昆虫飞近了。通过判断回声之间的时间差，蝙蝠可以分辨猎物运动的快慢以及方向。一些蝙蝠的敏感度足以察觉到在沙子上走动的甲壳虫，还有一些蝙蝠可以察觉蛾子停在叶子上扑扇翅膀。

这就是我所思考的敏感度问题，我请出的作家所给的两个例子再精彩不过了。但是对此，我的羡慕超过感激。我仍然在想：有关蝙蝠的敏感度问题，她还收集了多少其他例证才能选出这两个呢？几十个？几百个？要在开始尽可能多地收集材料，然后适当地呈现给读者。

> 当蝙蝠靠近猎物时，它会发出频率更高的声音，以便确定猎物的方位。而且，从砖墙上弹出的稳定、坚实的回音与从摇晃的花儿上弹回的轻盈、流动的回音之间有质的差别。通过向这个世界发出叫声并听其回声，蝙蝠就可以在脑中形成周围环境以及其中物体的图像，包括质地、密度、动作、距离、大小，也许还有其他可能的特征。多数蝙蝠都向自己的周遭环境发声，我们只是听不见而已。站在一片寂静的树丛里，四处都是蝙蝠，这想起来真是怪怪的。蝙蝠一生都在叫唤。它们向亲爱的叫唤、向对手叫唤、向晚餐叫唤、向忙忙碌碌的大千世界叫唤。这些蝙蝠的叫声，一些快，一些慢，一些响，一些柔。长耳蝙蝠无须叫唤，它们只要悄悄低语就能真切地听见自己的回声。

另一个使科学人人可知的办法是像普通人那样写作，而不是像科学家那样写作。这是一个老问题，即做你自己。你所应对的学术性科目，在一般情况下是以枯燥乏味、墨守成规的方式报道的，但这不能成为你不用出色、生动的语言写作的理由。洛伦·艾斯利是一位博物学家，他无惧于大自然的威胁，在《无边的旅途》中传达给我们的不但有他的学识，还有他的热情：

> 我一直是章鱼爱好者。这种头足动物很古老，它们变化多端，悄悄地经历过许多形状上的演化。它们是最聪明的软体动物，我总是感到我们真该庆幸这些章鱼从未上过岸，但是也有其他一些动物上了岸。
>
> 这倒没有必要恐惧。有一些生物的确怪异，但我却发现这个情况令人鼓舞，而不是相反。看到大自然仍在忙于试验，仍充满活力，并没有因为泥盆纪的鱼最终变成了有两条腿并且头戴草帽的家伙而完结或者满足，这给人一种充满信心的感觉。在海洋这个大染缸里还有其他东西在发酵和生长。知道这一点是值得的。很值得知道未来同过去一样有很多可以期待。唯一不值得知道的是确认人自己在其中的作用。

艾斯利的天才之处在于，他帮我们感觉到当一名科学家是什么样的。在他的写作中关键的事务是一位博物学家与大自然的恋爱，就像刘易斯·托马斯所写的细胞生物学家对于细胞的恋爱一样。“看着电视，”托马斯在他优雅的《细胞生命的礼赞》一书中写道，“你会想到我们生活于走投无路之中，完全处于危险之下，四周围绕着追人的细菌，只有通过不断杀灭细菌的化学技术，才能保护我们免于感染与死亡。我们幸运地把混合了除臭剂的喷雾剂喷进鼻子、口腔、腋窝、隐秘的犄角旮旯——甚至喷进电话听筒里。”但正当我们感到最紧张的时候，他说，“在庞大的微生物世界里，我们人类一直处于一个相对次要的位置。感染了脑膜炎球菌的生命危险，即使没有化学疗法，也比脑膜炎球菌不幸地抓到一个人的危险要小得多。”

刘易斯·托马斯科学地证明，科学家也能像其他人一样写好。要写好不一定非得当“作家”。我们想到了作为作家的雷切尔·卡森，她以《寂静的春天》一书发起了环保运动，但卡森却并不是作家，她是海洋生物学家，她就能写好。她能写好，因为她想得清楚，而且对自己的专业充满热忱。查尔斯·达尔文的《比格尔航行》不但是一部自然史经典，而且也是文学经典，书中的句子生动、有力地阔步前行。如果你是爱好科技的学生，不要想当然地认为英语系对“文学”具有垄断权。每一门科学都有自己的优秀文学。阅读在你感兴趣的领域写得好的科学家的作品——普里莫·利瓦伊的《元素周期表》、彼得·梅达沃的《柏拉图的理想国》、奥利佛·萨克斯的《错将妻子当帽子的男人》、斯蒂芬·杰伊· 古尔德的《熊猫的拇指》、S. M. 乌拉姆的《数学家历险记》、保罗·戴维斯的《上帝与新物理学》、弗里曼·戴森的《武器与希望》——并且把他们的作品作为自己的样板。模仿其线性风格，避免技术术语，不断将晦涩难懂的过程与读者可以想象出来的东西联系起来。

这里有一篇文章，名为《晶体管的未来》，刊登于《科学美国》，由罗伯特·W·凯斯撰写，他拥有物理学博士学位，也是半导体和信息处理系统专家。约有 80％拥有物理学博士学位的人不能写清楚皮氏培养皿是什么样，但这并不是因为他们不能，而是因为他们不愿意。他们不愿意屈尊去学语言这种简单的工具，而这种仪器却像物理实验室里的任何一台仪器那样精密。下面是凯斯的开头：

> 我现在写这篇文章所用的电脑有大约 1 000 万个晶体管。作为一个人所能拥有的产品，这个数量相当惊人，而其价钱却低于硬盘、键盘、显示屏、机箱费用。比较来说，1 000 万个订书钉的价钱大约同一台整机一样。晶体管变得如此廉价，是因为

> 在过去40年间，工程师们学会了在单张硅晶片上蚀刻更多的晶体管。已有的生产成本因此得以摊销在硅片上不断增多的晶体管上。
>
> 这一趋势能持续多久呢？学者与业界专家过去曾多次宣称，硅晶片存在某些物理极限，微型化也无法超出这一极限。但他们却多次被以下事实所困惑，即人们至今也不能确定硅片上蚀刻晶体管数量的极限。自晶体管发明46年以来，这一数量已经增长了8倍。

再来审视一下这种序列性文体。你会看见科学家用逻辑步骤引领着你，一句接着一句，走上他讲故事的路径。他自得其乐，因而享受写作。

我引用了许多作家是如何描述物质世界的方方面面的，来表明他们首先都是以人的面貌出现：这些人在他们自己与专业之间以及与读者之间找到了共通的人性线索。无论你的专业是什么，都可以获得同样的融洽关系。序列性写作的原则适用于每一个领域，在那里，读者必须被护卫着越过这些艰涩的新领域。想一想所有这些领域：生物、化学、政治、经济、伦理、宗教，它们纠结在一起；还有艾滋病、堕胎、石棉、毒品、基因剪接、老年医学、全球变暖、医疗保险、核能、污染、有毒垃圾、类固醇、克隆、代理母亲，以及几十种其他问题。只有通过专家们清晰的写作，我们作为普通公民的外行，才能在这些所知甚少或者一无所知的领域，做出合理的选择。

下面以一个概述本章所有内容的例子来结束这一章。在阅读晨报上报道1993年国家杂志奖的内容时，我看到在高度受重视的奖项中，险胜重量级杂志如《大西洋月刊》、《新闻周刊》、《纽约客》、《名利场》的，是一份我从未听说过的杂志，叫《I. E. E. E 谱系》。

结果我发现，这是一本电气与电子工程师研究会的旗舰杂志，这个专业协会拥有 32 万会员。据该杂志编辑唐纳德·克里斯琴森说，这份杂志曾经充斥着积分符号和首字母缩写，其中的文章甚至对其他工程师来说都深不可测。“电气与电子工程师研究会有 37 个界限分明的不同学科，”该编辑说，“如果你不能用词语做清晰的描述，我们协会内部的成员也不能彼此沟通。”

在让 32 万工程师都能看懂这份杂志的同时，克里斯琴森也使它能让普通读者看得懂。格伦·佐皮特撰写的获奖文章《伊拉克如何以逆向工程制造核弹》就证明了这一点。这是我所读过的调查报道类文章中写得最好的，也是普及公共知识的非虚构写作技巧典范。

文章用类似侦探小说的结构，描述了国际原子能机构是如何千方百计监察伊拉克人依照秘密计划几乎制造出了原子弹，并解释了为何说他们离完成已经如此接近。因此这篇文章既是科学史作品又是政治文件，而且至今仍是炙热文件，指出伊拉克人所进行的研究——并且预计将持续到萨达姆·侯赛因倒台——违反了国际原子能机构所公布的规定；核材料中许多是从不同的工业国家以非法途径得到的，包括美国。《I. E. E. E 谱系》中的这篇文章突出解释了一种电磁同位素分离技术。这项技术被巴格达南部阿尔图维撒的研究中心所使用：

> 电磁同位素分离计划不但震惊了国际原子能机构，也震惊了西方情报机构。利用这种技术，铀同位素流通过电磁作用在真空容器中被转移方向。这个容器与相关设备被称为卡留管。稍重的铀 238 同位素比铀 235 同位素转移得慢些，就是这个细微的差别被用于分离出可裂变的铀 235。然而，“理论上很有效的过程在实践中却是一件非常、非常麻烦的事，”莱斯利·索恩说。他最近刚从国际原子能机构行动组现场活动干事的职务上

退休。事实上，一些铀238同位素始终混合于铀235，而且同位素流很难控制。

好，这已经很清楚了。但是这个过程为何如此麻烦？同位素流为何难以控制？这位作者会帮忙解释的。他决不会忘记上一段把读者留在哪儿了，也不会忘记他们下面都想知道什么。

这两种同位素材料聚集在杯状的石墨容器中，但是它们在两个容器中的聚集会由于给予电磁的能量和电磁的温度的微小变化，而发生巨大的离散。因此在实践中，该材料趋向于四处飞溅在容器的内壁上，这就要求在每十几个小时的操作后清洗容器。

这就是人们所谓的麻烦。但是这个过程的确可行吗？

为此人们需要成百上千的磁体以及上亿瓦特的功率。比如在曼哈顿计划中，田纳西橡岭的Y-12电磁同位素分离设施耗用的电能比加拿大全国还多，还要用上全美国的银储备，后者用于缠绕所需的许多电磁体（铜在别处用于战争目的）。主要是由于这些问题，美国科学家认为没有哪个国家会转向电磁同位素分离技术来生产相对大量的原子武器所需的浓缩材料……

发现伊拉克人的电磁同位素分离计划，带有像间谍小说一样许多精彩纷呈的喜剧性。第一条线索据说来自于被图维撒伊拉克军队所劫持的人质衣服上。人质被释放之后，他们的衣服由情报专家作了分析。专家们发现了极微小的核材料样品，而其中的同位素浓缩物只有在卡留管中才能产生……

"突然间我们发现了活恐龙，"国际原子能机构行动小组的副主任迪米特里厄斯·佩里克斯这样说。

甚至在如此的高科技中，作者也从未丢失人的因素。这不是一个有关“科学”的故事，而是有关人从事“科学”的故事——一帮想要秘密制造炸弹的人和一队高科技警察。像发现恐龙这样的比喻是含金量十足的，它是一种我们大家都能明白的比喻，甚至连孩子都知道恐龙已不复存在。

依照精彩侦探小说推理的必然结果，这篇文章所做的结论就是整个调查的要点：发现伊拉克“并没有限制自己生产武器级原材料，而且同时还在拼命地围绕这种材料制造一种可运载武器，进行一种称之为武器化的威慑性任务”。首先我们被告知任何想尝试这一任务的人都有什么选择：

> 原子弹的两种基本类型是外射装置和内爆装置。后者设计和制造起来要难得多，但用等量的可裂变材料却可以提供更高的爆炸当量。国际原子能机构调查人员没有发现证据说明伊拉克在积极研制外射装置，他们说，伊拉克显然在筹集资金和资源研发内爆装置，甚至已经开始了相当高级的内爆装置设计。

何为内爆装置？接着读：

> 在内爆装置中，裂变物质被普通炸药所产生的冲击波力量物理压缩，然后到达既定的一个点，中子被释放，引发超速的裂变连环反应——原子爆炸。因此，内爆装置的主要部分是点火系统、炸药的组合体以及核心。点火系统包括以真空管为主的被称为氪的高能爆炸部件。这些部件能够释放足以引爆普通炸药的能量。炸药组合体部分所包括的“镜片”可精确地将球状的内爆冲击波聚焦在裂变核上，其核心是一个中子起爆器。国际原子能机构已经收集到足够的证据，证明伊拉克人已经在这些领域的各个部分取得进展。

这一段说到压缩，正是线性紧凑写作的精华，依次解释内爆装置及其三个主要部分。但我们现在想知道，国际原子能机构的证据是如何收集到的呢?

> 1990 年 3 月，新闻爆出伊拉克试图从加利福尼亚圣马科斯的 CSI 科技公司进口氪。在经过美国和英国海关 18 个月的“圈套”行动之后，两名伊拉克人在伦敦希思罗机场被捕。而在几年前，伊拉克已经从美国其他公司搞到武器级电容器，而且制造出了自己的电容器……

我用这个例子得到以下证明，或者说我让《I. E. E. E 谱系》杂志为我提供了以下证明：一个如此复杂的科学题材只用少数几个很快就能解释清楚（比如氪）或查到（比如裂变）的术语，就能用漂亮的语言写得如此清晰有力，那么任何题材也都可以被你们这些自认为害怕科学的作者，以及自认为害怕写作的科学家，写得清晰有力。

商务写作：工作中的写作 第十五章

如果你在工作中需要写作，这一章就是为你准备的。就像科技写作一样，焦虑是问题的关键，而人性化和清晰的思考则是解决问题的关键。

虽然这只是一部关于写作的书，但此书并不只是写给作者的。其中的原理适用于每一个在自己的日常工作中需要写一点东西的人。备忘录、商业信函、行政报告、经济分析、市场营销计划、给老板的说明、电传、电子邮件、报事贴——每天流转于办公室的各种各样的纸片文书都是写作的一种。要认真对待这些文字。无数事业上的起伏都起因于雇员有没有能力流畅地陈述事实、概述一次会议的内容，或者阐述一种想法。

多数人是为各种社会机构工作的：商业企业、银行、保险公司、律师事务所、政府机构、教育系统、非营利组织以及其他单位。这些人中的多数是管理者，他们所写的文书都将公之于众：总裁致持股人、银行家说明程序变更、校长写致家长信。他们无论是谁，都有害怕写的倾向，以至于其字里行间缺乏人文关怀，而其机构也是如此。在此情形之下，很难想象这些机构都是确确实实存在的地方，每天都有真真切切的男男女女来这里上班。

但即使大家都为某个机构工作，写文书也不必千篇一律。其实机构可以温暖起来。行政管理者可以变得人性化起来。信息可以清晰而不是虚浮地传达到人。你只需记住读者认的是人，而不是那些抽象的词语，如“可获利性”、“运用”、“实施”等，或者死板的句子结构，人们在其中看不见任何人在做什么，如“前期可行性研究尚处于文件阶段”。

乔治·奥威尔就这一问题给出了范例。他将《圣经》中《传道书》的著名诗句翻译成了现代官僚模糊语。原句如下：

> 我又转念，见日光之下，快跑的未必能赢，力战的未必得胜，智慧的未必得粮食，明哲的未必得资财，灵巧的未必得喜悦；所临到众人的，是在乎当时的时机。

奥威尔的译文如下：

> 对当代现象的客观考虑迫使我们得出以下结论：在竞争性活动中的成功与失败并没有显示出与内在能力相对称的趋势，而相当大的不可预测成分必须始终如一地考虑在内。

首先注意这两段话外观看起来如何。上面第一段吸引我们去阅读。该段词语简短，周围空气充沛，整段能够传达出人们说话的节奏。第二段堵满了冗长的词语，它立即向我们显示出一个头脑笨拙的人在思考。我们不想跟一个用这么窒息的语言表达思想的人去任何地方。我们甚至连读都不想读。

同时还要注意这两段话所讲的内容。在第二段中，那些简短、生动的日常生活中的意象，如赛跑、打仗、面包、财富，全无踪影，而顶替这些的是摇摇晃晃、冗长无力、含义笼统的名词。任何表达某人做了什么事的意思都不见了，如“我又转念”，或者他对人生中一大谜团、命运之不可捉摸感悟到了什么，如“见”，这些词语全都无影无踪。

让我来举例说明这种顽疾是如何传染给大多数在工作中需要写作之人的。我要用校长作为第一个例子，不是因为校长们此类问题最严重（他们并非如此），只是因为我碰巧有这么一个例子。我指的是所有机构中的所有人，他们的语言丧失了人性化，没人知道他们那里管事的人在说什么。

我同校长的接触始于我接到康涅狄格州格林威治校监欧内斯特·B·弗莱希曼的电话。“我们想请你来为我们‘去行话’，”他说。“我们觉得，如果我们学校的高层不能打扫干净自己的写作，我们就教不好学生写作。”他说要寄给我一些本系统内的典型材料。他的想法是要我分析这些写作材料，然后开一个讲习班。

吸引我的是弗莱希曼博士和他的同事们自觉自愿地将自己暴露无遗的胆识；这种自我暴露弱点的行为自有其力量。我们定了个日子，很快一个鼓鼓的信封邮到了。其中包括各种各样的内部备忘录，还有来自城里 16 所小学、中学、高中邮给家长的油印通讯。

这些通讯看起来欢快、亲切。显然整个教育系统在努力与孩子们的家长热情地沟通。但是只看第一眼，我就发现一些冷飕飕的词语，比如“优先评价程序”、“调整过的科目分类日程表”，而其中有一位校长保证，他的学校将提供“增强了的正面学习环境”。同样明显的是，该系统并没有像他们所想的那样在热情地沟通。

我研究了校长们的材料，将其分为好例子和差例子。我们定了一个早晨在纽约市的格林威治见面，40 位校长和课程负责人准时集合在一起，急切地想要学习。我告诉他们，我所能赞许的只是他们为此不怕降低自己身份的勇气。在这场所谓孩子们为何不会写的呼吁中，弗莱希曼博士是我所遇见的第一个承认不仅青少年用语拖沓沉闷，而且成年人也是如此的人。

我告诉校长们，要把那些管理学校的人看做是同我们一样的人。我们对人们装腔作势的行为、别出心裁的词语心存疑虑。社科领域的人杜撰出这类词语来是为了混淆普通人的视听。我要求大家一切顺其自然。如何写与如何说都将展示出自己的个性。

我让大家听自己是如何向社区展示个性的。我复制了某些差例子，改了其中学校与校长的名字。我解释说，我首先要向大家大声朗读其中的部分例子，之后再来看看是否能用朴实的语言将其改好。以下是我选的第一个例子：

亲爱的家长：

我们建立了特别的电话通讯系统，为家长交流信息提供更多的机会。今年我们将进一步强调通讯的目的，并运用各种办法来实现这一目标。你们从作为家长的独特身份所提供的信息将有助于我们计划和实施一项满足您的孩子的需求的教育计划。家长与父母间的公开对话、反馈以及信息共享将使我们能够与您的孩子一起以最高效的方式把教学工作做好。

校长

乔治·B·琼斯博士

我可不想收到这种通讯。我作为家长也许可以提供很独到的信息，但在这种情况下我却不想沟通了。我想被告知，学校将使我给老师打电话更容易，他们希望我能经常打电话来讨论孩子在学校的表现。事与愿违，结果家长收到的是连篇的废话，什么“特别的电话通讯系统”、“进一步强调通讯的目的”、“计划和实施一项教育计划”。至于“公开对话、反馈以及共享信息”，这实际上是用三种方法说同一件事。

琼斯博士显然是好意，而且他的计划是我们大家都想要的：都希望有这么一个机会拿起电话告诉校长，尽管上周二在操场上发生了不愉快的事儿，强尼还是个好孩子。但琼斯博士听起来却不像是我想要通话的人。其实他听起来根本就不像真人。他的话就像是从电脑里放出来的。他在浪费他自己这个丰富的资源。

我选的另一个例子是学年初寄给家长的《校长致辞》，它包括两个截然不同的段落：

> 从根本上讲，福斯特是一所好学校。在某些科目或技能学习领域需要帮助的学生在这里能受到特别的关注。在即将到来的学年里，我们将努力提供强化了的正面学习环境。孩子与教职员工一定会在有助于学习的环境中工作与学习。我们需要广泛、多样的学习材料，要求对个体能力与学习方式给予充分重视。学校与家庭的配合在学习过程中极为重要。我们大家都应该认识到每个孩子想要的教育目的的重要性。
>
> 及时沟通今年给孩子们制定的计划情况，让我们知晓您的问题以及您的孩子可能有的特别需求。在前几周里我见过你们当中的许多人。请继续光临并介绍您自己或者谈谈福斯特。我期盼我们大家都能度过卓有成效的一年。
>
> 校长
>
> 雷·B·道森博士

在第二段向我致辞的是一位平易近人的人，而在第一段我却听到一位教育家在说话。我喜欢第二段里真正的道森博士。他说起话来，言辞温暖、适宜："及时沟通情况"、"让我们知晓"、"我见过"、"请继续"、"我期盼"。

形成对照的是，第一段中的教育家道森从不用"我"，甚至连"我"的含义都不带。他坠回到自己的专业术语中，那样他才有安全感，但却没有停下来注意到他实际上并没有告诉家长任何事。什么是"技能学习领域"，又如何与"科目"相区别？什么是"强化了的正面学习环境"，又如何与"有助于学习的环境"相区别？什么是

“广泛、多样的学习材料”：铅笔、课本、幻灯片？究竟什么是“学习方式”？什么“教育目的”是“想要的”？

简而言之，第二段温暖、有人情味，而第一段则迂腐、含糊。我反复遇见这种样式。每当校长们写信给家长通知他们一些日常细节时，他们写起来就带有人情味：

> 校门前的交通似乎又开始拥堵了。如果您还方便的话，放学时请来学校后边接孩子。

> 请您找自己的孩子谈一谈他们在餐厅的行为举止问题，我将不胜感激。假如您看见自己的孩子在吃饭时的表现，准会大吃一惊。时不时查一下，看他们是不是欠午饭钱。有时孩子们迟迟不还钱。

可是这些教育家们一旦写如何实施教育计划，他们个人就消失得无影无踪：

> 在这份文件中您会看见被认可和优先的计划宗旨和目标。目标的评价程序也依照可接受的标准建立起来。

> 在实施这项练习之前，学生对选择题接触很少。大家感到，与学生正在学习的单元同步的习题具有非常正面的效果，考试成绩证明了这一点。

听我读了各式各样的好的和差的例子之后，校长们开始听见真实的自我和作为教育家的自我之间的区别。关键问题是如何弥合这一鸿沟。我列举了我所倡导的四个理念：清晰、朴实、简明、人文。我解释了如何运用主动动词和避免“概念名词”。我告诫他们不要用教育学的术语作为拐杖，几乎所有科目都可以用好的语言表达得通俗易懂。

这些其实都是基本原则，可校长们赶紧记下来，就好像之前从未听说过一样——也许真没听说过吧，或者至少好几年没听说了。也许这就是官僚散文体在各类官僚机构为何如此泛滥的原因吧。一旦管理者升到一定的高度，没人再去向他指出简单陈述句之美，或者指给他看他所写的有多么臃肿不堪，充斥着浮夸的词语和笼统的概念。

最终我们的讲习班开始实际行动。我分发了准备好的复本让校长们重写那些盘根错节的句子。这可真是严酷的时刻。他们是第一次遭遇敌手。校长们在本子上划拉着，潦草地写出自己所划拉出来的句子。有一些人什么也没写。还有一些人把纸弄得皱皱巴巴。他们开始看起来像作者了。整个房间被一片可怕的寂静所笼罩，只是偶尔被有人划掉句子或团皱纸张打断。他们开始听起来像作者了。

这一天接下来的时间，他们才慢慢放松下来，开始用第一人称写作，开始用主动动词。有那么一会儿，他们还是放不下冗长的词语和模糊的名词（如“家长通讯反馈”）。不过逐渐地，他们写的句子开始有人情味了。我叫他们处理“目标的评价程序也依照可接受的标准建立起来”这句话，其中一位是这样写的：“年末我们将评估大家的进展。”另一位：“我们会看到大家所取得的成效。”

家长想要的就是这样质朴的话语。持股者从公司想要的、顾客从银行想要的、寡妇从负责其社会保险机构想要的，也都是如此的话语。人人都有对人际交往的深切渴望和对大话连篇的憎恶。最近我收到一封致“亲爱的顾客”的信件，来自为我提供电脑的公司。信是这样开始的：“我们将转移我们终端用户的订单入径和供货介绍程序到新的电子营销中心，生效期为 3 月 30 日。”我最终总算琢磨清楚，原来他们换成了新的 800 电话号码，而那个终端用户就是我。任何机构如果不屑于把文书写得清楚和有人情味，都将丧失朋友、顾客或金钱。让我向公司经理们以另一种方式敬一言吧：预期利润率将会经历亏空。

这里有一个例子，显示出公司如何用做作的语言抛弃了人文关怀。这个例子是一家大股份有限公司发布的“顾客公告”。顾客公告的唯一目的就是向顾客提供有用的信息。这份公告是这样开始的：“各公司都在增大力度转向承受力计划技术，以便确定未来何时处理负载量将会超过处理负载能力。”这句话丝毫无助于顾客，而是由奥威尔所讥讽的名词如“承受力”和“负载能力”等凝结在一起，顾客根本就无法从这种表达中想象出什么过程。什么是承受力计划技术？谁的承受力在计划之中？由谁在计划？第二句是这样的：“承受力计划增加了决策过程的客观性。”更多的死板名词。第三句是这样的：“在信息系统资源重点领域，管理被赋予了增强性的决策参与。”

每一句顾客都得停下来翻译。这份公告还不如就用匈牙利语写得了。顾客从第一句开始——有关承受力计划技术那句，翻译过来的意思是：“这有助于知道你何时会给自己的电脑施加超过其处理能力的工作量。”第二句“承受力计划增加了决策过程的客观性”——其意思是你在决定前应该搞清楚事实。第三句——有关增强性的决策参与——其意思是“你对自己的系统知道得越多，系统就越高效”。但它也可以表示其他好几个意思。

但是顾客不会继续翻译了。很快他就会找另一家公司。他想，“如果这些家伙那么聪明，他们干吗不告诉我他们是做什么的？也许他们并不那么聪明。”公告继续说，“为了避免将来的成本，生产力得到了增强。”这似乎是指产品会免费——所有成本都被避免了。接着公告向顾客保证，“系统以功能性运转。”这指的是系统工作正常吧。但愿如此。

最终，在最后我们才得到一丝人文关怀。公告的作者问一位满意的顾客他为何选这个系统。顾客说他选此系统是因为该公司有服务上乘的声誉。他说："电脑就像一支复杂的铅笔。不管它是如何运转的，一旦坏了，你就需要有人来修理。"在之前所有那些垃圾之后，注意这句话是多么清新：体现在其语言中（舒适的词语），可视觉化的细节中（铅笔），以及人文关怀中。在技术程序描述中去除冷冰冰因素的办法是，将其与我们大家都熟悉的经历联系在一起，如：东西坏了的时候等修理工。这使我想起在纽约地铁看见的一幅告示，它证明即使偌大一个都市官僚机构也可以带有人情味地向其市民说话："如果你常乘地铁，可能已经看到一些标记引导你通向从未听说过的线路。其实这些只是你非常熟悉的线路的新名称。"

然而，要在美国公司里推行朴实的话语并非易事。这里有太多的虚荣。各层的经理禁锢于这样一种理念，即简朴的风格反映出简单的头脑。其实，简朴的风格是勤工作、勤思考的结果；含混的风格反映出某人思维含混或者态度傲慢，或者太笨拙，或者太懒惰，组织不好自己的思路。记住，你所写的常常是你得以表现自己的唯一机会，而你文字的对象的生意或者金钱或者好处恰是你所需要的。假如你所写的华而不实，或者大话连篇，或者朦胧模糊，你本人就会被看成这样的人。读者别无选择。

在格林威治讲习班之后，我大着胆子出去到一些大公司开了讲习班，他们也邀请我为他们"去行话"，这样我就了解到美国公司的情形。"我们甚至连自己的备忘录都看不懂了，"他们告诉我。与我合作的人们撰写大量的材料用于公司内部以及外部交流。内部材料有内部报刊和公告，其目的是告诉员工在他们的工作"场所"发生的事情，给他们以归属感。外部材料包括发给股东的光纸印刷杂志和年度报告、行政主管要的讲话稿、新闻发布稿，还有给顾客的产品说明书。我发现几乎所有这些材料都缺乏人情味，而且许多都看不透。

比如下面这段就是公告中的典型句子：

> 与以上改进产品同时发布的还有对系统支持程序的变更，这一程序产品同 NCP 结合在一起使用。所增加的功能性改进产品中还有动态重新配置与交互系统通讯设备。

在这样的工作中，作者无快乐可言，读者当然更不快乐。这像是出自电影《星球旅行》的语言。如果我是员工，我可高兴不起来，也了解不到什么。这些话语鼓不起我的士气。我不会再读这些公告了。我告诉公司的文书们，必须找到这些优异成绩背后的人。“去找构想出这个新系统的工程师，”我说，“或者设计这个系统的设计师，或者安装这个系统的技师，让他们用自己的话告诉你他们是如何想到这个主意的，或者他们是如何共同构想出这个主意的，或者这个主意将如何在真实世界里为真人服务。”要使任何机构变得温暖起来的办法，就是找到丢失的“自我”。记住：“自我”是所有故事中最有趣的因素。

公司的文书解释说，他们其实常找那位工程师交谈，但却不能使他正常说话。文书还给我看了典型的引语。工程师们用晦涩的语言说话，随处都是首字母缩写（如“副系统支持只适用于同 VSAG 或 TNA 使用”）。我说，文书得不断地找工程师，直到他最终把自己说明白。文书说工程师不想叫别人明白，假如他说得太简明，他会在同事眼里看起来像蠢货。我说，他们应该对事实与读者负责，而不该对工程师的虚荣负责。我敦促他们自己要有写作的自信，而不能放弃掌控的权利。他们回答说，在等级分明的公司里，书面报告需要高层逐级审批，这说起来容易做起来难啊。我感觉到他们心里有一种潜在的恐惧：要按公司的惯例行事，为了保住工作，不要冒险去使公司更人性化。

为了让自己听起来有威信，高层主管同样成为牺牲品。有一家公司每月发布公告，为的是使高层“管理人员”能够同中层管理者和低层员工分享其所关心的事情。每一期的重要内容都是分公司副总裁告诫性的致辞，我暂且称他为托马斯·贝尔。从他的每月致辞中判断，他是个空话连篇的蠢货，实际上说不出什么，却大放厥词。

当我提到这个例子时，文书则说，托马斯·贝尔其实是个谦虚谨慎的人，是位好经理人。他们指出，致辞并非他自己所为，是别人为他写的。我说贝尔先生是被帮了倒忙——文书应该每月都去找他（如果需要，带着录音机），在那里呆着，直到他用到家后对贝尔太太说话时同样的语言来谈论他所关心的问题。

我意识到，美国的大多数经理人并不按照自己真正的写作风格或说话方式写作。他们放弃了使自己与众不同的特质。假如说他们对公司似乎很冷漠，那是因为他们默认了人性被抽干、被烘干的程序惯例。他们盲从于高科技，却忘记无论好坏，自己最有力的工具是词语。

如果你为某个机构工作，不管什么工作，不管职位高低，要写就写出真实的自我。你会在其他机器人般的人群中间作为真人独树一帜，你所立的榜样也许能说动托马斯·贝尔写出自己的东西。

第十六章 体育

我自儿时起就着迷于体育栏目，早在明白“电子回路”之前，就已经明白“打本垒”了。①我知道脚尖触在投球板而面向左的“投手”或“投球手”叫“左投手”或“左投球手”。左投手总是身子“细长”，而左投球手总是身子“厚实”，可除了花生酱之外（以区别于“像奶油一样柔滑”），我从未听过“厚实”用于形容其他东西，我也不知道厚实的人会长什么样。当投手猛一下投出一个“老棒球”时，击球者会竭力调整倾斜度。他一旦成功，就可能击中一个利落的“安全打”到外场，赢得一个“意外本垒”，或者至少“结紧球数”。假如他不成功，他也可能“击触地球”而获“双杀”，气喘吁吁地用鼻音报出进攻方“连续得分”的消息，使自己的队夺旗希望渺茫。

我可以继续下去，发掘每一项体育运动的行话，从其母矿中采出各种在其母语中找不到的词语。我可以写出篮球队员、冰球队员、摔跤队员、划桨手、橄榄球队员各自称谓的行话。我可以热情洋溢地写出有关颇具传统的“猪皮橄榄球”的文章——比任何一位猪农都更激情高涨——描述秋季经典赛季处于兴奋之中疯狂的观众。简言之，我可以写出体育英语来替代好英语，就好像它们是两种不同

① 电子回路（electrical circuit）、打本垒（circuit clout），两个词组中都有 circuit（回路），作者在此作文字游戏。还有之后列举的体育行话其实每一个几乎都有一个更普通的称谓，作者讽刺一些记者嗜好行话。这些行话与普通称谓的区别属于语内区别，在译语中不一定有此区别。

的语言。但它们不是。就像写有关科技或其他领域的文字一样，什么也替代不了最好的英语。

你也许会问，“左投手”（southpaw）有何错？我们难道不应该对有这么生动的词心存感激吗？用 twirlers（投球手）和 circuit clouts（打本垒）来替代旧有的 pitchers（投球手）和 home runs（打本垒），难道不是一种调剂吗？回答是，这些词的币值已经贬得低于所要取代的硬币。这些词源源不断地从每一个记者席上的每一位新闻记者（体育记者）手中写出。

第一位想出“左投手”这个词的人有权利感到高兴。我想他会由于自己所发明的新玩意儿而会心地微笑。但那是多久以前了？由于几十年的重复，“左投球手”给英语所添加的色彩早已褪去，同时褪色的还有构成每日体育报道结构的其他习语。这些词语给人一种倦怠感。我们读这些文章是为了弄清谁赢了，而这些词语并没有给我们提供享受阅读的乐趣。

最好的体育记者知道这一点。他们避免那些疲惫不堪的同义词，而是在句子的其他部分争取新意。你可以查瑞德·史密斯的栏目，而发现不了“击球员触地获双杀”这样的词语；史密斯不会害怕用“让击球员击中双杀”这样的词语。但是你将发现他所用的成千上万的与众不同的词语，都是好英语，它们选择精准，恰到好处，其他体育记者却写不出来。这些词语使我们愉悦，因为作者注重的是新闻体中新鲜的意象，而其竞争对手却满足于一脉相承的旧东西。这就是瑞德·史密斯为何在半个世纪的写作生涯之后，仍然是该领域的国王的原因，也是其竞争对手为何（就连他们自己也这么说）早已提前退出比赛。

我仍记得瑞德·史密斯栏目中的许多词语，其幽默和独创性令人惊喜。史密斯是一位虔诚的垂钓者，看他装鱼饵于钩上，钓上一条滑溜溜的鱼，而一位体育主管就像鱼一样大喘着气，那可真是一大乐趣。“在多数专业体育运动中，几乎一切都已掉出了这一独断行当的底线而难以控制，”他这样写道，指出球队老板的贪婪大有超过体育监管者的监管勇气的趋势。“第一位也是最强硬的（棒球）巨头是芒廷·兰迪斯。他于1920年掌权，管理手段一直强硬，直至1944年去世。但假如说棒球始于霸王小凯撒，那么它止于无准备之王艾特尔雷德。”史密斯是我们保持宽广视野的每日守护者，他教我们诚实做人。而这主要是因为他写了一手好英语。其风格不但优雅，而且坚强有力，足以传达坚定的信念。

阻碍多数体育记者写出好英语的是一种误解，那就是对于写好英语，他们根本连试都不应该试。他们在充斥着陈词滥调的环境中长大，便认为那些词语就是自己行业中所必需的工具。他们还害怕重复最易唤起读者视觉印象的词语，如“击球员”、“跑垒者”、“高尔夫球员”、“拳击手”。如果可能，他们总是要找一个对应的同义词。而且一般来讲，假如尽力找，都能够找到。下面来自一份院报的节选就是典型的例子：

> 鲍勃·霍恩斯比以6比4和6比2击败了达特默思的杰里·史密瑟斯，带领网球队员攻克超强的对手取胜，拓展了其团队的疆域。这位瘦高的小将充分利用强势发球机会，打翻那位绿军头领。这位土生土长的孟菲斯小子以最佳状态赢得了前四场比赛，在这四场比赛中两次回发那位印第安小子的球得分。这位埃克塞特毕业生随后受挫，那位汉诺威支柱重振旗鼓，捞得三场胜利。但这位得分手决不会就此罢休，那位扬基佬想以4比4平第一局的图谋宣告失败，他在第六局末平分点时，遭遇半场斜线拦击，结果被赶超。这位红发小伙儿实在是太顽强了，而且……

鲍勃·霍恩斯比究竟如何？还有杰里·史密瑟斯又怎么样？仅在一段之中，霍恩斯比就变成瘦高小将、土生土长的孟菲斯小子、埃克塞特毕业生、得分手、红发小伙儿，而史密瑟斯成了绿军头领、印第安小子、汉诺威支柱、扬基佬。读者在这些纷繁的名字掩盖之下实在是分不清楚谁是谁，或许他们也不屑区分。他们只想弄清赛事情况。所以千万不要怕重复球员的名字，要保持细节的简明。没有必要只是为了避免累赘，而将“一局”或“一个回合”的名称转换成其他同义词。这样治疗的效果反倒比病患本身糟糕。

另一个癖好是数字。每一个体育迷在生活中都满脑子数据，其中的数字交叉纵横张口即来。许多棒球迷在学校连简单的算术都不及格，在球场却成了速算天才。当然啰，有一些数据会比另一些更重要。假如投手赢得了第 20 场球，高尔夫手打了一个 61 杆，赛跑运动员一英里跑到 3 分 48 秒，请提出来。但不要太过了：

> 11 月 1 日，亚拉巴马州，奥伯恩（合众国际社）——帕特·沙利文，奥伯恩的二年级四分卫球员今日获得两次达阵，传球两次，以 38 比 12 击败佛罗里达队，这是本赛季排名第九的佛罗里达鳄鱼队第一次受挫。
>
> 佛罗里达队的约翰·里夫斯打破两项东南联会的纪录，平了一项纪录。这位来自佛罗里达坦帕市的高个子二年级学生赢得 369 码过人，将自己六场比赛总成绩推进到 2 115 分。这打破了东南联会赛季 1966 年由冠军海斯曼 10 场比赛赢得 2 012 分所创的纪录。里夫斯尝试了 66 次传球，这是东南联会的纪录，平了今秋由密西西比队阿尔奇·曼宁所创的 33 次成功传球纪录。
>
> 幸运的是，对奥伯恩来说，里夫斯传球中九次被拦截——打破 1951 年由佐治亚队齐克·布拉特科夫斯基抗击佐治亚理工

学院 8 次传球失利的纪录。

里夫斯的表现使他离东南联会赛季由佐治亚的弗兰克·辛克维奇在 1942 年 11 场比赛中所创造的 2 187 次攻击总纪录只差几码。而他两次达阵传球抗击奥伯恩，比肯塔基的贝比·帕里利 1950 年所创的 23 分东南联会纪录只差一个达阵传球……

以上是一篇六段报道文章中的前五段，醒目地登在我所在地纽约的一家报纸上。纽约离奥伯恩远着呢。在这篇报道中有一种对数字的兴奋度不断增长——一位数字狂敲打着数字。可是谁能读这样的文章？谁又愿意读这样的文章呢？只有齐克·布拉特科夫斯基[①]吧，但就连他最终也会逃之夭夭。

体育是当今向非虚构作者敞开的最富饶的领域之一。许多以“严肃”书籍著称的作家都曾以体育竞技观察者的身份写过一些这方面最扎实的书籍。约翰·麦克菲的《比赛的水准》、乔治·普林顿的《纸狮子》、乔治·F·威尔的《工作中的男人》，这些有关网球、职业美式橄榄球和棒球的书籍带我们深入到球员的生活之中。这位奇特的家伙、这位获胜的运动员是谁？有什么内在动力驱使他不断前行？棒球文学的经典之一是《波士顿球迷告别基德》。约翰·厄普代克记载了泰德·威廉姆斯 1960 年 9 月 28 日的最后一场比赛。当时 42 岁的“基德”在沼泽路球场最后一次为棒球现身，他将球击过了围墙。但在撰写此文之前，厄普代克已经从《这位激动易变的球员》中提取了精华：

……我觉得，在所有团体项目中，棒球比赛那幽雅的间歇性运动、巨大静谧的场地、身着白色球衣蓄势待发的球员，以

① 齐克·布拉特科夫斯基（Zeke Bratkowski，1931— ）：美国 20 世纪五六十年代联盟四分卫美式橄榄球队队员，当过多支球队的教练和进攻协调员。

及冷静的数学运算，似乎最适合独立之人，也最受这样的人青睐。它从本质上是一种孤独的游戏。我们这代人所见的棒球手在自己体内所聚集的辛酸没有其他球员可比。他们如此刻苦地完善了自己与生俱来的技能，又如此不断地将能力集中体现在本垒板上，让喜悦之情涌上心头。

这篇文章的深度在于，这是作者的作品，而不是体育记者的作品。厄普代克知道有关威廉姆斯在本垒板上无可匹敌的能力，这已经没有什么可多说的了：那出名的转身，一双眼睛可以看见以 90 英里时速飞驰而至的棒球的轨迹。但此人的神秘性仍未解开，甚至在他运动生涯的最后一天都是如此。也就是在这里，厄普代克引导了我们的注意力，暗示棒球适合这样一位独处的明星，因为它是一种孤独的游戏。棒球孤独？我们这项伟大的美国宗族仪式？思考一下吧，厄普代克如是说。

厄普代克心中的某个东西触及了威廉姆斯心中的某个东西：两位孤独的匠人在众目睽睽之下竭尽全力。要找出这种人性的结合点。记住，运动员是那些在赛季成为我们生活一部分的男男女女，他们演绎了我们的梦想，或是满足了我们的其他需求，我们需要让这种结合得到尊敬。收敛炒作，给我们以可信的英雄。

在罗伯特·克里默的优秀传记《贝比》中，甚至贝比·鲁斯这么一个奇才也沿着净化的坡路被请下奥林匹斯圣山，而转变为实实在在的人，尽管他的胃口大得像他的腰围一样。同样的特点也体现在后来克里默所写的《施滕格尔》一书中。在此之前，读者都心甘情愿地接受过去对凯西·施滕格尔的典型描述，即一位开始上年纪的丑角，吐词不清，却赢得十次锦标赛。克里默写的施滕格尔要有趣得多：他是一位复杂的人，并非人们的笑料，他的故事就是棒球本身的故事，其历史可以一直回溯到 19 世纪的美国乡村。

诚实的描述只是诸多新现实中的一种，而这一领域曾是神话世界。现在体育是反映社会变迁的一个重要前沿，而且国内一些最恼人的问题——滥用毒品及类固醇、群体暴力、妇女权利、少数民族管理、电视播放合同等——都会在体育场中、看台上以及更衣室里产生作用。如果你要写美国，这儿就是你可以支起帐篷大干一场的地方。仔细审视一下各类学校的运动员由于受经济诱惑而引发的事件，那就不只是单纯的体育事件了，而是涉及我们如何教育下一代的价值观以及要优先考虑什么的问题。美式橄榄球王与棒球王在经济上稳坐宝座。有多少教练的薪酬超过大学校长、中学校长以及教师的收入?

钱是美国体育中一个赫然逼近的怪物，其阴影随处可见。有关可憎的巨额薪酬的消息充斥着体育栏目，而现在这一栏目所登载的金融消息几乎同金融栏目一样多。球员赢得一场高尔夫或网球锦标赛将获得的钱数，赫然登载在报道的头版头条中，而且是在其得分之前。赚大钱也带来了巨大的情感困扰。今日多数的体育报道与体育无关。首先我们被告知是谁的感情受到了伤害，因为运动员被球迷喝倒彩，球迷认为身价 1 200 万美元的球员击球率就应该高于 225，并且要追赶着接到朝他这个方向打过来的腾空球。网球比赛这桶金利润巨大，球员绷得就像他们的高科技球拍一样紧，这些百万富翁随时都会向裁判和司线员抱怨和咒骂。在美式橄榄球和篮球中，球员的报酬是天价，脾气也有过之而无不及。

现代运动员的自我也随之在现代体育记者的笔端被抹掉。我感到震惊的是，如今有许多体育记者以为他们就是赛事的中心，认为他们自己的想法要比他们所报道的比赛更有意思。我怀念从前的日子，那时候的记者会很谦逊且直截了当地说谁赢了，而今天，谁赢的信息则姗姗来迟。有一半的体育记者自以为是莫泊桑，是在头版头条精心制造悬念的大师。其余的以为自己是弗洛伊德，私下里能洞察运动员的心理需求与受伤的情感。另一些人还会在一旁实施外科整形和关节内窥镜手术，评估由核磁共振影像扫描才能确诊的投手的肌腱套是否撕裂，他们在这方面比队里的医生反应还快。“他的状况每天都在变，”他们这样下结论。谁的状况不是每天都在变？

未来的莫泊桑们专门写比赛之前发生的事件，他们守候在运动队俱乐部会所收集这些事件，寻找“趣闻”。任何新闻不管多琐碎乏味，只要能够构筑进巴洛克大厦，刊登为报刊的头版头条，就都成了珍宝。下面的例子是我编的，但每个体育迷都能认出其体裁：

> 两周前，亚历克斯·罗德里格斯的祖母做了一个梦。她告诉亚历克斯，她梦见亚历克斯和他在扬基队的部分队员去一家中餐馆吃晚饭。吃甜点的时候，罗德里格斯叫服务生给他拿一份签饼[①]。“有时候这些东西真能一语中的，”他的祖母回忆亚历克斯对德里克·杰特这样说。打开签饼里的纸签，他看见有这样的字句：“你会很快做出强有力的举动来挫败对手。”
>
> 也许亚历克斯·罗德里格斯昨晚在扬基体育场踏上本垒板，面对红袜队王牌柯特·西林时，正想着祖母的梦呢。他在2004年是3比27对西林，陷入他在此赛季最长的下滑困境。不用谁来告诉他，球迷们正盯着他看，他已经听见球迷在喝倒彩。挫败敌人的最佳时机。第八场的后半局，两个人都在垒上，红袜队3比1领先。时间在流逝。
>
> 罗德里格斯击球数已快满，这时他从西林那里得到一个齐腰高的滑行曲线球，在关键时刻击了出去。球升上去形成高高

① fortune cookie，又称“福饼”，国外中餐馆的特产，是一种很脆的饼干，里面藏有一张小纸条，印有中英文对照的签语。

> 的弧线，你看着罗德里格斯就知道，他以为球会飞向棒球场左侧的席位。一阵强风席卷体育场，但签饼中所说的“强有力的举动”不容置疑。马里亚诺·里韦拉在第八场的前半局阻挡住红袜队之时，记分板上显示扬基4，波士顿3。奶奶，谢谢！

未来的弗洛伊德们也不甘示弱，他们大吹大擂，无法平静。“在安德烈·阿加西斯昨天进入球场对阵小他20岁的敌手之前，就该有人告知他必死无疑，”这些研究人性动机的专家们这样写道，一面用诸如“可以预测，毫无希望”之词，而这本不该是记者用语，他们这么做是为了显示自己面对失利的运动员时的优越性。“昨晚纽约大都会棒球队打外场，铁了心要另找一个滑稽可笑的方式输球，”在最近一次低潮赛季，我所在的当地报纸报道该球队的记者用如此惯用的腔调不停向我说，极尽讽刺之能事，而非以事实说话。如果你要写体育，记住，你所写的男男女女是在做极难的事情，他们都有职业自豪感。你所做的工作也有自己的信誉度。其中之一就是你并非事件的主人公。

瑞德·史密斯对自以为是的体育报道毫无耐心。他说，记住棒球是小孩玩的比赛，始终有助于我们理解此项比赛。这也同样适用于美式橄榄球、篮球、曲棍球以及网球等大多数其他比赛。从前的小男孩、小女孩玩过这些球类，他们长大后成为体育版的读者，而在心中觉得自己仍年轻，仍在棒球场、网球场、篮球场上，仍在比赛。当他们翻开报纸，想要知道的是球员们打得如何，比赛的结局如何。请告诉我们这些。

体育记者的一个新角色是让大家知道真正从事体育运动是什么样的感觉：当一名马拉松运动员或是足球守门员，滑雪运动员、高尔夫选手或是体操运动员。现在时机已经成熟，大众对人体潜能所能达到的高度兴趣之大前所未有。国人掀起了健身热潮，他们在健身器材上健身，精确地调整体重，测量肺活量以及心脏压力。对于非虚构作家来讲，这些周末勇士提供了一批崭新的读者：这些体育迷也是业余运动员，他们很想钻进运动员的脑子里，一窥他们处于最佳状态时的情形。

高速度是许多体育项目中的刺激核心，它是普通人只能尽力想象出来的典型感受。作为开到每小时 65 英里就发抖的车主，我从未了解过驾驶跑车是什么感觉。我需要作家莱斯利·黑兹尔顿把我系在一级方程式赛车的车座上。“每当我开快车，”她写道，“就有一种意识，我在逾越自然规律，车子的运行速度超过了自然所赋予身体的运行速度。”黑兹尔顿说，这种意识真正始于驾驶员亲历重力之时，那是一种外力，它“以特别的压力作用于你，就好像你的身体先被推动，而内脏随后跟上”：

> 赛车手所要应对的重力巨大，要承受三四倍于普通重力的压力。一级方程式赛车从静止到每小时 100 英里只需三秒钟。而在那第一秒中，赛车手的头部被猛烈后推，脸部撑开，让他显出一种可怕的笑容。
>
> 在另一秒之内，他已经两次换挡，每一次的加速都将他挤进车座上。三秒钟之后，赛车从每小时 100 英里加速到 200 英里，赛车手的周边视野完全模糊起来。他只能看清正前方。800 马力的引擎以 130 分贝吼叫，每一个汽缸都要完成四次循环燃烧，每分钟 10 000 次，这意味着他所感觉到的振动就是这个速率。
>
> 赛车手脖子和肩膀上的肌肉承受着巨大的拉力，随着重力将头从一边甩向另一边，他竭力保持眼睛平视。强大的加速力将血液堆积在腿部，传输到心脏的血液减少，这意味着心脏供血减少，压迫脉搏增快。一级方程式赛车手的脉搏经常高达

180，甚至200，在几乎整整两个小时的赛程中，赛车手的脉搏有85%的时间保持在这一最快频率上。

随着肌肉需要更多供血，呼吸开始加快，速度则完全让人窒息，整个身体进入一种长达两个小时的紧急状态。正常心跳一次的时间内，赛车就要跑完一个美式橄榄球场那么长的距离。赛车手嘴里发干，眼睛膨胀，大脑以惊人的速度处理信息，因为速度越高，反应时间就越短。反应不仅要快，而且要异常准确，无论身体压力多大都必须如此。几分之几秒也许只是时间上小小的片段，但关系到一场赛车的输赢，或者是否遭遇一场车祸。

简言之，一级方程式赛车手处于巨大的身体压力之下，他必须保持几乎超常的警觉。显然，其肾上腺素在涌动……但除了要有顶级运动员的健康身体状况之外，他还要有棋手般的头脑，综合遥测数据、计算超车点、实施赛车战略。所有这些说明了为何速度对我们大多数人来讲都是十分危险的，我们根本既不能在身体上也不能在精神上应对这一切。

从心理上讲，赛车中所发生的一切还要更加复杂。肌肉、大脑中的化学物质、物理定律、振动、比赛条件，所有一切结合在一起，才能从身体里产生一种高度的兴奋和紧张，使赛车手保持绝对的头脑清醒、神情警觉，以及亢奋。

虽然黑兹尔顿一直用的是“他”，但其文章中的人称代词应该是“她”。在当今体育运动及体育新闻遭受侵蚀的形势之下，“她”代表了一种巨大的进步。优秀女运动员出现在从前经常是男性所垄断的地盘上，女记者享有进入男性更衣室的平等权利，她们还拥有新闻记者的其他常规权利。请思索一下这方面无论是在行动上还是在观念上的诸多进步。下面这篇由女记者贾尼斯·卡普兰所写的文章就体现了这些特点：

要了解女性在体育方面取得的成绩有多好，得先了解仅在10年以前女性在这方面有多差。70年代初，人们所争论的不是女性在体育方面能做多少，而是普通女性从根本上是否适合当运动员。

例如，据说参加马拉松对儿童、老人和妇女有害。难度巨大的波士顿马拉松直到1972年才正式向女性开放。那一年，尼娜·库西克同性别歧视还有比赛中途发作的腹泻抗争，最终成为女子组的第一位冠军。知道这件事的人都涌动着自豪感，同时夹杂着一点儿难堪。自豪是因为库西克的胜利证明女性也能跑26英里，难堪是因为她跑的3小时零10分比男子最好成绩慢了50分钟还多。50分钟啊！这在赛跑中简直就是永恒了。显而易见的解释是，女性之前几乎没有跑过马拉松，她们缺乏训练和经验。这的确是显而易见的解释，但谁又相信呢？

再返回到今年。女子马拉松将首次成为奥林匹克比赛项目。最具竞争力的选手之一很可能是琼·贝努瓦，她保持的女子马拉松纪录是2小时22分。自从第一位女性在波士顿参加赛跑后的十几年里，女子的最好成绩已经提高了约50分钟。这是另一个永恒。

与此同时，男子马拉松成绩只提高了几分钟，于是这项戏剧性的进步开始回答训练与荷尔蒙之间的关系问题：女性比男性更慢、更弱，是因为生理结构差异呢，还是因为文化偏见和我们并没有机会去证明我们都能做什么？……男女之间的鸿沟能否完全弥合，好像并非重点。重要的是，女性在做她们从未梦想自己能做的事：认真对待自己和自己的身体。

在这场改变意识的革命中，一个关键事件是70年代中期比尔斯·琼·金和博比·里格斯的网球比赛。“这场比赛被宣布为性别大战，”卡普兰在另一篇文章中回顾道，“而且后来证明的确如此。”

> 也许从来没有一场赛事比这场更不关注于体育问题本身，而是关注于社会问题。这场比赛的大问题是妇女：我们归属于何处，我们能做什么。不要提最高法院的决定与《平等权利修正案》的裁决；我们所期盼的是两位运动员以至关重要的方式来了结妇女平等权利问题。在体育比赛中，一切都写得清清楚楚、确确实实，只有一个赢者和一个输者，一切都无可争辩。
>
> 对许多妇女来说，在比尔斯·琼的胜利中有一种个人夺冠的感觉。这一胜利释放了全国妇女身上的某种能量。年轻女性在大学体育活动中要求自己的权利，而且得到了更重要的地位。在许多专业体育赛事中，奖励女性的资金大增。小女孩开始参加少年棒球联合会，加入男孩的球队。这些都证明男女生理上的差异并非从前人们想象得那么大。

美国体育总是与社会历史交织在一起，最优秀的作家是那些将其结合起来的人们。“将篮球赛变为避税的表演活动并不是我的主意，”比尔·布拉德利在《奔波的生活》中这样写道，那是一部记述他跟随纽约尼克斯队征战的赛季的编年史。前参议员布拉德利的书是现代体育写作的范例，因为该书反思了一些正在改变美国体育的破坏力量——球队老板的贪婪、对体育明星的膜拜、不能接受失败，等等：

> 在范离开后，我意识到无论球队老板多么善良、友好而且发自内心地感兴趣，最终大多数球员对他们来说也只是会贬值的财产而已。

大多数运动员的自我认定来自于外在的资源而非内在的动力。专业运动员在保持身体技能的同时，还是名人——他们被溺爱、原谅、赞美、崇拜。只是到了他们事业的末期，这些明星们才意识到，他们对自己的认同感还不够。

获胜的球队就像征服大军，一路上占有一切，似乎在说只有获胜才是唯一重要的。但是胜利也有很狭隘的含义，它可能成为破坏力。失败的滋味也有其自身的丰富体验。

布拉德利的书也是一本优秀的旅行日记，它捕捉了专业运动员游牧般生活中的疲倦与孤独——无数的夜间航班和巴士旅行，沮丧的日子，以及在汽车旅馆和航站里无尽的等待："飞机场成为我们的通勤站，我们在那里目睹了许许多多戏剧性的个人经历，我们自己变得冷漠、生硬。对外人，我们过着浪漫的生活；而对自己，我们每一天都得不断地奋力去应付生活中的复杂问题。"

这些就是你在写体育的过程中所要寻找的价值：人与地点，时间与转变。这里有一个意味深长的人员清单，每一种体育都需配备这样的人。清单来自 G. F. T. 赖亚尔的讣告。他以笔名迈纳为《纽约客》报道了半个多世纪的纯种马比赛，直到几个月前在 92 岁高龄去世。讣告说赖亚尔"后来认识了与赛马相关的形形色色的人——马主人、饲养员、管事、裁判、计时员、同注分彩管理员、私人侦探、训练师、厨师、马夫、赛马优胜预测人、遛马人、发令员、乐师、职业赛马骑师，以及他们的代理人、下注者、挥金如土的赌徒和阔绰的赌客。"

要多去田径场、赛马训练场、体育场以及冰球馆。仔细观察，深度采访，倾听老手，反思变化。要好好写。

第十七章 写艺术：评论家与专栏作家

艺术无处不在，它丰富着我们每天的生活，无论我们亲自实践——如演出、跳舞、作画、写诗、弹奏乐器——还是到音乐厅、剧院、博物馆以及画廊去观赏，都是如此。我们还想阅读有关艺术的评论，无论艺术在哪里，我们都想同当今文化潮流保持接触。

此类写作任务的一部分是新闻性质的，比如采访新交响乐指挥、与建筑师和馆长一同参观新博物馆，这些与本书所讨论的其他写作形式需要同样的写作方法。写新博物馆是如何设计、筹资和建造的，从原则上讲，与探讨伊拉克如何差点儿造成原子弹并没有什么差别。

但要从内行的角度去写艺术——评估新作品、评价演出、辨认什么好什么差——则需要一套特别的技艺和特别的知识储备。简言之，这需要你做一名评论家，每一位作者在个人生涯的某一段，都几乎想做评论家。小城的记者们梦想着，有朝一日他们的编辑会召唤他们报道已经在本地剧院卖票的一位钢琴家、一个芭蕾舞团，或者一家保留剧目轮演剧团。他们会匆匆忙忙翻出大学期间辛勤学来的词语——“凭直觉”、“敏感性”、“卡夫卡式的”——并且还会向全镇的人显示自己能从安特雷沙芭蕾舞动作中分辨出滑奏，在易卜生的作品中分辨出比易卜生本人所能想到的更多象征来。

这只是此类强烈欲望的一部分。评论是记者最富于想象力的花式慢舞的舞台，也是其风趣之声誉诞生之处。美国俗语富于警句妙语，如“她经历了从 A 到 B 的全音阶感情波折”，这些作者包括多萝西·帕克和乔治·S·考夫曼，他们的声誉应该部分地归功于创造了这些词语；而以评论毫无天赋的蹩脚演员的代价去留名，这对于所有人的诱惑都实在太大了，最圣洁的人除外。我特别喜欢考夫曼的暗示语，他是这样评价雷蒙特·马西在《艾贝·林肯在伊利诺伊》中演主角演过了头的："马西他不演到被暗杀绝不罢休。"

但真正的风趣罕见，正如射出去一支带刺的弓箭，会有一千支落在弓箭手的脚下。假如你要写正经的评论，这个办法则过于容易了，因为留存下来的警句妙语都是狠话。埋葬恺撒要比赞美他容易得多——对埃及艳后克娄巴特拉也是如此。但是要用听起来并不平庸的话来说明你为何认为一部剧好，却是这个行当里最难做的工作之一。

因此不要上当受骗，以为评论是通往荣耀的捷径。此项工作所享有的权利也并非猜想的那么广。也许只有《纽约时报》的每日剧评人才能成就一部创作或扼杀一部创作，而乐评人则几乎没有这种权利，他们评论的那一串音符，其声音很快就消失在空气中，人们再也不会以同样的方式听到它。文学评论人也没能使畅销书排行榜免于成为丹尼尔·斯蒂尔之类作家的容身之地，他们并没有凭直觉发现他的感受力。

因而我们需要区分"评论家"与"评介者"。评介者为报纸或大众杂志写作，他们报道的基本上是某个产业的产品，比如影视产品，以及不断增多的出版业产品，如泛滥成灾的烹饪、健康、指南类图书，"本人口述"类图书，礼品图书，以及其他类似的商品。作为评介者，你的工作更多的是报道，而非作出美学评价。你代表着想了解情况的普通男女："新电视剧演的是什么？""这部电影对孩子是否健康？""这本书真能改善我的性生活吗，或者教我如何做巧克力慕斯蛋糕？"想一想，假如你要花钱看电影、雇保姆、在好餐馆享用盼望已久的晚餐，你都需要知道什么。显然你会使自己的介绍更平实，不那么复杂，远不像你在评论新编排的契诃夫的剧作时那样。

不过我提出了几种情形，既适用于好的评介也适用于好的评论。

其一：评论家应该喜欢、最好喜爱所评的媒介。如果你认为电影愚蠢，就别写它了。应该能有一位电影迷带给读者丰富的相关知识、激情以及个人之见。评论家没有必要喜欢每一部电影，他的评论只是个人的看法。但他应该抱着喜欢的愿望去看每一部电影。假如他经常失望多于愉悦，那是因为该电影没有发挥出最好的潜能。这大不同于那种以憎恨一切为荣的评论家。他的厌烦来得比你的“卡夫卡式”之类的词语还要快。

其二：不要透露太多的情节。恰到好处地告诉读者，让他们自己决定是否是自己喜欢的故事，但不要告诉太多，不然会扼杀读者的兴致。常常一句话就能起作用。“这是一部关于一位难以捉摸的爱尔兰牧师的电影，他雇了三个孤儿做帮手，三个孩子都打扮成传说中能指点宝藏的矮妖精，他们去一个村庄搜寻，那里有一位吝啬的寡妇藏了一罐金子。”我不会被抽打着去看那部电影，我已经在舞台上和荧屏中看够了“小矮人”，但还是有很多人并不认同我的怪想法，他们愿意成群结队地去看这部电影。不要泄漏故事的每一个悬念，这样会搅了他们的乐趣，特别是不要透露有关桥下侏儒的滑稽情节。

第三：运用特别的细节。这样可以避免流于笼统，而笼统意味着什么也没说。“这个剧总是令人着迷”就是典型的评论家用语。但它是如何令人着迷的呢？你对令人着迷的看法不同于别人。要举几个例子，让读者在自己的着迷秤上衡量。下面是两篇约瑟夫·洛西执导的电影的影评节选：（1）“在试图文明化与自律化的同时，电影拒绝了粗俗的可能性，并误把无流血冲突当成品位。”这句话很含混，它向我们提供了一丝电影的气氛，但毫无可视觉化的意象。（2）“洛西追求一种在灯影下发现征兆、在桌案摆设上发现意义的风格。”这句话很精确，它使我们知道了这部电影的艺术特点何在。我们几乎能看见摄影机小心谨慎、慢慢地停留在家庭水晶摆设上。

在书评中，这意味着允许作者用文字本身来说明问题。不要说汤姆·沃尔夫的风格是华而不实、与众不同；要引用几句他华而不实、与众不同的话，让读者自己看到这些句子有多么怪异。评论戏剧演出时，不要告诉大家舞台布景有多么“醒目”；要描述其变幻多样的层次，或者舞台布景是多么巧妙地被照亮，或者它如何有助于演员出场、退场，如何不同于传统的方式；要将读者置于剧院的座位上，帮助他们看到你所看见的。

最后一条：要注意的是，评论家激动时会用诸如“心旷神怡”、“灿烂辉煌”之类的词语，要避免此类虚夸性的形容词占到不恰当的比例。好的评论需要用精炼而生动的风格来表达你的观察和思考。花哨的形容词带有气喘吁吁式散文的特定风味，《时尚》杂志就喜欢用此风格透露其最新的时尚发现：“我们才听说这无与伦比且令人心驰神往的科苏梅尔小海滩！”

关于此类作品的评介以及写作的简单规则到此为止。评论又该是什么样的呢？

评论是一项严肃的智力行为，其任务是评估严肃的艺术作品，并将其置于该媒介内或该艺术家从前作品的背景之下。这并不意味着评论家必须将自己限制在只评估目标高远的作品上，他们也可以选一些商业性作品，如《法律与秩序》，来点评美国社会和价值观。但总的来说，他们不想在文化产品兜售者身上浪费时间。他们自认为是学者，所感兴趣的是自己领域中思想的作用。

因此，如果你想当评论家，就要深入到你希望自己有所长的领域的文献中去。如果你想当戏剧评论家，则尽可能多看戏剧，好坏、新旧都要看。要通过阅读经典或者观看经典戏剧重演，来补习对以往戏剧的了解。认识你的莎士比亚和萧伯纳、你的契诃夫和莫里哀、你的亚瑟·米勒和田纳西·威廉姆斯，了解他们是如何标新立异的。了解伟大的演员和导演，发现他们在方法上的差异。了解美国音乐剧历史，包括杰罗姆·克恩、格什温兄弟和科尔·波特，罗杰斯、哈特和海默斯坦因，弗兰克·莱赛和斯蒂芬·桑德海姆，阿格尼斯·德·米尔和杰罗姆·罗宾斯等人的特别贡献。只有这样，你才能将每一部新话剧或音乐剧置于一个更悠久的传统之中，分清楚哪些是开拓，哪些是模仿。

我可以为每一门艺术列出同样的清单。一位电影评论家在评论罗伯特·奥尔特曼的新电影时，假如没看过奥尔特曼早期的电影，那他对认真的电影观众就提供不了多大的帮助。一位音乐评论家不仅应该知道巴赫和帕莱斯特里纳、莫扎特和贝多芬，还应该知道勋伯格和艾甫斯，以及菲利普·格拉斯这些理论家和特立独行者，还有实验派。

显然我现在所假设的这群人是修养比较好的读者。作为评论家，你可以预先假设与你为之写作的人们共享某些知识领域。你不必告诉他们福克纳是南方小说家，但假如你要评估一位南方作家的第一部小说，并且衡量福克纳对这位作家的影响，则你必须提出富有启发性的想法，将其付诸笔端，这样你的读者才可以品鉴其气味。他们可能不同意你的观点，那是他们智力趣味的一部分，但他们会欣赏你的秉性以及你得出结论的路径。我们喜欢好评论家，既因为他的观点，也因为他的性格。

没有什么媒介像电影一样赋予我们与评论家共同前行的乐趣。这里有非常广泛的共享领域。电影与我们的日常生活和态度、我们的记忆和神话交织在一起——《卡萨布兰卡》中四行不同的台词进入了《巴特勒特常用妙语词典》——我们依赖评论家为我们打通那些联系。影星们在一部接一部的电影屏幕上展现自己，有时他们来自观星者从不知晓的星系，而评论家所提供的一项典型服务就是让这些影星暂时静止，以便我们观察。在电影《黑暗中的哭泣》里，梅里尔·斯特里普扮演了一位澳大利亚妇女，她在一次野外旅行中犯了杀婴罪。莫莉·哈斯克尔在评论这部电影时，深入思考了斯特里普“假扮的快感，包括奇异的假发、违背常理的穿戴以及外国口音，还有扮演超出观众正常同情范围的妇女形象”。正像好的评论家应该做的那样，莫莉将其置于特定的历史背景中：

> 老牌影星的光环发自于自我意识，能把一种核心的自我身份认同投射于每一个角色。贝特·戴维斯、凯瑟琳·赫伯恩、玛格丽特·萨拉文的表演无论怎样变化多端，我们都能感到所面对的是某种可知、熟悉、恒久的东西。他们有可辨别的声音、说台词的方式，甚至他们的某些表情从一部电影到另一部电影也保持了恒久的特质。喜剧演员可以作出模仿，观众要么对此反映强烈，要么就全无反应。但斯特里普就像变色龙，她连根切断了你的这类反应，而从不呆在同一位置上等你定位。
>
> 贝特·戴维斯拓展了演员类型的界限，她既喜欢演以服饰为特色的电影（《贞洁女王》），也喜欢演以时代为特色的电影（《老保姆》）；但无论如何，她总是贝特·戴维斯，而且没人会想要另一个她。像斯特里普一样，她甚至敢演不讨人喜欢的、道德不定的女主角，她所扮演的最杰出的角色就是《信件》中庄园主的妻子，冷酷地谋害了自己诡计多端的情人，而且毫无忏悔之意。其中的区别是，戴维斯与角色融为一体，在其中倾

注了自己的激情和力度。女主角冷酷傲慢，而且像美狄亚[①]一样无情，这可能是奥斯卡评奖委员会为何没颁奖给她的缘故，她本来该得奖，但奖项却颁给了主演《基蒂·福伊尔》的更甜美温柔的金杰·罗杰，而其实戴维斯让我们对其内心之火的反应更加强烈。很难想象斯特里普这样的演员，能与其角色保持安全的距离，既能上升到如此高度，又能堕入到如此深渊。

以上这一段很巧妙地将好莱坞的过去与现在联系在一起，留下我们自己去揣摩梅里尔·斯特里普的后现代冷漠，同时也告知我们需要了解的有关贝特·戴维斯的一切。扩而展之，它也向我们讲述了整整一代巨星同戴维斯一道称霸这一影星制度的黄金时代，诸如琼·克劳福德和巴巴拉·斯坦威克，她们并不介意在屏幕上遭人恨，只要在票房上惹人喜欢就好。

再转向另一种媒体，来看看迈克尔·J·阿伦的《客厅大战》，这是阿伦60年代中期撰写的电视评论专栏集。

越南战争经常被称为“电视战”，意思是，它是主要由电视带到人们面前的战争。人们的确看电视，他们确实看到了。他们看狄克·范·戴克，并成为他的朋友；他们看乐于思考的切特·亨特利，发现他的确乐于思考；他们看风趣的大卫·布林克利，发现他的确风趣。他们看越南。他们看越南，就像孩子跪在走廊，眼睛对着钥匙眼儿，看两个大人在锁着的房间里争论——钥匙眼儿的开口很小，人影模模糊糊，多数看不见；嗓音分辨不清，被隔绝的威胁毫无意义；孤立的几瞥，肘部弯曲的地方，一个男子的夹克（那人是谁呢?)，脸，一个女人的脸。

---

① 美狄亚（Medea）：希腊女神，精于巫术，曾帮助伊阿宋取得金羊毛，与其私奔，后被遗弃，愤而杀死亲生儿女。

> 啊，她在哭泣。我看见了眼泪。（说话声在含混不清地继续。）我数着眼泪，两滴，三滴。两次爆炸袭击，四次“寻找目标即刻摧毁”的任务，六次政府公告。如此美貌的女子。我徒劳地寻觅另一个大人，但是，嗨，钥匙眼儿太小，总是有点儿看不准。看！凯将军在那儿。看！有几架飞机安全返回提康德罗加。我想知道（只是有时候），经营电视节目的人如何看待战争，因为他们为我们提供了钥匙眼视窗，我们则报他们以收视率。而现在，在这关键时刻，他们回敬以这钥匙眼儿般的视窗。我想知道他们是否真的认为这些支离破碎的肘弯、脸庞、旋转的裙子（谁是那另一个人呢？）画面，还有这屋子里发生的一切，是我们这些孩子看得下去的。

这是最佳状态的评论：风格化、暗示性、令人不安。评论就应该令我们不安，因为它触动了一套信仰，迫使我们重新审视自己。吸引我们注意力的是钥匙眼儿这个比喻，如此精确但又如此神秘。但剩下的根本性问题是，这个国家最具影响力的媒体如何向人们报道正在进行的战争，而且这场战争仍在加剧。这个专栏登载于 1966 年，那时多数美国人还在支持越南战争。假如电视报道扩大了那个钥匙眼儿，不但向我们放出“旋转的裙子”，还放出割断的头颅和燃烧的孩子，那么美国人是否会更早起来反对越战呢？现在要知道这一切已为时过晚，但至少有一位评论家一直在关注它。当我们所坚信的不言自喻的真理不再真实时，评论家应该是第一个告知我们大家的人。

与其他艺术相比，有一些艺术更难用文字的形式来捕捉，其中就包括舞蹈，这门人体运动的艺术。作家如何把所有这些优美的跳跃和快速的旋转凝固下来？另一种是音乐，通过耳朵欣赏的艺术，而写作者却苦于如何用我们看得见的文字来描述音乐。他们最多只能部分成功，许多音乐评论家靠藏匿在一整套意大利音乐术语藩篱之后，建立起自己漫长的职业生涯。他会发现一位钢琴家所演奏的“自由速度乐段”有点儿过了，一位女高音的“应用音域”中有一丝尖声。

但即使在音符的瞬间世界里，好的评论家仍可凭借一手好英语，向读者传达所发生的一切。1940—1954 年间，《纽约先驱论坛报》的音乐评论家维吉尔·汤姆逊就是一位优雅的践行者。他本身是一名作曲家，博学、文雅，从没忘记读者都是有七情六欲的人，因而他的评论充满激情，能够感染读者，他的风格充满了活力与惊喜。他同时也无所畏惧。在他任职期间，没有哪位音乐人能够逃脱他严谨犀利的评论。他从没忘记音乐人也是有七情六欲的人，因此会毫不犹豫地将这些音乐巨人拉回人间：

> 不寻常的是，音乐人士彼此间很少谈论托斯卡尼尼在速度、节奏以及音调的适宜度方面的对错。同其他音乐人一样，托斯卡尼尼在这些方面经常反应敏捷，也常常错误百出。而似乎更重要的是他所一直拥有的处理乐曲的能力。一旦发现观众的注意力趋于摇摆，他就会毫无顾忌地加快音乐节奏，牺牲清晰度，忽视基本的韵律，而是让音乐像他的指挥棒一样，不停地转。没有哪支乐曲非得表现特定的含义，每一首乐曲都得激发起听众的热情而使他们欣然接受。这就是我所称的“叫好的技巧”。

这里没有“自由速度乐段”或“应用音域”之类的术语，也没有盲目的偶像崇拜。但这一段落却捕捉到使得托斯卡尼尼伟大的精髓：为演奏界增添了色彩。假如认为其精髓竟包含如此粗糙的成分会让乐迷感觉受到冒犯，他们可以去欣赏这位音乐大师的“抒情色调”或者“交响齐奏”。我则会跟从汤姆逊的判断，而且我认为大师也会如此。

幽默是评论中的一种润滑剂。幽默能使评论家工作时采取迂回的姿态，对其所写的评论自身也带有娱乐性。但此类专栏的写作应该是一个有机的整体，而非像猛击兔子后颈那样的一时机巧。詹姆斯·米切纳的书历来抵挡得住书评者对其作品说任何坏话；这些作品严肃认真，无懈可击。然而，约翰·伦纳德在评论《盟约》一书时，却拐弯抹角地用暗喻伏击了米切纳一把：

> 有关詹姆斯·米切纳必须要说的是，他使你疲惫不堪。他使你不知不觉地进入默许的状态。一页又一页平淡无奇的散文，就像被击败的大军，穿过你的视线。这是一次从平凡到虔诚的南非大迁移。两耳之间的大脑，可看作是在姆济利卡齐破坏之后，或者是布尔战争期间英国“焦土”政策之后的南非大草原。鸟儿不再歌唱，羚羊死于干渴。
>
> 然而米切纳先生就像鞋子一样忠实于主人。在《盟约》中，就像在《夏威夷》、《一百周年》和《切萨皮克》中一样，他的眼光源远流长。他始于15 000年以前，止于1979年末。无论我们想还是不想，他都打算让我们了解南非。他经常一本正经、不偏不倚地表现荷兰人的观点，而就像这些荷兰人一样，他自己也是顽固不化；他忍受自己的逆境，驱赶事实这头牛，直到它倒下。
>
> 300多页之后，读者一声叹息，服了。当然，假如我们打算花一周读一本书，这本书应该是普鲁斯特或者陀思妥耶夫斯基写的，而不是由米切纳先生从文档卡片中编订出来的。但是已经没有回头路了。这与其说是在读虚构作品，还不如说是在遭罪，我们尽由这位骑在我们肩头上的学究牵着走。也许这么学习对我们会有好处。

> 我们的确学到东西了，米切纳不骗人。他的个人盟约不是与上帝所结，而是与百科全书所结。假如15 000年前非洲灌木丛中的桑人用了毒箭，他就会描述那些毒箭，并且指出毒药的来源。

一篇好的评论该如何开始呢？你必须马上让读者面向将要进入的特殊世界。即使这些人学识广博，也需要你告诉或提醒他们某些事实。你不能把他们扔下水里然后指望他们游泳自如；他们需要热身，水需要热起来。

对于文学评论来讲尤为如此。前面过去的太多，无论他们决定顺流而下还是逆流而上，所有作家都是文学长流中的一部分。本世纪没有哪位诗人的创新性和影响力超过T. S. 艾略特，然而令人吃惊的是，1988年他的100岁生日悄然过去，却没有引起多少公众关注。辛西娅·奥齐克在《纽约客》上的一篇评论文章的开头注意到了这件事。她指出，这位诗人对她那代人具有“巨大而先知性的存在”意义，而今天的大学生对其却几乎毫不知晓：“（对于我们，）在那个文学类似于永恒的时代，T. S. 艾略特……似乎就是纯粹的顶点，一位巨人，绝不亚于一颗永恒的天体，像太阳和月亮一样固定在苍穹上。”

奥齐克是多么灵巧地把水热了起来，引导我们回到她大学时代的文学景象，我们因此理解她对于自己要述说的故事近于被人遗忘所表现出来的惊诧。

> 通向艾略特诗歌的门径开启起来并非易事。其诗行和主题理解起来也不容易。但年轻人还是扑入这些门径，受其陌生的魔法诱惑，被其带给人快感的厌倦之绸所束缚。“四月是最残忍的月份”——带着阴森森的韵律，艾略特的嗓音从学生的留声

> 机里传出来——“滋生/丁香花出自死寂的土地，混合/记忆与欲望。”那高贵的英国口音，平淡、精确、稳重、冷漠、令人惊诧的高傲、阴郁的被动，在令人敬畏的英语系和令人崇拜的宿舍与房间萦绕，在那里，墙上钉着毕加索的画像，庞德、艾略特、《尤利西斯》、普鲁斯特，杂乱无章地在痴迷的年轻人胸中彼此推挤。那嗓音就像诗人自己，几乎是天赋神权，无动于衷，就像茫然、机械、痛苦的线轴，缠绕迂回地遍及全国各个大学校园。“安静 安静 安静”，“没有轰鸣，只有呜咽”，“一位老人在干枯的月份”，“我要穿着卷起裤脚的裤子”——这些就是四五十年代文学迷们吟诵的诗句，他们在自己最早的诗行里虔诚地模仿艾略特的腔调，模仿其节制、凝重、神秘的特征，其扩散的疏远以及纹丝不动、支离破碎的绝望。

这一段的精彩之处在于，记忆中的细节、学者的考究魔法般地将艾略特本人召回，重新让其巨大的实体存在遍布全美各大校园。作为读者，我们被重新带回这位大祭司的巅峰时刻，向展现在前方的完美坡道进发。许多学者不喜欢奥齐克的文章，他们认为奥齐克对这位诗人声誉的兴衰夸大其词。但对我来讲，那正是其文章的有效性所在。一点儿争议性都激发不了的文学批评几乎不值得一写，很少有大型体育运动能像一场学术争吵那样使人快乐。

当今，评论在报刊写作中有许多近亲：报纸或杂志专栏、随笔、社论、书评文章。评论者在其中从一本书或一种文化现象推演到某种更大的观点。（戈尔·维达尔将一种高度的放肆与幽默感带到这种形式之中。）许多在好的评论中行之有效的原则同样适用于专栏写作。比如政治专栏作家必须热爱政治，并热爱其与古代千丝万缕的联系。

但是所有这些形式的共通点是，它们都包括作者的观点。即使是用“我们”这一人称的社论也显然是由“我”撰写的。你作为作者的关键是要坚定地表达自己的观点。不要由于最后一刻的含糊其辞和回避矛盾而消减其力量。日报中最乏味的句子是在社论的最后说出诸如“新政策是否奏效现在下结论还为时过早”或者“这项决定的有效性还有待见证”这样的话。假如为时过早，就不要以此来烦扰读者。至于有待见证，一切都有待见证。要坚定信念，站稳立场。

许多年前，我曾为《纽约先驱论坛报》撰写社论，社论版的编辑是一位来自得克萨斯的脾气暴躁的大块头，名叫 L. L. 恩格尔金。我尊敬他，因为他不装腔作势，憎恨对一个题目纠缠不休。每天上午我们都碰面，讨论第二天要写什么社论、持什么观点。对此我们经常不太确定，特别是一位算得上是拉美专家的作者。

“怎么看乌拉圭的政变?”编辑问。

“那可能代表经济的进步，”那位作者这样回答，“也可能会使整个政治形势不稳定。我也许可以先指出可能的益处，然后——”

“好了，”这位来自得克萨斯的家伙打断他，“咱们不能撒尿顺着双腿流。”

这是他经常提的要求，是我所收到的最不文雅的忠告，但是在经历长期的评论和专栏写作生涯之后，每当我尽力想就深有感触的事物发表自己的观点时，都会感到这个忠告也许是最好的。

幽默 第十八章

幽默是非虚构作者的秘密武器。其之所以秘密，是因为很少有作家意识到幽默常常是他们最好的工具，而且有时是阐述重要观点的唯一工具。

如果你惊讶地认为这是一个悖论，也并不奇怪。幽默作家们通过自己的生活阅历意识到，许多读者根本不知道他们到底是做什么的。我记得有一位记者打电话问我，为何会想到为《生活》杂志写一篇戏讽。最后他说，“我该称你为幽默作家么？或者说你也写过什么严肃作品吗?”

回答是，假如你一心想写幽默，那么几乎你所写的一切都是严肃的。很少美国人明白这一点。我们对国内的幽默作家不屑一顾，认为他们是在玩弄把戏，因为他们从来都安不下心来做“真真切切”的工作。普利策奖都颁发给诸如欧内斯特·海明威和威廉·福克纳那样的作家，他们严肃认真（上帝知道），因而被认定为文学家。这些奖项很少颁给诸如乔治·埃德、H.L.门肯、林·拉德纳、S.J.佩雷尔曼、阿特·布赫瓦尔德、朱尔斯·费弗、伍迪·艾伦以及加里森·凯勒那样的人。他们似乎都是无所事事之徒。

他们当然并非无所事事。他们在目的方面同海明威或福克纳一样严肃认真，都是民族的财富，能让这个国家看清自己。幽默对他们是紧迫的工作，是试图以特殊的方式说重要的事情，是常规作者以常规方式说不出的——或者假如他们说得出，那也太常规了，没人会读它。

一幅强有力的报刊漫画抵得上一百篇一本正经的社论。一张加里·特鲁多的《杜恩斯比利》连环漫画抵得上一千个词的说教。一部《第22条军规》或者《斯特兰奇洛夫博士》比所有试图演示战争“实况”的书籍和电影都更强有力。战争的心态明天就可能毁灭我们所有人，这两部喜剧的创作对于任何想警告我们防止这种心态的人来说，至今仍是参照标准。约瑟夫·海勒和斯坦利·库布里克强化了有关战争的真谛，恰如其分地捕捉了战争的疯狂，也让我们认识到战争的疯狂。这个玩笑已不再是玩笑。

这种以强化的方式揭露某种战争狂的举动，其强化的程度达到了使其本身看上去就是一种疯狂，但这正是严肃的幽默作家竭力想要达到的。下面的一个例子说明幽默作家是如何执行自己的神秘工作的。

60年代的某一天，我忽然发现美国有一半的女人无论大小都戴起卷发夹来。这简直就是一种奇特的新枯萎病。更令人不解的是，我不知道这些女人何时会将卷发夹取下。根本就没有迹象表明她们会取下这些发夹——他们戴着发夹去超市、去教堂、去约会。是什么美妙的东西使她们一直保持这样美妙的发式呢?

我费了一年的时间想办法要写一写这个现象。我可以说“这太不成体统了”或者“这些女人没有自尊吗?”，但那就成了说教了，而说教是幽默的死敌。作者必须找到某些喜剧性的方法——讽刺、戏讽、反讽、挖苦、打油诗——他可以用这些来掩饰其真实目的。但他常常找不到合适的方法，因此目的也就达不到。

幸运的是，我的不眠之夜最终得到回报。我在报摊上浏览，看见四本杂志并排放着：《发式》、《名人发式》、《美发》以及《高发髻》。我将四本全买下来——报摊主大为吃惊——我发现这些都是专门刊发美发文章的杂志：脖子以上的人生，但不包括大脑。杂志上有卷发筒详细位置的图解，姑娘们可以将自己的卷发筒问题邮寄给专栏的编辑寻求指导。这正是我需要的。我杜撰了一份杂志叫《卷发》，写了戏讽读者来信与回复的系列，登载在《生活》杂志上。信是这样开头的：

亲爱的《卷发》：

我 15 岁，在同伴儿中算是漂亮的。我戴浅粉红色卷发筒，超大号。我同一个男孩一直要好有 2 年半了，他从未见过我不戴卷发筒。有一天晚上我摘下了卷发筒，结果我们大吵了一通。"你的脑袋看起来很小啊，"他告诉我。他叫我侏儒，而且还说我骗了他。我怎么才能叫他回心转意呢？

伤心人儿

纽约，斯皮昂克

亲爱的伤心人儿：

你做出这么蠢的事儿，只能怪你自己。最新《卷发》调查表明，94%的美国女孩现在每天有 21.6 小时头发上戴卷发筒，每年 359 天。你想与众不同，却因此失去了男友。听我们的劝告，戴上超超大号卷发筒（这个型号也有你最喜欢的浅粉红色），你的脑袋会比以前更大，你会加倍可爱。千万不要再摘掉了。

亲爱的《卷发》：

我的男友喜欢用手指捋我的头发。问题是他的手指老是夹在我的卷发筒上。有一天晚上发生了一件极为难堪的事。我们在看电影，不知怎的我男友的两个手指被夹住了（正好是中间那个卷发筒上夹着的卷发夹），说什么也拔不下来。我感到在众目睽睽之下，他的手还夹在我的头发里，我们就这样离开了影院，而且在回家的公共汽车上，好几个人都以“异样的眼神”看我们。幸运的是，我在家联系上了发型师，他马上带着工具过来，给可怜的杰瑞松了绑。杰瑞气极了，说他再也不跟我约会了，除非我戴的卷发筒不再有这种夹人的怪癖。我觉得他并不讲理，可是他“说话算话”。你能帮帮我吗？

急疯了的人儿

野牛城

亲爱的急疯了的野牛：

我们很抱歉地通知你，目前还没有研发出不会偶尔夹住弄乱别人头发的男孩手指的卷发筒。不过卷发筒行业正在尽力解决此问题，因为这种抱怨时有发生。与此同时，干吗不叫杰瑞戴上连指手套？这样你也高兴，他也安全。

还有很多这样的信，也许我甚至对伯德·约翰逊女士的“美容”活动都做出了小小的贡献。但要点是：一旦你读了这篇文章，就不会再以同样的方式看待卷发筒这件事了。你受了幽默的震动，开始以崭新的眼光看待自己日常环境中以前熟视无睹的怪诞之事。在此事例中，这一问题的对象并不重要，卷发筒并不会毁坏我们的社会，但是这种写作方法的确适用于重要的问题对象，或是几乎任何对象，只要你能找到正确的喜剧性框架来描述它。

在1968—1972的五年间，我在老牌的《生活》杂志中，运用幽默手法涉及了几个似乎不相干的题目，比如军事力量以及核试验的滥用。其中一个专栏是围绕在巴黎针对越南战争的和谈过程中，有关桌子形状问题的琐碎争吵。八周的谈判毫无结果，形势变得简直无法容忍，只有通过嘲讽来解决。于是我就作出种种尝试来描述这场谈判，拿我的饭桌作比喻，试着同我自己的饭桌达成和解。其中的办法包括每晚改变桌子的形状，或者降低不同人椅子的高度，以便给他们低一点儿的“身份”，或者旋转他们的椅子，这样我们其他人就不必“认出”他们了。这都是在巴黎实际发生的事情。

使这些文章产生效果的要素是每一篇都紧跟特定的嘲讽写作形式。幽默看起来似乎是一种大肆夸张的行为，但无论是在文体上还是心态上，假如我们不将这些卷发筒信件确定为一种特别的报刊写作形式，这些文章就不会成功。掌控能力对于幽默的效果至关重要。不要用诸如“混饭吃的公职人员[①]”那样滑稽的名字。不要一而再再而三地开同样的玩笑，读者更欣赏一个玩笑只说一次。相信读者的鉴赏力，他们知道你在做什么，不要操心其他的事。

我为《生活》写的专栏使读者大笑。但是，这些文章有严肃的目的，他们在提醒大家：“有一些疯狂的事情在这里发生，其中一些侵蚀着我们的生活质量，另一些对人生构成威胁，而人们却认为一切正常。”现今，荒诞无稽之事第二天就会变得习以为常。幽默作家在竭力告诉大家荒诞无稽之事就是荒诞无稽。

我记得60年代晚期学潮期间比尔·莫尔丁的一幅漫画，当时步兵和坦克应召在北卡罗来纳的一所学院维持秩序，伯克利的本科生也被直升机喷洒的泪毒气所驱赶。那幅漫画上，一位母亲向征兵局请求道：“他只是一个孩子——请叫他离开校园。”这是莫尔丁将这场特别的疯狂行为具体化的方式，而且瞄得很准——事实上正中靶心，因为就在漫画出现不久，四名学生就在肯特州立大学遭到枪杀。

靶子每周都会变化，但是社会永远不缺乏幽默作家与之战斗的

① Throttlebottom，这是看起来很怪的英语单词。

新的疯狂和危险。林登·约翰逊在其灾难性的越战任期内，部分是被朱尔斯·费弗和阿特·布赫瓦尔德拉下台的。参议员约瑟夫·麦卡锡与副总统斯皮罗·阿格纽也是部分被沃尔特·凯利通过其《跳跳乐》连环漫画拉下台的。H. L. 门肯将一大群著名的伪君子拉下高位，而坦慕尼协会会堂的特威德"老板"也是部分地被托马斯·纳斯特的漫画所推翻的。喜剧演员莫特·萨尔是在艾森豪威尔时代，当美国处于镇静状态不想被打扰之时，唯一保持清醒的人。许多人认为萨尔是一个愤世嫉俗之人，但他认为自己是一个理想主义者。"如果我批评某人，"他说，"那是因为我对这个世界抱有更高的希望，想用好的来替换坏的。我并不是在说'垮掉的一代'所说的：'走开，因为我不参与。'我是在说：我在此，我参与。"

"我在此，我参与"：如果你要写严肃的幽默，就将此作为自己的信条吧。幽默作家所参与的潮流比大家所想的更深。他们必须逆潮流而上，说大众与总统也许不愿意听的事。阿特·布赫瓦尔德和加里·特鲁多每周都大胆行事。他们说该说的，一般专栏作家都会这么做。使他们得以解脱的是，政客们不善于幽默，因而也就比一般民众对幽默所讽刺的东西更迷惑不解。

但幽默除了有关时事之外，还有许多其他用途。那些用途并不紧迫，但有助于我们看待心灵、家园、家庭、工作，以及其他那些从早到晚都可能遭遇的挫折，还有那些更长久的问题。我曾采访过《勃郎黛》漫画系列创始人奇克·扬，当时他已经为那份每日漫画系列撰写和绘画了 40 年之久，总共 14 500 幅漫画。他的作品是所有漫画系列中最受欢迎的，读者遍及世界每一个角落，达到 6 千万人。我问扬为什么他的漫画这么经久不衰。

"我的漫画经久不衰，因为简单，"他说，"它们基于四项人人都做的事情：吃饭、睡觉、赚钱、养家。"在此四项基础上，其漫画的喜剧性变化之多就像生活一样。其中的人物大梧努力从老板迪瑟斯先生那里赚钱，但永远也超不过勃郎黛努力花钱的速度。“我尽量使大梧处于人们习惯了的世界中，”扬告诉我。“他从不干像打高尔夫球之类的特别的事情，去他家的人都是那些普通人家必须打交道的人。”

我引用扬的四项主题来提醒大家，多数幽默，无论它看上去多么奇妙，都离不开最基本的事实。幽默并非依靠自身微弱的新陈代谢就能单独存活的组织。它赋予已经写得很好的作家一种特别的视角。这些作家并非在写本质上就可笑的人生，而是在写本质上就严肃的人生，但他们的眼光所落之处，却是真诚地希望被命运的逆转所嘲弄——就像斯蒂芬·李科克所说的“那种在我们的抱负和成就之间奇怪的不协调”。E. B. 怀特也持同样的观点。“我不喜欢‘幽默作家’这个字眼，”他说。“我觉得这似乎在误导读者。幽默是在某一些但并不在另一些严肃作品中出现的副产品。我受唐·马奎斯的影响比海明威更大，受佩雷尔曼的影响比德莱塞的影响更大。”

因此我向幽默写作者建议几条原则。要掌握写得好、写得“直截了当”的本领，从马克·吐温到拉塞尔·贝克，这些幽默作家首先是超级作家。不要猎奇，不要鄙视似乎太普通的事物，通过发现你所了解的真实事件中的滑稽之处，你能拨动更多的琴弦。最后，不要滥用笑这一工具，使人发笑的幽默建立在惊诧之上，而你能使读者惊诧的次数是有限的。

遗憾的是，对作家来讲，幽默是捉摸不定、充满主观性的。没有两个人会因为同样的事情发笑，被一家杂志作为废物退稿的文章很可能被另一家当做珠玑发表。退稿的原因也同样令人难以捉摸。“它就是不行，”编辑会这么说，而且没有进一步的解释。偶尔这种被退稿的作品还可以用，其中的某些缺陷可以修改，但是夭折率还是很高。“幽默可以像一只青蛙一样被解剖，”E.B. 怀特曾写道，“但在这个过程中青蛙就会死亡，除了纯理科人士外，其内脏对其他人的头脑都会是很沮丧的。”我可不喜欢死青蛙，但是我想知道，通过扒拉其内脏，可否至少学到一点东西。于是我在耶鲁大学教书的时候，有一年决定开一门幽默写作课。我警告学生也许幽默是学不来的，结果可能会扼杀自己所喜欢的幽默。幸运的是，幽默不但没有夭折，而且还在一本正经的学期论文这片荒漠之上开花结果。这样我在下一年又开了那门课。现在让我简明地回顾一下我们的幽默学习之旅。

“我希望指出，美国幽默具有光荣的文学历史，”我在为选课的学生准备的备课笔记中这样写道，“我还希望探讨某些幽默的开拓者对其后辈的影响……虽然在幽默中，‘虚构’与‘非虚构’的界线模糊，但我将本课程作为一门非虚构写作课：你们所写的将以外在的事件为基础。我的兴趣不在那种纯粹想入非非与漫无目的的‘创意写作’上。”

我的课堂先是读早期作家的节选，以说明幽默作家可以运用广泛的文学形式，或者发明自己的形式。我们从乔治·埃德的《俚语中的寓言》开始，其中第一篇发表于 1897 年的《芝加哥纪事》，当时埃德是该报的记者。“他就这样若无其事地坐在一张白纸前，”琼·谢泼德在选集《乔治·埃德的美国》中精彩的前言里这样写道，“这时他突发奇想，要用寓言形式写点儿什么，就用当下的语言及俗语，换句话说，也就是俚语。为了让大家明了自己还不至于只能用俚语来写作，他决定大写所有可能引起猜疑的词语。对于人们可能误以为他不识字，只会用俚语，他怕得要死。”

他本不必担心，因为到了 1900 年，这些寓言大受欢迎，他每周都能赚到 1 000 美元。下面是《瞧见灵光的下属之寓言》：

从前有一个雇员，他累得像死狗，可得到的还不够糊口。他怒斥工时长，薪水太少，还帮着发起了员工保护协会。他为的是苦力工，反的是吸血鬼。

为了消他的火，老板给了他好处。打那以后，他看了工资条就出汗，于是乎，他似乎的确感到有好多五大三粗、好吃懒做的家伙在车间周围整天闲逛，逃避干活。他学会了每当办公室的勤杂员咯咯笑就打响指。至于想要薪水涨到 9 美元外加夏天一周假期的忠实的老会计，最多只得到了一顿劝告，让他知足常乐吧。

对这个人来讲，一天中最悲哀的时刻是全体工友晚上 6 点全部下班的时候。把 10 个小时的工作时间就当做一整天，这似乎太无耻了。至于争取周六半天放假的倡议，那简直就是拦路抢劫。那些从前和他在同一条船上的人，现在得叫他先生，而他把这些人像囚犯一样都编了号。

有一天，一个底层雇员壮着胆儿提醒这位苛刻的工头，说想当初他也曾是这些工薪阶层的患难兄弟。

"算你说对了，"工头老板如是说。"不过当我献身于低薪兄弟运动之际，还从未进过主任办公室，从未见过那'美德赢红利'的美妙画面。不知这是否向你解释清楚了，因此我也就只能对你说，站在我们这边的所有人马，一定有能力在这个薪水问题上提高思想觉悟。"

寓意：为了教育目的，每一位雇员都应该被公司买通。①

在这历时百年的宝物中所蕴涵的普适性真谛，至今千真万确，

① 本篇原文用词多为美国俚语、俏皮话，营造出一种幽默的气氛，译语只能尽力再现某种滑稽讽刺的气氛。

几乎所有寓言都是如此。“作为幽默作家，埃德是第一位影响到我的人。”S. J. 佩雷尔曼告诉我。“他对历史具有社会责任感。他对世纪之交印第安纳州山地人生活的描绘，比对人们消耗的煤炭要花多少钱的任何研究，都更具有纪实性。他的幽默根植于对人和处所的感知能力。他所具有的活力和辛辣的风趣是早期美国幽默作家所没有的。”

从埃德往下，我要讲的是林·拉德纳。他的经典语句“住嘴，他解释道”，部分说明戏剧性对话是幽默作家可以利用的另一种形式。我很容易着迷于拉德纳的滑稽剧。他写这些剧很可能只是自娱自乐，但他也讽刺挖苦戏剧创作中的金科玉律，包括运用大量斜体字句来说明舞台上所发生的事件。拉德纳的戏剧《室内装潢商》的第一幕包括十行对话，但对话与所列人物并无关系，其中还包括九行不相干的斜体说明，其中结尾说明是：“幕布放下 7 天，以表明过了一个星期。”在其创作生涯中，拉德纳能将幽默的强大效力运用于许多文学形式中，比如棒球小说《阿尔，你了解我》。他的耳朵洞悉美国人的虔诚与自欺欺人。

下一个我要发掘的是唐·马奎斯的《阿奇与梅希塔布尔》，这位具有影响力的幽默作家也用一种非传统的形式——打油诗——来表达他的要旨。马奎斯这位《纽约太阳报》的专栏作家，恰巧找到了一种新办法，来解决报人赶截稿期并且必须用有条不紊的散文体来呈现事实这一苛刻要求，就像埃德遇上了寓言形式一样。他 1916 年创造了蟑螂阿奇。阿奇深夜在马奎斯的打字机上砰砰地打出自由诗，这些诗一律没有大写字母，因为他不够有力气，按不动切换键。阿奇的诗描述了他与一只名叫梅希塔布尔的猫的友谊。诗中充满哲理，这从他们那衣衫褴褛的外表上是看不出来的。马奎斯用他的诗彻底削掉了那些抱怨戏剧现状的老演员们的傲气，这一点任何严谨的散文都比不上。马奎斯在长诗《老演员》中，借用阿奇描述了梅希塔布尔见一个叫汤姆的剧院老猫的情景：

> 我来自那古老的家族
> 一个剧院猫的家族
> 我的祖父
> 与福雷斯特为伍
> 他说自己是真正的老演员……

马奎斯熟悉这一切，他借用猫来逐渐改变自己对此类乏味之人的不耐烦。这种不耐烦具有普遍性，无论对哪类老者都是如此，就像老者的普遍特征是抱怨自己这一行每况愈下。马奎斯实现了幽默经典功能的一种：将气愤转入一种渠道，在那里我们可以嘲笑弱点，而不是怒斥它。

我的幽默之途的下几位是唐纳德·奥格登·斯图尔特、罗伯特·本奇利、弗兰克·沙利文。他们极大地扩展了“自由联想”幽默的可能性。本奇利增加了温暖与脆弱的纬度，但这并不存在于埃德与马奎斯的作品中，他们一头扎入非人称表现形式，如寓言和打油诗，以便自己藏匿其中。在一头就能扎入主题方面，没人能超过本奇利：

> 阿西西的圣·弗朗西斯（除非我将他与圣·西米恩·斯泰莱特搞混了，这很容易，因为两个名字都以圣开头）非常喜欢鸟儿，他经常在鸟儿站在自己肩上并在自己的手腕上啄食时与其合影。这没什么，只要圣·弗朗西斯喜欢就好。我们大家都有自己的喜好与憎恶，我自己对狗更情有独钟。

也许这些作家都只是在为 S. J. 佩雷尔曼铺路。如果是这样，佩雷尔曼也感激地认可了他们的贡献。“你必须从模仿学起，”他说。

“在我 20 年代晚期的作品中，我模仿林·拉德纳的程度都够被抓起来了——并不是在内容上，而是在方式上。这些影响逐渐都会消退。”

但佩雷尔曼自己的影响却没那么容易消除。到 1979 年去世时，他写了有半个多世纪，用语言穿过了一个个令人屏息的圆圈，而这片林中仍有许多作家与喜剧演员，他们被他文体的分量所吸引，而且从未完全摆脱出来。其实并不需要什么侦探，人们就能看见佩雷尔曼的那只手不仅在伍迪·艾伦身上，而且体现在英国广播公司的《傻瓜秀》与《蒙提·派森》节目之中，在鲍勃与雷的广播滑稽剧中，在格劳乔·马克斯的即兴风趣之中——他的影响在这里更易于追根溯源，因为佩雷尔曼撰写了马克斯兄弟早期的几部电影。

佩雷尔曼的创造使人们意识到，当作者的大脑以自由联想的形式工作时，它可以从正常飞向荒诞，并通过令人意想不到的角度，捣毁以前所有陈腐的想法。在这一让人不断惊奇的过程中，他嫁接了炫目的文字游戏，使之成为他的标志，那是一种丰富、玄妙的词汇，一种基于阅读与旅行所获得的博学。

但是假如他没有目标，即便如此多才多艺也不足以使他维持太久。“一切幽默都必须关乎某些事情——必须具体地接触人生，”他这么说，而且欣赏他的风格的读者虽然可能忽略他的动机，但某些浮夸的形式都会在佩雷尔曼作品之后化为废墟，就像大歌剧在马克斯兄弟的《歌剧院之夜》之后就从未完全恢复元气，或者银行业在 W. C. 菲尔德的《银行妙探》之后一样。他总有办法对付骗子与无赖，特别是在百老汇、好莱坞、广告业以及商品促销这些领域。

我仍记得自己十几岁时第一次被佩雷尔曼的语句震撼到的情形。他的语句不同于任何我所见过的，使我激动不已：

> 汽笛鸣响，一会儿我就嘎嚓嘎嚓地出了大中央火车站梦幻

般的尖顶。我只嘎嚓出几英尺，忽然发现我走了而火车却没动，于是我只得跑回来，等火车出发…… 在芝加哥只有两个小时，我就要见不到这座城市了，这一想法反倒使我镇静下来。我注意到迪尔伯恩大街车站又增添了一层新污垢，心中暗喜，当然我并没有自以为是地认为，那同我的这次造访有任何关系。

女人们喜爱这位鲁莽的爱尔兰冒险家，他不是打架滋事就是大吃大喝。有一天晚上，他正在朴次茅斯的一家叫“小酌”的酒馆焦躁不安，忽然听到一位强壮的枪炮军士长醉醺醺地随意闲聊……第二天早上，配有 36 门炮的“赫尔圣女”号护卫舰全体官兵瞬间出了巴斯进入河床，乘风破浪，顺流而下，直驶孟买，联姻的向往之地。[①] 我曾祖父是船上的乘客……五十三天后，几乎完全以宝石饰针和随猎枪扳机应声而落的雷鸟为生的他，终于看见了伊什珀明的塔，那里是无理数与余弦的圣城，狂热的伊斯兰勇士教派的圣地。

我的课堂幽默概论止于伍迪·艾伦，他是这个行当中最有头脑的实践者。艾伦的期刊文章现今收集在三本书中，组成自成一体的幽默集，其独到之处在于既具有知性又滑稽可笑，不仅探讨众所周知的死亡与焦虑主题，而且包括一些重头的学科与文学形式，诸如哲学、心理学、戏剧、爱尔兰诗歌，以及对文本的解读（“犹太教哈西德传说”）。《有组织犯罪一瞥》是一篇对所有描述黑手党文章的戏讽，也是我所知道的最滑稽的文章之一，而《施密德回忆录》——希特勒理发师的回忆——则是对这位只干自己活儿的“德国老好人”的致命一击：

---

① 此处原文巧用双关语，如 Maid（仆人、处女、圣女），Bath（巴斯城、浴缸），Bed（河床，床），因此含义也可以理解为：处女出了浴缸就上床。但译文只能选其一。

> 我被问到自己是否意识到所做之事的道德含义。正像我对纽伦堡特别法庭所说的那样，我当时并不知道希特勒是一名纳粹分子。事实上，多年来我一直认为他为电话公司工作。当我最终发觉他是个多么可怕的怪物时，为时已晚，因为我买了家具，得挣钱分期付款。有一次，在战争快结束的时候，我的确想松一松“元首”的围脖布，往他背上掉一点儿头发茬儿，可就在那最后一刻，我害怕了，退却了。

本章简短的选段只能转达出这些幽默大师们大量的艺术创作中的一点点，但是我要让学生知道，他们所学习的领域具有悠久的传统、严肃的目的和大量的勇气，这一传统至今仍存活于诸如加里森·凯勒、弗兰·勒波维茨、诺拉·依弗郎、卡尔文·特里林以及马克·辛格这些作家的作品中。辛格是《纽约客》悠久的作家家族中的当代明星——这个家族包括圣·克莱尔·马克威、罗伯特·刘易斯·泰勒、莉莲·罗斯、沃尔科特·吉布斯——他用冷面幽默来对沃尔特·温切尔这样的公害行刺，在匕首穿破皮肤之处几乎不留任何痕迹。

辛格的致命饮剂是由成百上千种稀奇古怪的事实与引语调制而成的。他是一位坚强的记者，他的风格是对自己的兴趣所在几乎不加压抑。这一招对那些不断考验老百姓的耐性的冒险家们特别有效。他在《纽约客》上对开发商唐纳德·特朗普的简介证明了这一点。注意到特朗普“所追求并达到的顶级奢侈生活，那种从未被任何抱怨所打扰的生存状况”，辛格描述了一次赴玛尔拉格的访问，那是马乔里·梅里韦瑟·波斯特和 E. F. 赫顿建于 20 年代的具有西班牙摩尔式威尼斯风格的豪宅，有 118 个房间，后来由特朗普改造成棕榈海滩健康俱乐部：

显然，特朗普的身心健康哲学根植于这样一种信念，即长时间接触特别漂亮的年轻健康俱乐部服务员会在男性顾客心中逐渐灌输一种热爱生活的愿望。按照这一理念，他将自己的作用局限于在雇用主要员工时亲自行使袋中否决的权利。特朗普领我来到主要健身房，在那里托尼·班尼特正在跑步机上快走，他每个演出季都来玛尔拉格做几场特约演出，被称为“常驻艺术家”。特朗普又向我介绍“我们的常驻内科医师，金格·李·索撒尔医生”——一个按摩学院的新毕业生。金格在给一位心存感激的俱乐部成员按摩酸痛的背部，我趁她听不见，问特朗普她在哪里受的培训。“我也不清楚，”他说。“护滩使者医学院？差不多的地方？告诉你实情吧。我一看到金格医生的照片，就不必再看简历了，也不用看别人啦。难道你要问我‘我们聘用她是因为她在西奈山受训了十五年吗’？回答是不。我来告诉你为什么：因为等到她在西奈山花上十五年，我们就不想看她了。”

在当下所有的幽默作家中，加里森·凯勒对于社会变迁的眼光最准，在拐弯抹角地陈述观点方面，头脑也最富创意。他一次又一次地为我们提供欣赏旧体裁穿新装的快乐。美国当下对吸烟者的敌意是大势所趋，任何一位作家只要留意都会注意到这一点，并且会以相应的严肃态度撰文评论。而以下的评论方式却是凯勒所独有的：

在内华达山区唐纳山口的箱型峡谷里，美国最后一批吸烟者被两位联邦烟草管理员乘直升机锁定，就在正午之前，他们俩发现了喷出来的一点点烟圈。其中一位区队长通过空对地无线对讲机叫来了地面队伍。穿迷彩服的六个人是打击与禁止吸烟慢跑组织的成员，他们快速穿越崎岖的地带，包围了那一小

> 撮藏匿之人，用催泪瓦斯制服了他们，迫使他们在八月炎热的阳光下脸冲下躺在沙砾上。他们共有三女两男，都在四十四五岁。自从第二十八条修正案通过之日起，他们就一直潜逃。

凯勒头脑中的这个体裁自从30年代的迪林杰时代就成为美国报刊的必需品，其中回荡着黑帮和美国联邦调查局人员、监视与交火，他对这种形式的喜爱在其作品中显而易见。

凯勒发现了如此完美的表达框架，他显然也喜欢将其运用于其他情形之中，如描述第一届布什政府对于储蓄与贷款业的紧急财政援助。下面是他《储蓄与贷款是如何被拯救的》一文的开头：

> 当一大群野蛮的匈奴人入侵芝加哥时，总统正在阿斯彭打羽毛球；一位记者的婶婶住在埃文斯顿，他一边向俱乐部会所跑，一边向他喊，“匈奴人在芝加哥杀人了，总统先生！你有何评论?”
>
> 布什先生虽然冷不防被这一入侵的信息所惊动，但还是冷静地说，“我们一直在密切关注整个匈奴人的情况，现在看来一切都朝着有利于我们的方向发展，不过我希望再过几个小时我们可以向你公布更确切的消息。”总统看起来很关心这件事，但也很放松，当然是下巴颏上扬，一副一切尽在掌控之中的样子。

这篇文章接着描绘了那些贪婪的野蛮人蜂拥入城，“烧毁教堂、演艺中心还有历史古迹，他们拽走和尚、处女还有副教授……贩人为奴，”然后抢劫储蓄与贷款办事处，而布什总统却对此无动于衷，因为“在购物中心出口处的投票亭显示，人们认为他对这一事件的处理还可以”。

> 总统决定对试图抢夺储蓄与贷款业这件事不加干预，而是投入1 660亿美元，这笔钱不是任何种类的赎金，而是作为政府

> 的正常扶持，这简单明了，并没有什么违反常规的，于是匈奴人和汪达尔人带着财物骑马而归，哥特人也朝着密歇根湖之北扬帆离去。

凯勒的讽刺让我佩服得五体投地。首先其幽默行为如此具有创意，而且其表达公民愤怒的方式是我没能找到的。我所能够聚集的只是无助的气愤，这个行业被这群贪婪之徒洗劫一空，我们的子孙一直到老都将为布什所拯救的这个行业而付出。

但是没有哪条准则说幽默必须观点明确。想入非非的纯粹的胡说八道“永远是乐事”，就像济慈在诗中所暗示的那样。我喜爱看作家天马行空，乐此不疲。下面两段选自伊恩·弗雷泽和约翰·厄普代克最近的作品，绝对异乎寻常，美国早期黄金时代的作品中没有哪篇能比得上这些更滑稽可笑了。弗雷泽的这篇叫做《与妈妈约会》，它是这样开始的：

> 在当今快速、无常、无根的社会中，人们见面、做爱、分手，彼此间没有真正的接触，因而每一位男子汉与其母亲的固有关系就弥足珍贵，不可忽视。这里有一位成年、阅历丰富、充满爱心的女人——她无须你到晚会或者单身酒吧与之见面，她也无须你千方百计地与之结识。有千百次机会，你和母亲自然而然地凑在一起，没有一般求爱所伴随的紧张——只有你们两个人，单独在一起。你所需要做的只是动一点儿脑筋，充分利用当前的机会。比如，妈妈开车带你去城里买新裤子。首先，在车载收音机上调出一个好电台，她喜欢的。进入高速公路，车匀速行驶——轮胎在路面上哼鸣，空调调到最大。然后探过前排座椅看着她，说类似下面的话：“你知道吗，妈妈，你的身材保持得真不错，别以为我没发现。”或者假设她进到你房间，

给你拿来双干净袜子。你抓住她的手腕，拽到跟前说，“妈妈，你是我所见过的最迷人的女人。”也许她会叫你住嘴别说傻话，但我敢向你保证一件事：她决不会告诉你爸爸。也可能她觉得不好说出“亲爱的，派珀刚才向我调情来着”这样的话，或者也可能她心中暗喜，但无论什么原因，她会始终守口如瓶，直到有一天她不再羞于告诉世人你对她的爱。

厄普代克的作品《快乐的服饰》虽然几近于一种蹦极行为，将他带到谷底，离岩石只差几英寸，却具有一种打动人心的现实感。它不但调侃有关埃德加·胡佛那些关乎国家的种种黑暗疑团，也涉及近年来人们记忆中的那些美国高官们——已去世的总统和他的内阁。在琐碎的表面之下，使其奏效的是厄普代克一丝不苟的探索。可以肯定，所有的细节——名字、日期以及时尚术语都千真万确：

对于我们这些仍具活力、对当下服饰仍感兴趣的人来说，最近读到波士顿的《环球》上“纽约社会名流”苏珊·罗森斯蒂尔的断言，那可真令人心生悲叹。据她说，1958年，约翰·埃德加·胡佛在一家广场酒店的套间里身穿女性服装，来回炫耀：“他身穿一件松软的黑色衣裙，非常松软，镶有荷叶边，脚上穿有蕾丝长筒袜和高跟鞋，还戴着一个黑色卷曲假发。”在艾森豪威尔第二任期间，一些高官们身穿异性服装，显示出特别的光彩与兴奋；未来的几代人对此会迷惑不解，他们只能想象，那种过时的黑色松软的衣裙，配上过分装饰的荷叶边以及配套的假发，曾经是非常时尚的装束，而事实上，我们大家都以为约翰·埃德加是一个类似于老古董式的人物。我一想到这些就感到可悲可叹。

比如总统艾森豪威尔，我们一贯正确的、可敬的艾克，就决不会被人逮着穿蕾丝长筒袜；即使他的确长了适宜的腿，也决不会这么做。我记得圣·劳伦在1958年为迪奥设计的时装系列发布不到一个月，艾克就身着钴蓝色的毛帐篷形长袍，脚穿白色后开口高跟鞋，头戴假发髻，闪亮登场。就在当天，如果我没记错的话，他派遣了五百名海军陆战队队员到黎巴嫩，而他自己的头发丝毫没乱。当时他就是穿着这套装备——或许是前一年束有腰带的A字形女装？他还炫耀自己带花图案的真丝围巾，而当时围巾仍被认为只适合老太婆。但是对于衣裙的边沿，他还是很保守的；当1959年圣·劳伦将裙子底边设计上提到膝盖，总统等了三个月要国会就此事作出决定，后来他实在是失去了等待的耐心，转而亲自动笔写信给巴黎世家。从那时起，一直到他任期的最后，他坚持穿中性暗褐色和米色的高腰日礼服。

而在另一方面，约翰·福斯特·杜勒斯则更喜欢紧身睡衣的款式和菘蓝色裤子和套装，他喜欢布料上带一点儿光亮，还有大量的环饰，上梳的金色假发以及带绒球的拖鞋式女鞋。尽管他坚决反对共产主义，却反倒偏好红色，不过据可靠消息，舍曼·亚当斯至少有一次把福斯特拉到一边，强调说鲜亮的颜色不适合大骨架的人。舍曼的名声虽然被骆马绒给毁了，但他在我心目中却迟迟不肯离去，那家伙围着稀奇古怪的鸵鸟毛长披肩、轻轻浆洗的柠檬色巴里纱，真令人着迷……

最终，乐趣是所有幽默作家都必须传达的，也就是大家都特别开心。这种激发出胆大妄为的想法就是我要我在耶鲁的学生所探讨的。开始我告诉他们用现有的幽默形式写，比如讽刺、戏讽、挖苦等等，不要用“我”或者以自己的经历来写。我向整个班级布置了同一个题目，指出我最近在报纸上发现的某些荒谬之处。学生们大胆地投身于自由联想、超现实主义以及荒谬杜撰。他们发现可以摆脱逻辑的束缚，用现有的幽默形式阐明严肃的观点，并乐此不疲。他们深受伍迪·艾伦的无逻辑关联陈述的影响。（“为此，拉比猛击头部，按照希伯来律法，这是表示关心的最微妙的办法之一。”）

大约四周之后，学生们开始疲倦。他们意识到自己能够写出幽默，但同时也意识到每周都用他人的口吻来不断发明笑料有多么累人。该是放慢他们的新陈代谢的时候了，让他们开始用自己的口吻写，写自己的生活。我宣布暂停阅读伍迪·艾伦，并且说当他们需要再读他的作品时，我会告诉他们。那一天一直没有到来。

我采用了奇克·扬原理，只写自己知道的，然后开始阅读那些用幽默作为经脉不知不觉贯穿于自己作品中的作家。其中一篇是E. B. 怀特的《埃德娜之眼》。怀特回忆起在缅因州农场一边等待埃德娜飓风，一边连续几天听收音机空洞地报道飓风迫近的情形。那篇文章完美无缺，充满了睿智与温和的风趣。

另一位我发掘出来的作家是斯蒂芬·李科克，加拿大人。我回忆起小时候对他的印象是滑稽可笑，但忐忑不安地担心他会不会变得只是“荒谬可笑”而已，这种心态常常发生在你去看望自己的老朋友之时。不过他的作品经受住了时间的侵蚀。《我的金融生涯》一文使我记忆犹新，他在其中描述了试图以 56 美元开设一个银行账户的故事。该文至今似乎仍是幽默的范例，它描述了我们大家在与银行、图书馆以及其他刻板的机构打交道时有多么惊慌失措。重读李科克提醒我幽默作家的另一个功能，那就是以受害者或呆子的身份再现自己在多数情况下的无助。这对读者是一种疗法，使他们感到优于作者，或者至少认同于同病相怜的受害者。描述普通生活的幽默作家决不会没有素材，这一点几十年来已经令人愉快地被厄玛·邦贝克证明了。

这就是我们耶鲁幽默班行进的方向。许多学生写自己的家庭。我们也遇到问题，主要是夸张的用法，但我们逐渐解决了这些问题，尽力获得掌控能力。另外还有删除多余的句子，这类被删除的句子往往重复解释一遍本来已经暗示过的滑稽点。难以抉择的是判断夸张在什么程度上是被允许的，在什么程度上是过量的。有一个学生写了一篇幽默文章，描述他祖母的厨艺多么糟糕。但当我赞许这篇文章时，他却说他祖母实际上是个非常棒的厨师。我说我很遗憾听他这么说——不知怎地，这时那篇文章似乎就不那么可乐了。他问我有什么区别吗？我说在这篇文章里并没有区别，因为我已经欣赏过了，当时并不知道那不是真事，但我认为假如他从真事儿而不是杜撰开始，他会写得更持久——这当然是詹姆斯·瑟伯作为美国主要幽默作家能够长久的一个秘密。在瑟伯的《床翻了的那个晚上》中，我们知道他稍微夸大了事实，但我们也知道那天晚上阁楼上的床的确出了点事儿。

简言之，我们的课开始于努力创造幽默，希望在这个过程中传达一点儿真谛。我们结束于努力揭示真谛，希望在这个过程中加上幽默。最终我们意识到，这两者是交织在一起的。

On Writing Well

The Classic Guide to Writing Nonfiction

第 四 部 分

心 态

自己的声音 第十九章

我写过一本有关棒球的书，还写过一本有关爵士乐的书，但我从未想过一本用体育英语写，另一本用爵士乐英语写。这两本我都尽力用最好的英语写，用我惯常的风格写。虽然题材上大相径庭，但是我要读者知道他们所倾听的是来自同一个人。其他作家也会以他们自己的方式写书。作为作家，无论我写什么，我的商品只是我自己，而你的商品也只是你自己。不要改变自己的声音去迎合自己的题材。培养一种读者一读文字就能认出的声音，这种声音不但在富于乐感的字里行间令人愉悦，而且还能避免任何降低其品位的音调：轻浮、屈就以及迂腐。

先从风趣开始。

有一种写作风格听起来特别放松，你会觉得是在听作家与你交谈。E. B. 怀特可能是其最佳典范，当然我还会想起其他一些具有这类风格的大师——詹姆斯·瑟伯、V. S. 普里切特、刘易斯·托马斯。我偏向这种风格，因为这是我一直在努力实践的。一般人认为用这种风格写起来轻而易举，但事实正好相反。看起来举重若轻的风格其实是通过艰苦的努力和不断的润色才能达到的。语法与句法都钉得严丝合缝，这样写出来的文字是作者尽了最大力气的。

下面是 E. B. 怀特一篇文章的开头，颇具代表性：

> 我 9 月中旬同一头病猪过了几天几夜，现在感到有什么驱使我非得讲一讲这段时间是怎么过的不可，特别是因为最后猪

> 死了，我活了，其实事情很容易会是相反的结果，那样就没人来讲这事儿了。

这句话特别随意，我们会想象自己就坐在怀特在缅因家中的阳台上。怀特坐在摇椅里，抽着烟斗，词句就从他那说书人的嗓音中滚落。但是再看一看这句话。其中的一切并非偶然，而是训练有素的写作行为。语法规范，用词简朴、准确，节奏富有诗人的秉性。这就是最佳的举重若轻的风格：这种有条不紊的创作，以其散发出的温暖使我们释然。作者听起来很自信，他并非要竭力讨好读者。

无经验的作者正是缺乏这一点。他们以为要达到一种随意的效果，所要做的就只是"百姓化"——就像老好人贝蒂或者鲍勃隔着后院的栅栏聊天。他们想做读者的朋友，他们急于要显出平易近人的样子，结果连文字都不好好写了。他们写出来的文字风格轻浮。

一个轻浮的作者会如何处理 E. B. 怀特与猪在一起时的孤独时光呢？他可能会这样写：

> 曾熬夜看护过一头病肉猪吗？信不信由你，那可得缺老鼻子觉了。那事儿我早在 9 月份干了三宿，我那另一半还以为我发飙了呢。（只是开个玩笑，帕姆！）着实地讲，那整桩子事儿有点儿叫我郁闷。因为，你知道，结果那头猪死了，死在了我前头。跟你说实话，当时我自己感觉身体并不太好，所以我觉得当时很可能是人而不是那头老肥猪先翘辫子了。你可以拿救命钱打赌，猪先生可不会为这事儿去写一本书！

没有必要费力找出诸多理由来说明这篇东西为何这么糟糕。它太粗糙、太土气、太啰唆、太讨好（我已经不再读那些老说"你知道"的作者的文章了），这简直就是鄙视语言。但这种轻浮的风格最可悲之处是，它比好语言还难读。作者试图减轻读者在阅读旅途中的烦劳，但结果却在沿途四处设置障碍：粗鄙的俚语、拙劣的句子、浮夸的说教。E. B. 怀特风格的作品读起来容易得多。他知道语法作为语言工具几百年流传下来并非偶然；这些工具是读者需要并发自内心想要的后盾。人们不断地阅读 E. B. 怀特或者 V. S. 普里切特，因为他们写得就是好，不可不读。但假如读者认为你在降低档次对他们说话，他们就不会再读你写的东西了。没人愿意被照顾。

要抱着对最典范的语言崇敬的态度写作，要对得起最佳的读者。假如你有用轻浮的文风写作的冲动，朗读一下你写的东西，看你是否喜欢自己的声音。

找到读者喜欢的音调与风格主要涉及品位的问题。这么说无济于事——品位这种特质太不可捉摸，甚至不可界定。但是一旦遇见，就能认出来。穿衣有品位的女人使我们愉悦，她有能力经过一番综合的打扮，不但给人以时尚感和惊喜，而且恰到好处。她知道什么效果好，什么不好。

对作家和其他艺术家来讲，知道不做什么是品位的重要组成部分。两位爵士钢琴家可能技艺相当，有品位的一位会善用每一个音符来倾诉他或她的故事，没品位的那位则会用涟漪与装饰音来侵浸我们。有品位的画家信任自己的眼睛，知道什么该出现在画布上，什么不该。无品位的画家呈现给我们的风景不是太漂亮，就是太杂乱，或者太艳丽，反正有点那个。有品位的平面设计师知道少即是多，设计是文字的奴仆。没有品位的设计师则会将文字扼杀于背景的色彩与线条以及虚饰之中。

我意识到自己面对的是一种主观的东西，对一个人美丽的东西对另一个人却可能是庸俗之作。品位也随时代变化，昨日迷人之物今日被嘲笑为蹩脚货，但明日又可能重新时髦起来，又被认定为迷人。那我为什么还提这件事呢？就是要提醒你这样的事情确实存在。

品位是一股贯穿于整个写作过程的暗流，你应该意识到它的存在。

其实，有时候品位也是看得见的。每一种艺术形式都有一种实质性的核心，能够冲破变幻莫测的时间的束缚。帕提侬神庙的建筑比例之中一定有什么内在的东西使人愉悦，西方人继续让两千年前的希腊人为其设计公共建筑，任何人只要在首都华盛顿转一转就会很快发现这一点。巴赫的赋格曲具有超越时间的优雅，它根植于超越时间的数学定律。

写作也有诸如此类的标杆吗？不多。写作是每个人个性的表达，我们一旦遇上什么，便知道自己是否喜欢。同样，通过知道省略什么，我们会收获很多，比如套话。假如作者生活于幸福的无知之中，不知道套话是死亡之吻，假如他翻遍每一块石头并不遗余力地使用套话，我们可以推断，他缺乏把握语言新鲜感的天赋。面对新鲜与陈腐，他会毫不犹豫地选择陈腐。他的声音是庸才的声音。

套话散布在我们四周的空气中，并不容易识别，就像老朋友们伸手相助，随时提供简短的比喻形式为我们表达复杂的意思。这就是话语最初如何成为套话的，甚至连审慎的作家在初稿中都会用到不少。但之后，我们有机会清除掉套话。套话是你在稿件后续的改写和朗读中，能够不断听出来的问题中的一项。要注意套话听起来多么难以区分，使你注定满足于使用同样的陈词滥调，而不是努力使用自己的新颖词语。套话是品位的敌人。

要超越个人的套话，将重点扩展到更宽广的语言用法上。同样，新鲜感至关重要。有品位者选择令人惊诧、有力、精准的词语，无品位者滑入轻浮的校友杂志中班级纪事之类的俗语——在这样的世界中，权威人士是领袖人物或者当政者。“领袖人物”到底有什么问题呢？并没有什么问题，但同时也是问题所在。有品位者知道，对权威人士，最好他们是什么就称呼什么：官员、行政主管、主席、总裁、主任、经理。无品位者特意用俗气的同义词，这更加剧了不精准这一不利因素。那么到底公司里哪些头儿才是领袖人物呢？无品位者用“第 n 个”，还有“数不清”，或者“到此为止”① 等，比如“她说她不想再听到那件事了。到此为止”。

但最终，品位是一种综合素质，不可分析：有品位的耳朵可以听出一瘸一拐的句子与轻快跳跃的句子之间的差异；品位赋予人直觉，使人知晓何时一个随意、俗气的词语变成规范的句子后，不但听起来对头，而且似乎就是不可避免的选择。（E. B. 怀特就是平衡此举的大师。）这意味着品位是可以学会的吗？是，也不是。完美的品位，就像完美的音高，是上帝赐予的天赋。但其中的一部分还是可以学得的。关键在于要研读有此天赋的作家的作品。

不要犹豫，要模仿其他作家。模仿对于任何艺术或技艺的学习者，都是创造过程的一部分。巴赫和毕加索也不是一蹦出来就成为成熟的巴赫与毕加索，他们也需要样板。对于写作尤其如此。找到你感兴趣的领域中最好的作家，朗读他们的作品。将他们的声音和品位沁入你的耳朵——还有他们对语言的心态。不要担忧模仿他们会令你失去自己的声音和自我。很快你就会脱掉那层皮，成为你本应该成为的自我。

通过阅读其他作家，你还可以投身于一个能丰富自己的更悠久的传统之中。有时候你还会开发出雄辩之才，或者民族记忆之源，给你的写作增添深度，而这光靠自身是达不到的。让我以间接方法来举例说明我的意思。

一般来讲，我不会通过读州政府官员发布的公告，来确定哪一

① 这三个词原文为：“umpteenth”，“zillions”，“period”，皆为俚语，相当于汉语中含义相近的口头语。

年中的重要日子的确为那一年中的重要日子。但在1976年，我当时在耶鲁教书，康涅狄格州州长埃拉·格拉索想出一个令人愉快的主意，重新发布40年前由威尔伯·克罗斯撰写的感恩节公告。她称之为“雄辩之杰作”。我常想雄辩的风采是否已从美国人的生活中消失，或者我们是否还将其看作是一种值得为之努力奋斗的目标。因此我研究了克罗斯州长的言辞，看看它们是如何经受住时间的考验的。时间就是对于先辈们辩才的严酷裁判。我欣喜地发现我同意格拉索州长的看法。这的确是一件大师级作品：

> 在此季节更替之际，时间久远到已被忘却，耐寒的橡树叶在风中窸窣作响，霜冻给空气增添了一丝凉意。黄昏早早到来，温馨的夜晚随着猎户座俄里翁的脚跟渐渐拉长。这似乎是一段不错的时光，我们大家聚在一起，赞美我们的创世主与保护人，他以我们不知的方式，再次将我们带到一年的终了。为了遵守这一风俗，我将9月26日礼拜四，确定为公共感恩节日，祝福我们一直共同享有的好运，祝福赐予我们所热爱的州为大地上受优待的地区——祝福众生所拥有的舒适：来自土壤的丰收哺育着我们，各行各业劳作的丰硕成果维持着我们的生活——祝福所有这一切，这一切就像呼吸对于身体一样珍贵，这一切激发起人们心中的信念，滋养与增强人们的言与行；祝福荣誉高于一切；祝福以坚定的勇气与热忱在漫漫征途上追寻真理；祝福同胞们彼此赠予自由与公正并自由地享受这一切；祝福无上的和平之荣耀与仁慈降临我们的土地——我们以庄严隆重的仪式，再次聚会，来庆祝我们家园的收获节日。让我们以诚心，谦卑地接受这些祝福。

格拉索州长加了一个跋，号召康涅狄格州的市民们“重振清教徒在新大陆的第一个严酷的冬天所表现出来的勇于奉献与担当的精神”，而且当晚我还特意在脑子里观望了一下猎户座俄里翁。我很高兴被提醒自己生活在大地上受优待的地区之一，也很高兴被提醒和平并非是唯一让我们为之感恩的无尚荣耀。语言在此优雅地用于公共福祉，因此同样需要我们感恩。杰弗逊、林肯、丘吉尔、罗斯福以及阿德莱·斯蒂文森的文辞节奏向我滚滚而来。（而艾森豪威尔、尼克松以及布什父子的文辞节奏却没有滚来。）

我将感恩节公告张贴在公告栏上让学生赏析。从他们的评论中，我发现有几个学生以为我是在开玩笑。由于了解我对简洁的癖好，他们猜想我是将克罗斯的言辞当作了过分华丽的代表。

这件事给我留下几个问题。我将威尔伯·克罗斯的散文体推荐给年轻人，这种语体是向民众沟通的一种方式，而这一代人难道就从未领略过此中语言的高贵性吗？自从1961年约翰·F·肯尼迪的就职演说以来，我就再也想不出还有任何一种这样的尝试。（马里奥·科莫和杰西·杰克逊也许能部分地恢复我的信心。）这是伴随电视长大的一代人，在电视中画面胜于言辞——言辞实际上贬值了，只是用来闲聊，而且常被误用，音也经常发错。这也是伴随音乐长大的一代——歌与节奏主要是用来听和感觉的。空气中充斥着这么多噪音，有哪一个美国孩子在接受倾听训练吗？有哪一个人在关注一句结构讲究的句子中所体现的庄重感吗？

我的另一个问题提出了一个更微妙的谜题：区别雄辩与浮夸的界限是什么？我们为什么会受到威尔伯·克罗斯言辞的感召，而觉得大多数政客和政府官员硬塞给我们的是华而不实的花哨与炫耀，他们的演讲只会使我们昏昏欲睡？

其中的部分原因带我们回到品位问题上。耳朵对语言敏感的作家会寻求鲜明的意向，而避免陈腐的言辞。平庸的作者恰恰在寻求这些陈词滥调，以为他能用所谓检验过的真实的硬通货丰富自己的思想。答案的另一部分在于其简明性。经得起时间检验的作品一般用词短小精悍、强劲有力；沉闷的词是那些由三、四或五个音节构成的词，多数来自拉丁语词源，许多以拉丁语后缀结尾，表示一种模糊的概念。在威尔伯·克罗斯的感恩节公告中，没有四音节的词，只有十个三音节的词，其中三个还是他非用不可的专有名词。注意州长的公告中并没有含糊的用词，而只有诸如树叶、风、霜冻、空气、夜晚、大地、舒适、土壤、劳作、呼吸、身体、公正、勇气、和平、土地、仪式、家园等词汇。这些都是从正面意义上最朴实的词语——抓住了季节的韵律和生活的节奏。同时还要注意，所有这些词都是名词。动词之后，朴实的名词是最有力的工具，它们能引起情感的共鸣。

但最终，雄辩流动于更深的层面。它以一切尽在不言中感动着我们，在我们已经知晓的读物、宗教以及传统的内容中触发回响。雄辩邀请我们的自我那一部分加入到交流之中。林肯的演讲回响起詹姆士一世钦定版《圣经》的神韵，这绝非偶然。他从儿时就对此几乎谙熟于心，他自己浸淫于其言辞语调之中，他的正式用语更趋向于伊丽莎白时代的特点，而非美国式。他的第二届任职演说回响起《圣经》的用语和对《圣经》的阐释：有人竟敢请求公正的上帝给予帮助，从别人脸上的汗水中拧出自己的口粮，这可真是咄咄怪事，但却让我们不加裁判，我们也不受裁判。此句的前面部分借自《创世记》中的一个比喻，后部分改自《马太福音》中一条著名的训诫，而“公正的上帝”来自《以赛亚书》。

如果说这个演讲对我的影响大于所有其他美国官方文件，那不只是因为我知道林肯五周后被暗杀了，或者因为我感动于他的和解呼吁在达到顶点时的所有痛苦，这一和解对于国人来讲有百利而无一害；还因为林肯运用了某些西方人有关奴隶制最古老的教诲——仁慈与审判。对于像他一样在《圣经》的教诲下成长的人们，当他们在 1865 年听到他的演讲时，能感受到他的言辞所承载的坚定的弦外之音。即使到了 21 世纪，林肯的理念中那种久远而几乎难以理解的愤怒也很难让人忽略，那就是，上帝也许有意让内战继续，“直到由奴隶们两百五十年全无报酬的劳作所堆积的财富最终全部沉没，直到鞭子抽打出来的每一滴血最终由刀剑汲取的另一种血得到偿还，就像三千年前所说的那样，必须说，‘上帝的审判既是真实的也是公正的。’”

威尔伯·克罗斯的感恩节公告同样回响着深入我们骨髓的真谛。对于季节的更替与大地的丰收，我们赋予了自己强烈的情感。谁没有怀着敬畏之心遥望过射手座呢？对于“漫漫征途上追寻真理”与“赠予自由与公正”这样的民主进程，在这个我们已经赢得了许多人权而仍有许多使我们无措的国家，我们奉献自己，追寻自己的真理，接受自己的馈赠与给予。克罗斯州长并没有占用我们的时间解释这些进程，我为此向他表示感谢。我厌恶一个平庸的演说家动用太多的陈词滥调来告诫我们太多，而滋养我们太少。

因此，当你讲述自己的故事时，记住过去的功用。在具有地域性和民族性根基的写作中，包括南方写作、非裔美国人写作、犹太裔美国人写作等，感动我们的是比叙事者古老得多的声音，以非同寻常的丰富节奏向我们述说。托妮·莫里森是最雄辩的黑人作家之一，她曾说：“我记得伴随我长大的人们的语言。语言对他们至关重要，所有力量都在语言之中。其中有优雅与比喻，还有很庄重的成分，以及充满《圣经》意蕴的成分。人们的习惯是，当有重要的事情要说时，假如你来自非洲，你就会用寓言的形式，否则就会用另一种层次的语言表达。我就想这样运用语言，因为我的感觉是，黑人小说之所以具有黑人的特点，并非因为它是我写的，或者因为其中有黑人，或者因为它事关黑人。重要的是风格。它具有特定的风格。它具有无可替代的风格。我无法描述，但我可以创作出来。”

追求你自己传统中那些无法取代的风格吧。拥抱它，它就可能引你走向生动与雄辩。

愉悦、恐惧与信心 第二十章

在孩提时代，我从未想过长大后要以写作为生，甚至当作家。我只是想为报社工作，我想加入的报纸是《纽约先驱论坛报》。我每天早上读这份报纸，喜爱它所传达的愉悦感。每一位为之工作的人——编辑、作者、摄影师、化妆师——都心情愉快。报上的文章常常有特别的典雅、人性化以及幽默的气息——作者与编辑们喜欢将自己的某种才气传达给读者。我觉得他们就是在为我办报。做其中的一名编辑或作者是我对终极美国梦的想法。

这一梦想成真是在我“二战”回国之后，那时我在《纽约先驱论坛报》的队伍中找到了一席之地。我有一个信念，那就是，愉悦的感觉对于作者或者出版社都是无价之宝，我至今仍与当初将这一观念灌输给我的人们同室工作。最棒的记者以满腔热情与充沛精力写作，最棒的评论家与专栏作家，如维吉尔·汤普森、瑞德·史密斯，以雄辩与个人见解中快乐的信心写作。在“拆分页”上——也就是报纸的第二版第一页，当时报纸只有两版——美国最受尊重的权威沃尔特·李普曼的政论专栏就登载在 H. T. 韦伯斯特的单幅漫画之上。韦伯斯特是漫画系列《胆小鬼》的创作者，也是美国的名人。我喜欢在同一页呈现出两种风格迥异的作品这种逍遥自在的大气。没人想到要将韦伯斯特挤到漫画栏目中。此二人都是巨匠，都是同一个等式的一部分。

在这些快乐的人之中，有一位叫约翰·奥赖利的本地新闻部记者。他因冷面孔的滑稽报道而受人们喜爱，他能使稀奇古怪的想法带上某种严肃的抢先报道的味道。我记得他每年都写灯蛾幼虫的文章，据说根据那种毛毛虫的棕色和黑色条纹的宽窄，可以预测这个冬天是寒冷还是温暖。每年秋天，奥赖利都会同摄影师纳特·费恩驱车到熊山公园。纳特因拍摄贝比·鲁斯告别扬基体育场而获普利策奖并因此闻名。他们俩在那里观察选中的灯蛾幼虫过马路。他的文章以模仿科学与博物馆考察的风格写就，自命不凡，神气十足。报纸总是在第一页底部的一个三栏标题之下登载这篇报道，还带有一张灯蛾幼虫的照片，但虫子的条纹并不清晰。来年春天，奥赖利会写一篇续文，告诉读者灯蛾幼虫预测得是否准确，其实即便不准，也没有人会责备他——或者责备虫子们。其用意就是要逗大家开心。

从那时起，我就将愉悦感当成我作为作家和编辑的信条。写作是很孤独的工作，我尽力使自己保持愉悦的心情。如果在写作过程中遇到什么有意思的事，我就写进去给自己找乐子。如果我自己觉得有意思，我想其他人也会觉得有意思，对我来说似乎这一天的工作就很值得。即使有一些读者并没感觉到什么乐子，我也不在乎；我知道大众中相当一部分人根本就没有幽默感——并不知道这世上还有人在想方设法给他们找乐子。

我在耶鲁教书的时候，请了幽默作家 S.J. 佩雷尔曼与学生交谈，其中一名学生问，“当幽默作家都需要具备什么品质?”他回答说，“需要胆大妄为，精神饱满，兴高采烈，其中最重要的是胆大妄为。”然后他说：“必须要让读者感到作者感觉良好。”这句话就像罗马焰火筒在我脑中炸响：它说明了愉悦的整个过程。然后他补充说：“即使作者并非感觉如此，也要这么做。”这句话同样带给我很大的震动，因为我知道佩雷尔曼的人生所遭遇的苦难超过一般的失意与艰辛。但他每天都到打字机旁让字符跳起舞来。他怎么会不感觉良好呢？他是使出了浑身解数。

作家在写作之时必须使自己充满活力，其程度不亚于演员、舞者、画家以及音乐家。有一些作家以强大的能量流推动着我们——诺曼·梅勒、汤姆·沃尔夫、托妮·莫里森、威廉·F·巴克利、小亨特·汤普森、大卫·福斯特·华莱士、戴夫·埃格斯——我们以为只要他们一动笔，词语就会源源流淌。没人能想到他们每天早上在打开开关之时所使出的力气。

你也需要打开开关。没人会为你打开它。

不幸的是，同样强大的负能量流——恐惧——在作怪。大多数美国人在小时候心中都有对写作的恐惧，一般都在学龄期间，而且从未完全摆脱过这种恐惧。那张白纸或者电脑空屏等着我们用美妙的词语来填充，但也能使我们束手无策，什么词语也写不出，或者写出来也是不怎么美妙的词语。假如我把写作当做一项任务——当天必须完成的任务——而不是一种愉悦，看到屏幕上出现一团糟，我也会很沮丧。我唯一的自我安慰是可以明天、后天、大后天再对付那些糟糕的句子。每一次修改，我都尽力将自己的性格投入到材料之中。

对于非虚构作家来讲，也许最大的恐惧是担心不能成功地完成任务，而虚构写作则另当别论，因为虚构作家所写的是他们自己创造的世界，而且那种难以捉摸的风格也是他们自己的发明（如托马斯·品钦和唐·德利洛），所以我们无权告诉他们，“那样做不对。”我们只能说，“那不适合我。”非虚构作家可没有这种喘息的机会。他们必须一切都有凭据：对事实、所采访的人物、事件的地点，以及该地所发生的事件本身。而且他们还得对自己的技艺以及所有夸大其辞与杂乱无章的危险负责，比如失去读者、使读者困惑、使读者厌倦、不能使读者从头读到尾。在每一次报道不实和每一个技艺失误上，我们都可以说，“那样做不对。”

那么你如何才能击败所有这些不满与失败呢？树立信心的一个办法是写自己感兴趣并且在乎的题材。诗人艾伦·金斯伯格是我请到耶鲁与学生交流的另一位作家，他被问起是否有一个确切的时间，是他有意识地决定要当一名诗人的。金斯伯格说，“那并不是一个选择，而是一种认识。我当时二十八岁，有一份市场调查的工作。一天，我告诉自己的心理医生，说我真正想做的是辞掉工作专门写诗歌。心理医生就说，‘干吗不呢？’我说，‘美国心理分析学会会说什么呢？’他却说，‘这无界线问题。’于是我就辞了工作。”

我们绝不知道这对于市场调查领域损失会有多大。但是对于诗歌，这可是一个重要时刻。无界线问题：这对作家是好建议。你可以顺着自己的路线走。瑞德·史密斯在一次同行体育记者的葬礼上发表了这样的悼词：“死亡没什么了不起。生存是戏法。”我羡慕瑞德·史密斯的原因之一是，他以优雅与幽默写了55年的体育，不向那种认为他应该写一些“正经”事儿的压力屈服，而许多体育记者都毁在了这种压力之下。他在体育报道中找到了自己想做、喜爱做的事，而正因为他的正确选择，与许多写“正经”题材的作家相比，他说出了美国价值观中更重要的事情，而那些作家写的题材则正经到了无人看得懂的地步。

生存是戏法。写得有趣的作家一般都是那些保持了自己的趣味的人们。这几乎是当作家的全部要点。我用写作为自己的生活增添乐趣，并提供给自己后续教育。如果你写自己喜欢知道的事情，你的喜悦之情就会体现在所写的内容里。学习具有激励作用。

这并不意味着当你进入陌生领域之时会泰然自若。作为非虚构作家，你会一次又一次被抛入不同的专业领域，而且你会担心自己不具备将故事带给读者的资格。每次在开始一个新项目前我都会感到焦虑。我去布雷登顿写有关棒球的《春季训练》一书之时，就有这样的感觉。虽然我一辈子都是棒球迷，但却从未写过体育报道，从未采访过一位专业运动员。严格来讲，我并没有这方面的资历。我拿着笔记本靠近的每一个人——经理、教练、球员、裁判员、星探——都可能问，“你还写过其他与棒球有关的东西吗?”但没人问。他们没问，因为我有另一种资历：真诚。这些人很清楚，我真正想了解的是他们是如何工作的。当你进入新的领域，需要增加信心之时，记住这一点：你最好的资历就是你自身。

同时要记住，你的写作任务不一定像你想的那么狭窄。它经常会最终触及你的经历或教育中意想不到的角落，使你能以自己的力度扩展写作的内容。每减少一分对事物的陌生感都能减少你的恐惧感。

1992 年的一件事就证明了这一点，那一年我接到《奥杜邦》编辑的电话，问我是否愿意为该杂志写一篇文章。我说我不行。我是第四代纽约人，我的根深扎在水泥里。“那对我，对你，或对《奥杜邦》都不合适，”我告诉编辑。我从未接受过自己觉得不适合的任务，所以很快就告诉编辑他们应该找其他人。《奥杜邦》的编辑回答说——就像好编辑应该做的那样——他确信我们可以共同做点什么。几周后，他打电话说杂志社决定找人重新写一篇有关罗杰·托里·彼得森的文章。彼得森使美国成为护鸟之国，他的《鸟类田野指南》自 1934 年起就一直是畅销书。我感兴趣吗？我说我对鸟类不甚了解。我能确切辨认出来的唯一一种鸟就是鸽子，它常光顾我在曼哈顿的窗台。

我需要同我所写的人感觉到一种通灵。有关彼得森的写作任务并非我所求，而是来寻我的。我所写的几乎每一篇人物评析都与我所熟知并且喜爱的作品有关：那些富有创意的人物，比如漫画家奇克·杨（《勃朗戴》）、歌词作家哈罗德·阿伦、英国演员彼得·塞勒斯、钢琴家迪克·海曼，以及英国游记作家诺曼·刘易斯。我多年来与他们相伴并以此为乐，我对他们的感激是我坐下来写作的力量来源。如果你想让自己的写作传达愉悦，那就写你敬重的人。用写作来进行诋毁和诽谤对于作家和写作对象都是毁灭性的。

然而后来发生的一件事改变了我对《奥杜邦》邀请的想法。我碰巧看了一部由美国公共广播公司录制的电视纪录片《鸟的欢庆》。该片概括了罗杰·托里·彼得森的生平和工作。那部影片极富美感，让我很想更多地了解这个人。引起我注意的是彼得森 84 岁时还在全力以赴地工作，每天画四个小时，而且到世界各地的鸟类栖息地拍摄鸟的照片。这着实使我感兴趣。鸟儿并非我描述的对象，我的对象是百折不挠之人。我记得彼得森住在康涅狄格的一座小镇上，离我们家夏天常去的地方不远。我开车过去就能见到他。假如气氛不对头，除了一加仑汽油，也并没有什么损失。我告诉《奥杜邦》的编辑，我想以非正式的方式尝试一下——“拜访罗杰·托里·彼得森”，而不是写什么重要的人物传略。

当然，其结果还真成了一篇重要的传略，有 4 000 字长，因为当我一看到彼得森的工作室，我就意识到，把他当做鸟类学家——像我一直认为的那样——错失了理解他生活的核心。其实他首先是艺术家，是他作为画家的技艺，使得他将自己对于鸟的知识为千百万人所理解，并且确立了他作为作家、编辑以及自然资源保护者的威信。我询问了他早期的教师和导师——重要的美国画家如约翰·斯隆、埃德温·迪更生——以及伟大的鸟类画家詹姆斯·奥杜邦和路易斯·阿加西·富尔特斯对他的影响。于是，我写的故事成了艺术的故事、教导的故事，同时也是鸟儿的故事，涉及我的诸多兴趣。

这也是一个人历经艰险的故事，80 多岁的彼得森的日程安排对于 50 岁的人来说都是很大的压力。

这个例子对于非虚构作家的启示是：对自己的写作任务思路要宽。不要一想到《奥杜邦》的文章就非得严格限制在自然上，或者《汽车与驾驶员》的文章就非得严格限制在车上。要将你的题材的界限推广开来，看看它能将你引向何处。要将你自己的生活带入其中。只有你写了，那个故事才能成为你自己的版本。

彼得森的故事也有了我的版本，它刊登在《奥杜邦》上不久，我妻子就在家里的自动回复电话机里发现一条录音，“请问是写自然的威廉·津瑟吗?”她觉得这事儿挺逗，的确如此。但事实上，我的文章被鸟类研究团体接受为对彼得森的权威描述。我提这件事是要给所有非虚构作家以信心：要掌握技巧。如果你掌握了这一行当的工具——采访与合理组织的基本功——而且如果你将自己的常识与人情味带入写作任务中，你就可以写任何题材。

然而，人们还是很难不被专家的一技之长所吓倒。你会想，“这个人对自己的领域了如指掌，我太无知了，采访不了他。他会觉得我很笨。”他对自己的领域了如指掌的原因是，那是他的领域，而你只是一个杂家，你在努力使他的工作为公众所理解。这意味着要激发他澄清对他而言显而易见的表述，因为他以为这些表述对别人也同样显而易见。要相信自己的常识，以此来分清读者都需要知道什么，而不要怕问无知的问题。假如专家认为你无知，那是他的问题。

你的验证方法应该是：专家的第一个回答充分吗？通常都不充分。我在签约对彼得森的领域作第二次探寻时，领悟到了这一点。里佐利艺术书籍出版社的一位编辑打电话给我，说出版公司在策划休闲版的“罗杰·托里·彼得森的艺术与摄影”画册，里面有上百张彩色插图，需要 8 000 字的文本介绍。作为撰写彼得森的新权威，我被应邀撰写介绍。我成了彼得森的新权威，这事儿还真挺逗。

我告诉编辑我给自己定过规矩，绝不对一件事写两遍。我曾尽力细心地写过《奥杜邦》的文章，不会再重来一遍。不过我欢迎编辑拿到该文的版权并把它重印在他的画册里。他同意我的建议，但条件是我再写 4 000 字，把它们天衣无缝地编进去，来着重介绍彼得森作为艺术家和摄影家的创作方法。

这听起来挺有意思，于是我又找到彼得森，问了他一系列新问题，比我写《奥杜邦》时问他的更专业。《奥杜邦》的读者想要了解彼得森的生活，而现在我的读者想要了解这位艺术家是如何创作艺术作品的，因此我的问题直奔创作过程与技巧。我以绘画开始。

"我称自己的作品为'混合媒介'，"彼得森告诉我，"因为我的主要目的是教育。我可以先用透明的水彩开始，然后继续用水粉画，然后上一层保护性的丙烯，然后在保护层上再用丙烯或是蜡笔，或者彩色铅笔，或者铅笔，或者墨水——什么材料都行，只要能完成我想要的。"

从以前的采访中，我得知彼得森开始时的回答并不充分。他是瑞典移民的儿子，沉默寡言，不善于夸夸其谈。我问他目前的技巧与以往他用的方法有何区别。

"目前我在观望，"他说。"我在尽量增加细节，而不丧失简洁的效果。"然后他又停下不说了。

但是他为何在人生这么晚的时刻感到需要增加更多细节?

"多年来，那么多人熟悉了我直截了当的鸟的图画，"他说，"他们现在想要看到更多的细节：羽毛的形态，或者更三维的感觉。"

我们谈论了绘画之后，转到了摄影。彼得森回忆起他曾拥有过的每一台摄鸟的照相机，从 13 岁起用的玻璃感光底片和皮腔普里莫 9 型相机，到最终用上广受称道的现代技术如自动对焦和闪光灯补光。我不是摄影师，从未听说过自动对焦和闪光灯补光，但是我只要肯暴露自己的无知，就能了解这些为什么会有帮助。自动对焦：“你只要能在取景器中看到鸟儿，相机就会完成剩下的一切。”闪光灯补光：“胶片所看到的远不如人眼。人眼可以看见阴影中的细节，而闪光灯补光则可以使相机捕捉到细节。”

但技术只是技术而已，彼得森提醒我。“许多人认为好设备会使一切变得容易，”他说。“他们错误地认为相机可以解决一切。”他自己知道这是什么意思，但是我需要知道相机为何不能解决一切问题。当我用“为什么不可以呢?”和“还有其他什么呢?”紧逼着问他时，我得到不仅一个答案，而是三个：

“作为摄影师，你将自己的眼睛和结构感带入整个过程以及对温度的感受中——比如，你不会在大中午摄影，也不会在早上和晚上拍摄。你还要特别在意光线的特性，多云的天气有利于摄影。对动物的知识也大有帮助，可以预测鸟儿要做什么。你可以预测到鸟儿集中捕食这样的活动，此时鸟儿会捕食小群巡游的鱼类。集中捕食对于摄影师很重要，因为鸟类所做的一个基本事情就是进食，而这时它们对你有耐心的时间长得多。事实上鸟儿在这种情况下经常忽略你的存在。”

我们的对话就这样往下进行，专家先生同无知先生，直到我汲取到自己觉得有趣的想法。“我走到一半又回到奥杜邦的路上，”彼得森说——真有意思——“我感觉到由于环保运动所发生的变化。”他回忆说，在他小时候，每一个有弹弓的小孩都会打鸟儿，许多鸟类被打尽，或者几近被猎人灭绝。这些猎人屠杀鸟类只是为了获其羽毛，或者卖给餐馆，或者为了寻乐。好消息是，他活了足够长的时间，看到了许多鸟类在幸免于灭绝之后，又重新恢复了数量，这有赖于人们现在都在积极参与保护鸟类以及它们的栖息地。然后他说："人类对鸟的态度也改变了鸟对人类的态度。"

真有意思。作为一个作家，我对自己说过那么多遍"真有意思"而深有感触。假如你发现自己在这么说，要注意顺从自己的嗅觉。相信自己的好奇心，将其与读者的好奇心连接起来。

彼得森说鸟对人类也改变了态度是何意呢？

"乌鸦变得更加驯服，"他说。"海鸥增加了——它们是垃圾场的清洁队。小燕鸥开始在商场顶棚筑巢；几年前在密西西比州的戈蒂埃，有几千对儿小燕鸥在欢唱河商场屋顶筑巢。嘲鸫特别喜欢呆在商场里——它们喜欢那里的植物，特别是野蔷薇，其果实大小正好方便这些鸟儿吞咽。它们还喜欢商场里熙熙攘攘的景象——它们就呆在那里，指挥交通。"

我们在彼得森的工作室里谈了几个小时。这间工作室是一个艺术与科学的小前哨——有画架、颜料、画笔、绘画、照片、地图、相机、照相设备、部落面具，还有一架架工具书和期刊——在我访问结束的时候，他送我出去，我说，"我都看全了吗？"经常的情况是，当你将铅笔放到一边之后，才在告别之时的闲聊里得到最好的材料。被采访之人在尽力使自己的生平对一个陌生人有益于观瞻之后，会放松下来，想起某些需补充的要点。

当我问他我是否都看全了的时候，彼得森说，"你想看看我的鸟类收藏吗？"我说当然想看。他带我顺着外面的楼梯来到储藏室的门前，打开锁，领我进入一间满是柜子和抽屉的地下室——这些装备是储藏科学用品所司空见惯的，让人回想起那些小学院里从未被现代化的博物馆。达尔文可能就用过此类抽屉。

"我在这下面有两千件标本用于研究，"他告诉我。"其中多数标本有上百年历史，但仍然有用。"他打开一个抽屉，拿出一只鸟儿，让我看标签，上面标着：橡树啄木鸟，1882 年 4 月 10 日。"想想看！

这只鸟儿有 112 岁了，”他说。他打开其他一些抽屉，轻轻地举着其他几个维多利亚晚期的标本让我看——这使人联想到格罗弗·克利夫兰总统的任期。

里佐利出版社的这本画册出版于 1995 年，其中有令人惊叹的绘画和照片，而彼得森在一年后就去世了。在观察到世界上 9 000 种鸟类中“略多于 4 500 种”之后，他的追求终于结束了。我是否享受为这两篇文章所花的时间呢？我说不准。彼得森的性格太阴郁，采访他的乐趣不大。但我享受完成一项超出正常经历的复杂任务的满足感。我还自己捕获了一只鸟儿，而当我将彼得森收拾好，放入抽屉，与其他收集起来的标本放在一起时，我在想：真有意思。

第二十一章 终稿的严酷性

我在曼哈顿的新学院大学教了许多年的写作课，学员在课上经常告诉我，他们有一篇文章的构思特别适合《纽约时报》，或者《体育画报》，或者其他某个杂志。这是我最不想听到的。他们已经可以想象出自己的文章付印了：标题、总体结构、照片，还有他们最渴望的署名。现在他们所必须做的就只剩下写了。

这种对于终稿的偏执给作者造成许多问题，使他们的注意力游离于所有必须要在前期做出的决定，包括文章的形式、语气以及内容。这是很典型的美国人的问题。我们的文化崇拜获胜的结果：联赛冠军、考试高分。教练雇来是要打赢比赛的，教师的好坏在于能否将学生送进最好的大学。在这个过程中不那么耀眼的收获——学问、智慧、成长、信心、学习面对挫败——没有给予同样的尊重，因为这些打不了分。

对作者来讲，赢分才是筹码。专业作家在写作研讨会上最常被问到的问题是，“我怎么才能卖出我的作品?”这是我唯一不想回答的问题，部分原因是我不够格——我不清楚当今市场上编辑们在寻找什么，虽然我希望自己知道。但是主要原因是，我对于教作者如何销售没有兴趣。我想教他们如何写。如果程序对路，产品会自然产出，销售也会跟进。

这就是我在新学院大学所开的写作课程的前提。社会科学研究新学院[①]由开明的学者们创建于1919年，自那时起，该学院一直是这个城市最活跃的学习中心之一。我愿意在这里教课，因为我对其历史作用始终抱有认同感：提供信息来帮助目标明确的成人拓展自己的生活。我喜欢乘地铁上夜课，成为那些人当中的一员，匆匆忙忙地走进走出、上课下课。

我选择"人物与地点"作为课程的名称，因为它们一起构成说明文的核心。通过集中探讨和练习以下两个要点，我认为可以教给非虚构作家需要知道的多数内容：如何定位作者在某处所写的东西，如何使生活在那个地方的人谈论该地的特色——或者曾经具有的特色。

但是我还想做一项试验。作为编辑和教师，我发现非虚构写作中最少被传授和最易被忽略的技能是如何组织一篇长文：如何完成这个拼字游戏。写作课总是教学生如何写好一个清楚的陈述句。但是如果叫他们尝试更宽泛的东西——一篇文章或者一本书——结果他们写的句子会像弹子一样撒得满地都是。每一位面对一篇长文的编辑，都熟悉那种无法逆转的混乱所带来的沮丧时刻。作者眼睛盯着终点线，从不多想如何去跑这场比赛。

我想知道，是否有什么办法能将作者从对写作的最终结果的痴迷中拽开。突然间我想出一个极端的主意：我要教一门不要求写作的写作课。

在第一次课上，我的班有二十几个成年学生，之后一直如此，从二十几岁到六十几岁，多数为女性。其中有几个是郊区小报和电视台以及行业杂志的记者，但主要是做普通工作的人，他们想学习如何用写作来使生活更有意义：弄清他们此时此刻是谁，他们曾经

① 新学院的全称。

是谁，以及他们所出生于其中的传统是什么。

我用第一节课让大家作介绍，并且解释写人物和地点的一些基本原理。最后我说："下周我要你们来时告诉大家一个对你重要并且你想写的地方。告诉大家你为何想写这个地方，以及你想如何写。"我从来都不是那种喜欢朗读学生习作的教师，除非写得特别好。人们对于自己所写的内容过于敏感脆弱。但我猜想他们对于自己只是在思考的东西不至于太敏感。这些思考尚未转化到神圣的纸上，总是可以随时变更，或者重新组织，或者否决掉。尽管如此，我还是不知结果会如何。

一周后，第一位发言者是一位年轻女士，她说她想写在第五大道北面的教堂，该教堂最近起了一场大火。虽然教堂已经重新启用，但墙壁都熏黑了，木头也烧焦了，闻起来还有烟味儿。这位女士感觉这一切都让她很不安，她想弄清这场大火对于她这个教区的居民以及这个教堂都意味着什么。我问她计划写什么。她说她可能会采访那里的牧师，或者风琴师，或者消防队员，也许还有教堂司事，或者唱诗班指挥。

"你给了我们五篇弗朗西斯·克斯·克莱恩的好作品，"我告诉她。克莱恩是《纽约时报》的一位记者，他写本地专题，充满人文情怀，文笔流畅。"但是这些对你，对我，对这门课都不够。我要你再深入一些。我要你在你自己和这个你要写的地方之间找到某种联系。"

这位女士问我自己心中酝酿有何作品。我说我不会提出什么建议，因为开这门课的一个想法就是让大家集思广益，想出可能的解决办法。但既然她是我们的第一个实验品，我就试一下。"在接下来的几周里，你去教堂的时候，"我说，"只是坐在那里，想一想这场大火。三到四个礼拜日之后，教堂就会告诉你那场大火意味着什么了。”然后我说：“上帝会让教堂告诉你那场大火意味着什么。”

教室里学生们露出些许惊讶的表情。美国人一提到宗教就神经兮兮的。但学生明白我是认真的，而且从那一刻起，他们也认真对待我的想法。每个星期他们都邀请我们其他人进入他们的生活，向我们讲述某个使他们感兴趣或触动他们情感的地方，并想方设法决定如何写这个地方。我会用每次课的前半段时间教授技巧并且阅读一些非虚构作家的段落，这些作家已经解决了学生们挣扎着要解决的问题。另一半时间是我们的实验：一个分析作者组织材料问题的解剖台。

最大、最要紧的问题是紧凑性：如何从大量混杂的经历、情感记忆中提炼出一种连贯的叙事形式。“我想写一篇有关艾奥瓦州小城镇消失的文章，”一位女士告诉我。她向我们描述她小时候曾在祖父母的农场生活过，自那时起，中西部的生活结构遭到了很大的侵蚀。这是一个有关美国的好题材，作为社会史很有价值。但是没人能就艾奥瓦州小城镇消失写出一篇像样的文章，这样会太笼统，缺乏人情味。作者只能写艾奥瓦州的一个小城镇，借此来述说更大的故事，甚至仅在这一个城镇中，她还得进一步缩小故事的范围：一家商店，或者一户人家，或者一位农场主。我们在课上论及不同的方法，这样作者逐渐将组织故事的思路缩小到更人性化的程度上。

我惊叹于学生们的摸索常常会在突然间揭示出恰当的路径，在座的人都觉得切实可行。一位男士说他想写一篇有关他曾经生活过的城镇的文章，想尝试一种可行的方法：“我可以写 X。”可是这个 X 甚至对他自己来说都并不有趣，缺乏特点，Y 和 Z 也是如此，P、Q、R 也是如此。于是作者继续在自己的生活中打捞碎片，后来几乎是偶然地，他撞到了 M，一段忘却已久的记忆，似乎不重要但无可争议地真实，其中的一件事囊括了他最初想要写这个城镇的全部理由。“这就是你要写的故事，”班里的好几个人都这么说，而且的确如此。这门课给了学生充分的时间来找到自己的题目。

从直觉入手来释放题材，正是我进入学生的新陈代谢中想要他们做的。我告诉他们，如果他们真的写出文章来，我会很高兴去读，即使在课程结束后寄给我都可以，但那并非是我的主要兴趣。我主要对过程感兴趣，而非产品。起初这使他们感到不安。这里是美国——大家所要求的不只是要写得有效，还要有结果，这也是国民的权利。好几个人悄悄地来到我跟前，几乎是偷偷摸摸地，就好像向我泄漏的是什么不光彩的秘密。他们说，“你知道，这是我所上的唯一不以市场为导向的写作课。”这句话叫人沮丧。但过了一段时间，学生们发现不必赶截止日期解放了他们。截止日期这只恶魔在他们本科和研究生在学期间一直都贪得无厌（“星期五交论文”）。他们放松下来，开始喜欢考虑用不同的方法到达想要去的地方。其中一些方法有效，而另一些则不好用。拥有失败的权利具有解放性的力量。

偶尔我也向写作坊的中小学教师描述此课程。我倒不特别期待他们觉得这与他们所教的年龄段的学生有多大关联性——青少年的记忆和情感不如成年人丰富。但他们总是催促我提供更多的细节。我问他们为何这么感兴趣，他们回答说，“你给了我们一个新的时间表。”他们这么回答的意思是，传统的学期短论文的作业方式可能是教师们遵循得太想当然、太久的传统。他们开始反思，留作文作业时要给学生们更多的空间，并且要依照不同的标准来批改。

我的课堂教学法——找到一个特别的地方来描写它——只是一种教学手段。我真正的目的是给作者以新的心态，他们可以在之后可能尝试的写作项目中应用，为写作旅程留出足够的时间。对于我的一个30多岁的律师学生来说，这个旅程花了他三年时间。1996年的一天，他打电话给我，说他好不容易完成了那个题材的写作，终于可以交稿了，而那个写作计划中的组织问题是他早在 1993 年的班上提出来的。愿意看看吗？

结果到来的是一份 350 页的手稿。我得承认我心里的某个部分不想收到一份 350 页的手稿。但我心里更大的一个部分很欣慰，我当初启动的程序终于沿着自己的路径有了结果。同时我也很好奇，想看看这位律师是如何解决他的问题的，因为这些问题我记得很清楚。

他告诉我们他想写的地方是康涅狄格州郊区的一座城镇，他在那里长大，而他的主题是足球。他儿时在校队踢球，与其他五个同他一样热爱足球的男孩结下了亲密的友谊，他想写那种亲密的体验，和他对足球提供给他这种体验的感激之情。我说这是一个好题材：一份回忆录。

这种关系非常紧密，律师继续说，这六位在东北部已成为中年专业人士的男人仍保持联系——他们继续定期见面——他还想写这段经历，以及他对这种长久友谊的感激。我说这也是好题材：一篇好随笔。

但还有更多。这位律师还想写当今足球的状况。他记忆中的这项体育的肌理已被社会变迁所侵蚀。他说其中丧失了许多可贵之处，球员不再在更衣室换球衣，他们在家里就穿上队服，然后开车去球场，又开车回家。律师的想法是回到他的母校作志愿教练，然后写今昔的反差。这又是一个好题材：一篇调查报告。

我喜欢听律师的故事。我被带入一个我一无所知的世界，他对这一世界的感情很吸引人。但我也知道他会逼疯自己，我这么告诉他。他不能将所有的故事都挤在一个小屋顶下，他只能选一个结构完整的故事。结果，他还是将所有的故事挤到一个屋顶下了，但这幢房子必须大幅扩充，而这个工作花了他三年。

在我读了他称为《我们人生之秋》的手稿之后，他问我稿件是否够递交出版社的水平。我告诉他还不够，稿件还要修改一遍。也许之前他只是不想再费那个力气。他想了一会儿，然后说，既然已经走了这么远，他愿意再试一把。

“但即使根本出版不了，”他说，“我也很高兴完成了这个稿件。我真是迫不及待地想告诉你这对我曾经多么重要——把足球在我人生中意味着什么写下来多么有收获。”

我想起两个最终的词。一个是追求，另一个是意图。

追求是讲故事的一种最古老的主题，一种我们从不厌倦听到的信念行为。回顾起来，我注意到我班上的许多学生，一旦布置给他们思考一个对他们重要的地点的作业，他们都会用这个作业来追求比地点本身更深的东西：一个意义、一个想法、过去的一件小事。结果是，对于这群陌生人来讲，班上总有一股温暖的活力。（有些班甚至还会聚会。）学生发起的每一次追求都在我们自己的追寻和渴望中找到回响。**寓意**：每一次你用追求或朝圣的形式讲故事，你就会在这游戏中领先。读者在读你的作品时，会带着自己的联想为你做一部分你的工作。

意图是我们在写作中希望成就的，称为作者的灵魂。我们可以通过写作来肯定、来庆贺，或者来揭露、来诋毁；选择权是我们自己的。诋毁长久以来一直是新闻报道的一种模式，奖赏窥探者和受雇记者以及隐私的冒犯者。但没人能迫使我们写我们不想写的东西。我们因此得以保持自己的意图。非虚构作家经常忘记，并没有人要求他们默认媚俗的作品，为那些有自己日程安排的杂志编辑承担写垃圾文章的任务——去卖商业产品。

写作与性格相关联。如果你的价值观可靠，你的文章也就可靠。这都始于意图。想清楚你想做什么，想如何做，以人性与人格来寻找自己的方法，完成文章的写作。在这之后，你的文章才有卖点。

作者的抉择 第二十二章

这本书是有关抉择的——无数的抉择，一个接一个进入写作的每一次实践。有一些事关重大（“我应该写什么?”），而另一些则可能小到一个小小的用词。但所有这些抉择都十分重要。

前面一章是有关重要抉择的：形式、结构、紧凑、中心以及意图等问题。这一章是有关细小的抉择的：在组织一篇长文的过程中需要成百上千次抉择。我觉得呈现出这些抉择是如何作出的对你会有帮助。我会用一篇自己的文章作为标本进行解剖。

学会如何组织一篇长文就像学会如何写出一个清晰、悦人的句子一样重要。你必须时刻记住写作是线性的和连续的，逻辑是将其合在一起的黏合剂，从一句到另一句、一段到另一段、一节到另一节，必须保持张力，而且叙事性——精湛的、老套的讲故事方式——是牵引读者前行但不被他们发现这一条绳索的要素，如若不然，你所有的清晰、悦人的句子都会七零八落。读者唯一应该注意的是你为自己的旅程制定了一个合理的计划，其中的每一步都是必然的。

我有一篇文章叫《来自廷巴克图的新闻》，刊登在《康泰纳仕旅人》上。虽然这是一个作家针对一个具体问题的解决方法，但它说明了一些适用于所有与非虚构作品写作相关的问题。我对该作品作了注释，以说明在这个过程中我所作出的抉择。

对于任何文章的写作来说，最难的抉择是如何开头。开头必须用引人入胜的想法抓住读者，然后每一段都要牢牢地保持读者的兴趣，逐渐增加信息量。信息的重要性在于能让读者产生足够的兴趣，这样他们就会坚持走完全程。文章的开头可以短至一段，也可以需要多长就有多长。当所有该做的工作都完成了，你就会知道开头可以结束了，然后你可以放松语气，继续你的叙述。下面是文章的第一段，能够引发读者深入思考——我希望这种想法是读者之前从未想到的。

> 我到达廷巴克图时，印象最深的是那里的街道用沙子铺成。我突然意识到沙子完全不同于泥土。每一座城镇始于土道，而后居民增多，环境改善，土道就逐渐铺成了沙道。但是沙子代表着颓败。用沙子铺街道的城市是一座天边的城市。

注意这五句话非常简洁，都是质朴的陈述句。每句话包括一个想法——只有一个。读者每次只能处理一个想法，而且只能以线性方式处理。作者所遭遇的多数问题是竭力让一句话做太多的事儿。绝不要怕将一个长句拆成两个甚或三个短句。

> 这当然就是我为什么在那里的原因：廷巴克图是人们寻找天边的终点站。在仅以名字就吸引游客到来的六七个地方中——巴里岛和塔希提岛、撒马尔罕和非斯、蒙巴萨和澳门——没有一个能在它所表达的遥远性方面比得上廷巴克图。我惊讶地发现，在听说我去过那里之后，有那么多人都认为廷巴克图不是个真地方，或者即使认为是，也想不出那地方到底会在哪儿。他们只熟悉那是一个词儿——在表达几乎不可企及的同义词中是最生动的一个，歌词作者用这么一个天赐的小玩意儿来押韵，而且用来比喻一个堕入爱河的男孩要走多远才能追上根本追不上的女孩。但作为一个真实的地方——廷巴克图当然是“久已逝去”的非洲王国之一，就像所罗门国王的宝库

一样，当维多利亚探险者去寻找时，发现它其实并不存在。

这一段的第一句由上一段的最后一句衍生而来，读者没有机会从文本游离出去。之后这一段话有一个目的：进一步认可读者对于廷巴克图的已知情况——或者一知半解的情况。这样，文章欢迎读者作为一位旅伴，与作者带着同样的情感上路。文章同时增加了某些信息——不是生硬的实事，而是悦人的传说。

下面这一段到了实打实的部分——不能再推迟。注意在这三句话中挤进了多少信息：

> 这久已逝去的廷巴克图还是被找到了，不过是在经历了异常的艰难险阻之后——苏格兰人戈登·莱恩于 1826 年，法国人勒内·卡耶于 1828 年——对于他们所付出的艰辛，这些人一定会感觉遭到残酷的嘲讽。16 世纪的旅行家利奥·阿弗里卡纳斯曾经描述过这座十万人的传奇城市，一个拥有 180 所穆斯林学校、2 万多名学生的学术中心，可如今已变成荒凉之地，唯有土房依旧，昔日的辉煌和人口早已不复存在，而它仍存在的原因只有其独一无二的地理位置，此外它还是横穿撒哈拉驼队所走之路的重要交叉口。非洲多数的贸易，特别是北方的食盐和南方的黄金，都是在廷巴克图完成的。

廷巴克图的历史和其出名的原因就介绍到此。有关这座城市的过去和重要性，杂志读者也只需要知道这些。不要给杂志读者超过其所需的信息。假如你想多讲，写一本书或者写给学术期刊吧。

现在你的读者还想知道什么？在每一句话之后要问自己这个问题。在此他们想知道的是：我为何要去廷巴克图？我此行的目的是什么？下面这一段就解答了这个问题。同样，将上一句的线索拉紧：

> 我来到廷巴克图是为了看那些骆驼商队。我们六人看见

> 《纽约时报》周日版发布的一则两周旅游广告——不知是聪明还是愚蠢——于是就签了单。这次旅游是由一家专门做西非业务的法国小旅行社组织的。（廷巴克图在马里，属于前法国苏丹。）旅行社的办公地点在纽约市，为了避开人群，我周一早上第一件事就是去了那里。我问了一些寻常的问题，得到了一些寻常的回答——黄热病疫苗、霍乱疫苗、防疟疾药丸、不要喝当地的水——然后得到一本小册子。

除了解释旅行的来龙去脉，这一段还做了一件事：引入作者的性格和口吻。在游记写作中，千万不要忘记自己是导游。只叫读者上路还不够，你必须带他们上你的路。要让他们对你有认同感，认同你的希望和看法。这意味着叫他们了解你是谁。“聪明还是愚蠢”这个词语唤起游记文学中一个熟悉的形象：游客可能被看做是傻瓜或小丑。另一个脱口而出的妙语是“避开人群”①。我用此语只是为了自娱。严格地讲，在第四段才说廷巴克图在哪儿为时太晚。但在此之前我找不到合适的地方来提这个，不然会拆散开头的组织结构。

下面是第五段：

> “有机会参观一年一度的阿扎雷盐商队到达廷巴克图，这真是一生一次的疯狂举动。”旅游手册这样开始。“想象这样的图景：上百头骆驼驮着珍贵的大盐块（内陆西非的土著人称其为白金）凯旋进入廷巴克图这个拥有 7 000 名居民的古老而神秘的半沙漠半城市地区。兴高采烈的游牧者们赶着驼队行进了一千多英里，穿过了撒哈拉沙漠，最终得以部落舞蹈和户外欢宴来庆贺长途跋涉的结束。作为酋长的客人，你可以在沙漠的帐篷

① beat the crowd，为英语成语，有一定趣味性。

里过一夜。”

这是一个很有代表性的例子，显示出作者如何让别人为其做有效的工作——一般来讲，用他们的词语会比作者本人的更能说明问题。旅游手册在此不但告知所许诺的旅游项目，而且其语言本身也有娱乐性，它使你进入促销者自吹自擂的窗口。盯住那些滑稽与利己的引语，并怀着感激之情加以运用。下面是开头部分的最后一段：

> 好了，这就是我这种类型的人喜欢的旅行，但不一定是我这种类型的人喜欢的散文，而且结果也成了我妻子和其他四个人喜欢的旅行。从年龄上看，我们的跨度从中年到享受医疗费减免的年纪。我们其中五位来自曼哈顿中城，一位是寡妇，来自马里兰，大家都养成了去天边旅行的终身习惯。诸如威尼斯和凡尔赛之类的名字在我们早期的旅行记录中压根儿就没冒过头，甚至连马拉喀什或者卢克索或者清迈都不算在内。我们谈的是不丹和婆罗洲、西藏和也门，还有摩鹿加群岛。现在——赞美真主——我们终于到了廷巴克图。我们所期盼的骆驼商队就要到来了。

*

开头到此结束。写这六段所花的时间相当于文章其余部分的所有时间，但我终于花大力气将其各就各位，充满信心地把文章展开了。也许别人可以写出更好的开头，但是我尽力了。我感到与我同在的读者会坚持到底。

对于措辞的选择，其重要性不亚于对结构的抉择。平庸是好文章的敌人，挑战在于不要写起来人云亦云。在开头必须交代的一个细节是我们四个人年龄多大。开始我写的是诸如“我们都在五六十岁”这样的句子，也算过得去。但只是过得去就乏味了。有没有什么办法将这一细节推陈出新呢？好像没有。最终，仁慈的缪斯给了我灵感，我选择了“医疗减免制度”① ——因此就有了“从中年到享受医疗费减免的年纪”这样的词语。如果你耐心寻找，就能找到合适的名称和比喻来将沉闷但必要的细节描述得栩栩如生。

甚至写出“威尼斯”和“凡尔赛”都花费了很长时间。原本我写的是“诸如伦敦和巴黎之类的名字在我们早期的旅行记录中压根儿就没冒过头”，但这没意思。我竭力在想其他一些家喻户晓的首都。罗马和开罗？雅典和曼谷？都好不到哪儿去。也许头韵能起作用——读者喜欢所有能满足他们对韵律和节奏偏好的感觉。马德里和莫斯科？特拉维夫和东京？太玄乎了。于是我不再想首都了，而是竭力想旅游热点城市。威尼斯（Venice）跳入我的脑中，我很高兴找到这个词，人人都去威尼斯。还有什么别的城市以 V 开头？只有维也纳，但它同威尼斯在诸多方面都太靠近。最后我改变思路，从旅游城市转到旅游景点，在头脑中从主要城市向外扇形扩散，在这一次次的远足过程中突然就碰上了凡尔赛（Versailles）。一天的工作就这样结束了。

往下我需要一个比“出现”更新鲜的词语。我要一个能传达意象的活跃动词。没有一个寻常的同义词对路。最终我想起了“冒头”——一个简单得令人发笑的词。但这个词再恰当不过了：它所描述的图景是一个东西时不时冒出水面。这样就只剩一个抉择了。什么样的稍微偏远一点的旅游景点，对于签约去廷巴克图的我们六个人是寻常之事？我最终选定三个地方——卢克索、马拉喀什和清迈——在 50 年代我第一次去的时候，这些地方相当具有异国风情。

---

① Medicare，美国政府为 65 岁以上老人设置的医疗减免制度。

而眼下，这些地方已今非昔比了。航空旅行时代使它们像伦敦和巴黎一样家喻户晓。

写这句话总共用了近一个小时，但我丝毫没有抱怨。相反，见此句入其位给了我很大的愉悦感。在写作中，抉择无大小，都值得花大量时间做好。一个句子出来，在文中起到恰到好处的作用，就足以奖励你一丝不苟的劳作，对此你和读者都会心领神会。

注意在开头的结尾处有一个星号。（也可以空一行。）这个星号是一个指示标。它向读者宣布，你以某种方式组织了文章，一个新阶段即将展开——也许是时间顺序的改变，比如倒叙，或者题材的变化，或者重点与语气的变化。在此，经过一个高度紧凑的开头之后，星号可以使作者深呼一口气，再重新开始，这时可以用更悠闲的节奏继续叙述：

> 要去廷巴克图，首先需要从纽约乘飞机到位于象牙海岸的首都阿比让，再从那里乘机到其北部邻居马里的首都巴马科。不像青翠的象牙海岸，马里很干燥，其南半部主要是由尼日尔河滋养，而其北半部则完全是沙漠。廷巴克图的确就是旅行者往北穿越撒哈拉沙漠之前的最后一站，或者旅行者往南去的第一站——在几周的灼热和干渴之后，人们所渴望的地平线上的一个点。
>
> 由我们六个人组成的旅行团中，没人对马里有多少了解，或者对那里有什么期待——我们的想法都关注在我们的集结地，即盐商队到达之地：廷巴克图，而没有关注我们到达那里需要跨越的这个国家。出乎预料的是，我们立即被此地吸引。马里沉浸在色彩之中：漂亮的人们身着图案迷人的服饰，市场上有鲜亮的水果和蔬菜，孩子们露出奇迹般的笑容。作为一个赤贫的国家，马里人口众多。树木成行的巴马科市以其能量与信心

使我们感到兴奋。

第二天我们起了个大早，乘面包车行驶了十个钟头——这辆车曾有过好日子，但也好不了太多——终于到了圣城杰内。杰内是中世纪位于尼日尔河上的一个贸易与伊斯兰学术中心，早于廷巴克图，并在荣耀程度上与其争锋。如今要到杰内去只能乘小渡船。我们在难以言状的公路上颠簸，希望在天黑前赶到，巨大的黏土制清真寺尖塔与角楼看上去像远处的沙漠城堡，似乎在不断后退，逗弄着我们。当我们最终到达那里，清真寺看起来仍像沙漠城堡——好像孩子们在沙滩上建造的一座别致堡垒。从建筑学角度看（后来我得知），它属于苏丹风格。这么多年来，沙滩上的孩子们一直在以苏丹风格建造堡垒。黄昏时分徜徉在杰内古老的广场上是旅途中的一次高潮。

之后两天同样丰富多彩。其中一天是进入多贡人的居住区，后来返回时又从那里出来。多贡人生活在高原上，外人不易进入，他们以泛灵论文化和宇宙观为人类学家所重视，同时也以面具与雕塑为艺术品收藏家所珍视。我们在那里花了几个钟头在村子四处爬上爬下，观看了面具舞蹈。我们瞥见这个社会的时间太短暂，它远非这么简单。第二天是在莫普提度过的，那是尼日尔河上一座充满活力的城镇，我们都大为惊喜，只是离开得太早。但我们在廷巴克图约定了日子，而且还包了一架飞机到那里去。

显然关于马里还有很多要说，把它们挤进这四段话远远不够——有许多学术书籍论述过多贡文化以及尼日尔河流域的居民。但这篇文章写的不是马里，而是追寻骆驼商队。因此，针对该文的大范围必须确定。我的抉择是尽快穿过马里——以最少的语句解释我们所取的路径，以及我们所停留之处的重要性。

在这样的时刻，我问了自己一个非常有用的问题："这篇文章真正要讲的是什么?"（而不仅仅是"这篇文章讲的是什么?"）你对克服了种种困难所收集到的材料自然格外珍惜，但假如那不是你决定要讲述的中心，这些材料就不能成为你收进文章的理由。这就要求有一种近乎受虐狂的自律性。对于丧失这许多材料的唯一安慰就是你其实并没有完全丧失它们；它们存留在你的文章中，看不见摸不着，但读者可以感知得到。读者总是能感觉到你对于自己题材的了解多于付诸笔端的内容。

回到"但我们在廷巴克图约定了日子"：

> 我去旅行社咨询的时候，最让我担心的是日期的精确性问题。我问旅行社的负责人，她如何能确定盐商队会在12月2日到达。牵引骆驼的游牧者在我的印象中可不是按照时间表行事之人。我对充满活力的骆驼和旅行社颇为乐观，我妻子则不以为然，她确信我们在廷巴克图会被告知盐商队来过又走了，或者更可能的是，什么时候来根本就没信儿。旅行社的人笑话了我的问题。
>
> "我们同商队保持着密切的接触，"她说。"我们派侦查员进入沙漠。如果他们报告商队要晚几天到达，我们会调整你们在马里的日程安排。"这对我来讲挺有道理——乐观精神能让一切都有道理——现在我上了飞机，那架飞机比林白[①]的飞机大不了多少。我们往北飞向廷巴克图，所飞越之地极为贫瘠，往下看不到任何有人居住的迹象。而与此同时，成百头骆驼驮着巨大的盐块向南移动过来见我。甚至就在此时，部落酋长们正在思

① 查尔斯·林白（Charles Lindbergh，1902—1974）：第一个完成独自飞越大西洋的美国飞行家。当时的飞机比较简陋狭窄。

忖如何在他们沙漠上的帐篷里接待我。

前面两段都包含了一点幽默的笔触——开点儿小玩笑。这些努力还是为了自娱自乐，但同时也是有意要保持第一人称的叙述角度。游记和幽默作品的最古老特点之一就是叙事者永远是轻信者。适当运用这一特点，让自己上当受骗——或者做彻头彻尾的蠢货——会给读者带来优越感这种巨大的快感。

> 我们的驾驶员驾驶飞机在廷巴克图上空转了一圈，让我们俯瞰整个城市，我们远途跋涉就是要看这座城市。整座城市四处散落着大片泥土建筑，看起来像是被长久废弃，就像影片《万世流芳》结尾处的新津德尔要塞一样死寂，当然电影中下面无人存活。撒哈拉在不断向前侵占，横跨中部非洲造成称为萨赫勒的干旱地带，并早已推过廷巴克图，使其成为沙漠上的孤岛。我因恐惧而感到震颤，我可不想被撂在这块被遗弃之地。

这一段提到电影《万世流芳》，是为了引发读者对于所描述事件的联想。这样就通过好莱坞使得廷巴克图颇具传奇色彩。通过唤起人们对新津德尔要塞命运的想象——布赖恩·唐莱扮演那个施虐狂法国军团司令，他将士兵的尸体重新放在堡垒里立起来各就各位——我显露出自己对这一电影题材的钟爱，同时也与兴趣相投的影迷们建立起联系。我所追求的是共鸣，这种共鸣可以起到强烈的情感效果，而作家单靠自己是无法完成的。

两个词——“震颤”（tremor）和“遗弃”（forsaken）——花了我一点儿时间才找到。我在《罗格同义词词典》中找到“forsaken”这个词，我肯定自己以前从未用过这个词。能在同义词中见到这个词，我喜出望外。这个词是耶稣基督最后所用的词语之一（这就关系到共鸣的问题)，它表达了几乎不能再多的孤独与被遗弃感。

当地导游在机场接我们，他是图阿雷格人，叫穆罕默德·阿里。对于旅行迷来说，他看上去叫人放心——假如有任何人称得上拥有撒哈拉的这个地区，那就是图阿雷格人。他们是桀骜不驯的柏柏尔族裔，既不屈服于阿拉伯人，也不肯向后来的法国殖民者低头。法国人横扫北非，但后来退出沙漠地区，使那里成为了独立领地。穆罕默德·阿里身着图阿雷格人传统的蓝袍，他有一张黝黑、聪慧的面孔，棱角分明，有某些阿拉伯人的相貌特征，身手矫健，显示出他性格的一部分。后来得知，他十几岁时曾随父亲踏上前往麦加的哈吉朝圣之路(许多图阿雷格人后来都皈依伊斯兰教)，并且在阿拉伯半岛和埃及呆了七年，学习英语、法语和阿拉伯语。图阿雷格人有自己的语言，叫塔马奇克语，字母写起来很复杂。

穆罕默德·阿里说他得先带我们去廷巴克图的警察局检查护照。这种面谈我在电影里看多了，因此也就不会感到不适。我们坐在像是地牢的房间里，接受两名全副武装的警察的询问。在不远处的一间牢房里，我们可以看见有一个大人和小孩在睡觉。这时我又有一刹那的闪念——这次是电影《四根羽毛》中的英国士兵长期被囚禁在乌姆杜尔曼的情景。当我们重新出来，那种压抑感还迟迟没有散去。穆罕默德·阿里带我们走过荒凉的城区，例行公事般地向我们介绍了几处“景点”：大清真寺、市场、三座有纪念标牌的破烂房子，表明莱宁、加利耶还有德国探险家海因里希·巴斯曾在此居住。我们没有见到任何其他游客。

*

同样，这个《四根羽毛》的典故就像影片《万世流芳》一样，会让所有知道这部电影的人胆战心惊地认出其出处。这部电影来源于一次真实的战役——基奇纳的军队溯尼罗河而上，远征去报复马迪军队曾击败了戈登将军——这样的事实给予这句话一种恐怖的锋芒。显然在撒哈拉前哨，阿拉伯的正义远非仁慈。

此处的星号标记出气氛的变化。它其实告诉读者：“廷巴克图就描述到此。现在我们将进入故事的正题：找骆驼商队。”在一篇长而复杂的文章中，如此划分不但有助于读者跟随你的线路图，同时也可以去除写作过程中的某些焦虑，使得你能够将材料劈成可处理的分块，每次处理一块。这样整个任务就会显得不那么可怕，惊恐也会被赶走。

在阿扎雷旅店，我们看起来像是唯一的客人，我问穆罕默德·阿里在廷巴克图有多少游客准备迎接盐商队。

“六个人，”他说，“你们六个人。”

“可是……”我心里有点儿什么让我说不下去。我换了一个方式。“我不明白‘阿扎雷’这个词是什么意思。为什么叫阿扎雷盐商队?”

“那是法国人用过的词儿，”他说，“当时他们组织了商队，每年都把所有的驼队召集起来完成驮盐的旅程，时间大约在12月初。”

“那他们现在怎么办?”几个人异口同声地问。

“是这样，当马里获得独立的时候，他们决定让商人们在任何他们需要的时候将盐商队带进廷巴克图。”

马里于1960年获得独立。结果我们是在廷巴克图等待一桩已经有 27 年未曾进行的事件。

这最后一句话像一颗小小的炸弹掉进故事里。但这已经是不证自明了，只需用事实说话，无须评论，因此我没有加任何感叹号来提醒读者这是不同寻常的时刻。那样做会毁了读者自我发现的乐趣。相信你自己的材料。

我妻子对此以及其他一些事情并不感到惊讶。我们冷静地看待这个信息：旅游老手坚信他们能通过某种途径找到骆驼商队。我们的主要反应是觉得此事很逗乐，广告中的真实性标准被如此厚颜无耻地漠视。穆罕默德·阿里对于旅游手册中所提供的虚夸许诺一无所知。他只知道自己受雇来带我们去看盐商队，并告诉我们第二天早上去寻找驼队，而且会在撒哈拉过一个晚上。他说 12 月初通常是商队开始到达的时间。但他并没有说任何有关酋长帐篷之事。

这里比较仔细选择的单词有："标准"（canons）、"厚颜无耻"（brazenly）、"虚夸"（gaudy）、"提供"（tendered）。这些词生动而准确，但并不冗长、花哨。最可喜的是，这些词都是读者恐怕始料未及的，因而也受欢迎。酋长帐篷那句话指的是旅游手册中的一个词语，是另一个小笑话。段落结尾处这些"关键语"推动读者进入下一段，并使他们保持良好的精神状态。

早上，无垠的天际似乎传来理性的声音，我妻子说除非我们乘两辆车去，否则她不会进入撒哈拉。这样，我高兴地看到有两辆陆虎吉普车在旅店外等我们。有一个男孩正在用自行车打气筒给其中一辆车的车胎打气。我们当中的四个人挤进一辆陆虎的后座，穆罕默德·阿里坐在前座，紧靠司机。第二辆陆虎带着另外两名游客和两个被描述为"学徒"的男孩。没人说他们在学什么徒。

这里有另一个令人惊叹的事实，无须任何修饰——给轮胎打气——然后在结尾处开一个小玩笑。

> 我们径直开出去，便进入撒哈拉沙漠地带。这里的沙漠像无边无际的棕黄色地毯，没有任何道路的痕迹。离这里最近的大城镇就是阿尔及尔。正在此时，我强烈地感觉到在天边，有一个声音说，“真是疯狂。你为什么要这么干？”但是我自己知道为何。我是在追寻的征途上，这样就可以回溯我第一次邂逅那些由英国“沙漠怪人”撰写的书籍中的时代——这些独行者包括查尔斯·道蒂、理查德·伯顿爵士、T. E. 劳伦斯、威尔弗雷德·塞西格等，他们生活在贝多因人之中。我总是好奇，他们过的是一种什么样的苦行生活？它有何种魔力使那些英国人如此着迷？

这里给人以更多的联想。提到道蒂和他的同胞可以提醒读者，这里的沙漠也有其书面文献，而且毫不逊色于其电影文献。这又增加了我所要承载的一项感情包袱，读者有权去了解这些。

下面段落中的第一句话紧接着上一段的问题，以此结束前一段：

> 现在我开始去了解。我们在沙漠上行驶，穆罕默德·阿里偶尔给司机打个手势：往右一点儿，往左一点儿。我们问他怎么知道要往哪儿走。他说他可以靠沙丘辨别出路来。可沙丘看起来全一样。我们又问需要坐多久车才能看见盐商队。穆罕默德·阿里说他希望不超过三四个小时。我们继续行驶。仅凭我肉眼凡胎，前面几乎什么实物也看不出来。但过了一会儿，这几乎是乌有之地却变成了实物——整个沙漠成为一个实体。我竭力想把这一事实汇入我的新陈代谢系统之中。它诱惑我进入

一种接受状态，我完全忘却了我们为何身处此地。

突然间，司机向左来了个急转弯，停了下来。“骆驼，”他说道。我使劲睁大自己习惯于都市景观的眼睛，但什么也没看见。后来远处的景物才开始清晰起来：一个有四十四骆驼的商队以雄伟壮观的节奏向廷巴克图开来，骆驼商队这样的情形已经有上千年的历史，它们从北部的陶代尼走了二十天把盐驮过来。我们开到离商队一百码处——不能再近，穆罕默德·阿里解释说，因为骆驼是很敏感的动物，很容易被任何“陌生”的东西惊吓。（我们显然是陌生客。）他说骆驼总是在深夜被带进廷巴克图卸盐，那时全城空寂无人。这就是“胜利进入”。

那景象真是惊人，比有组织地进入更富有戏剧性。商队的茕茕孑立是每一个曾经穿越撒哈拉的商队所独有的。骆驼彼此间勾连在一起，似乎步调一致，像“火箭女郎”[①] 波浪式的节奏一样精准无比。每一头骆驼驮着两大板盐，一边绑一板。盐板看起来像被弄脏了的白色大理石。盐板（后来我在廷巴克图市场测量过）3.5 英尺长，1.5 英尺高，4/3 英寸厚——大致是一头骆驼能驮的最大尺寸和重量。我们坐在沙地上观看商队，直到最后一头骆驼消失在沙丘后。

现在的语调落为直接叙述——一句陈述句接着另一句。唯一难以抉择之处涉及“茕茕孑立”（aloneness）这个词儿，因为它不是我所惯用的词儿——太“诗情画意”。但最终我还是确信没有其他词儿可以起到相同的效果，便不情愿地将其保留下来。

此时已经是正午，太阳酷热。我们爬回陆虎继续向沙漠深

① Rockettes，美国火箭女郎舞蹈团，成立于 1925 年，以舞蹈动作精准整齐闻名。

> 处行驶，直到穆罕默德·阿里找到一棵树，所投下的阴影正好够我们五个纽约客和一个马里兰来的寡妇容身。我们在那儿一直呆到4点，在野外吃午餐，眼睁睁瞪着映得一切都发淡的景色，打盹。阴影随着太阳移动，我们也跟着移动。两位司机整个午休期间都在修补汽车，甚至似乎是在拆卸其中一辆陆虎的引擎。一个游牧人不知从何而来，停下来问我们是否有奎宁。另一个游牧人也不知从何而来，停留片刻，聊了一会儿。后来我们看见两名男子穿过沙漠朝我们走来，在他们后面……难道这就是我们第一次目睹的海市蜃楼吗？是另一个盐商队，长长的有五十头骆驼，在天空中勾画出轮廓来。上帝知道他们从多远就看见了我们，那两名男子离开商队前来拜访。其中一位是老者，大笑着过来。他们同穆罕默德·阿里坐下来，打听廷巴克图的最新消息。

这里最难的一句话是描述修补陆虎的司机。我想让这句话同其他句子一样简洁，但里面要有一点点惊讶——带一点挖苦与幽默。除此之外，我在此的目的就是尽量简洁地讲述余下的故事：

> 四个小时就这样不知不觉地过去了，就好像我们滑入了一个不同的时区，撒哈拉时区，而在下午接近傍晚，太阳的热度开始减退，我们回到陆虎里，惊讶地发现那辆车还能开，于是便开始横越撒哈拉，驶向穆罕默德·阿里所称的我们的“营地”。在我的想象中，那宣称自己为营地的地方，即使没有酋长的帐篷，至少也得有一顶帐篷。当我们终于停下来后，发现那营地与我们一整天驶过的其他地方惊人地相似。不过那里的确有一棵小树。有一些贝多因妇女蹲在树下——一身黑色打扮，脸用面纱遮挡着——穆罕默德·阿里将我们安置在她们旁边的

沙地上。

妇女们一见到我们就往后缩——几个外国白人突然被卸在她们中间。她们彼此紧紧地靠在一起，看起来就像一排带状物。显然穆罕默德·阿里碰巧为自己的游客发现了“地方色彩”，看见后就停了下来，之后的事儿就全靠我们自己了。我们只能坐在那里，竭力表现出友好的姿态。但我们还是清楚地意识到自己是入侵者，而且我们的表情恐怕同我们的内心一样不舒服。我们在那儿坐了好一会儿，这时那排黑色带状物才慢慢地分开，变成四位妇女、三个孩子和两个赤身裸体的婴儿。穆罕默德·阿里离开去了什么地方，似乎不想与那些贝多因人有任何关系；也许作为图阿雷格人，他把那些人视作沙漠贱民。

反倒是那些贝多因人的善意让我们放松下来。其中一位妇女撩低面纱，露出电影明星般的微笑——洁白的牙齿和黑亮的眼睛显示在美丽的脸庞上——她在随身携带的物品中翻找着，拽出一个毯子和一个草垫，拿过来让我们坐在上面。我记得所有相关的书籍都说在沙漠上没有入侵者这回事儿，任何人的出现都在预料之中。之后不久，两名贝多因男子从沙漠上过来，同家人汇合，我们才看出其家庭成员包括两个男人，每个男人有两个妻子，还有他们各自的孩子。年长一点的丈夫脸庞刚毅俊朗，他见到两位妻子，温柔地拍拍她们的头，像是祝福，然后在离我不远处坐下。其中一位妇女给他端去晚饭——一碗小米饭。他马上将那碗饭送给我。我婉言谢绝了，但他的举止我不会忘记。我们一同坐着，相互为伴，默不作声，他吃着饭。这时孩子们也凑过来认识我们。太阳落下，圆月升起，朗照在撒哈拉沙漠上。

与此同时，我们的司机在两辆陆虎车旁铺开毯子，用沙漠柴火生起火。我们在自己的毯子上重新组合了一番，望着星星出现在沙漠的上空，吃了点儿鸡肉之类的晚饭，准备就寝。卫生间设施都是临时的——各自解决。我们被提醒过撒哈拉的晚上很冷，已经随身带了毛衣。我穿上毛衣，在毯子里蜷缩起来，沙地的硬实感稍稍减轻了一些，很快就在莫大的寂静之中睡着了。一个小时后，我被同样莫大的喧闹声吵醒——那家人牵来自己的山羊和骆驼准备过夜。之后一切复归于寂静。

早晨我发现毯子旁边的沙地上有爪印。穆罕默德·阿里说有一只豺曾来打扫过我们昨晚的剩饭——我想起来，晚饭时吃的鸡一定剩了不少。可我什么也没听见。我忙于做梦，梦见自己是沙漠枭雄阿拉伯的劳伦斯。

[结尾]

写文章的一个关键抉择是在何处结尾。故事本身常常会告诉你要在何处结尾。而这篇文章的结尾并不是我原来头脑中计划的。因为我们此次旅行的目标是要找到一支盐商队，因此我设想一定要看完历史久远的盐交易的一整个循环：描述我们是如何回到廷巴克图，看见盐在市场上卸下、买卖。但我越接近后面，就越不想写。结尾部分赫然耸立在眼前，要结束反倒成了苦差，对我和读者都无乐趣可言。

突然，我想起来，自己对于本次旅行的实际情形的描述并没有任何限定。我无须重建所有一切。我所叙述的真正高潮并不一定非得是看见盐商队，而是要找到生活在撒哈拉的人们横亘古今的好客之情。我们遇到一个游牧家庭，他们几乎一无所有，却主动请我们共享晚饭，这在我生活中，很少有什么时刻能与之相比。也没有什么其他时刻能如此生动地体现出我来到沙漠所要寻找的，以及所有那些英国人所撰写的——生活在天边所具有的高尚情操。

当你从自己的材料中领悟到这样的道理——当你的故事告诉你，无论后来发生了什么，一切足以就此结束——马上寻找门口出来。我出来得很快，只短暂停留，以保证叙述的统一性丝毫无损：保证开始这次旅行的作者兼导游自始至终都是同一个人。其中嬉戏般地提及劳伦斯确保了第一人称的叙述口吻，包裹进众多联想，使这次旅程有了一个圆满的结局。意识到我可以就此打住是一种绝好的感觉，不只因为我的劳作结束了——字谜猜出来了——还因为文章的结尾感觉对头。这个抉择是正确的。

作为附言，我还想提出最后一种抉择。这关乎非虚构作者为自己创造运气的需要。我常用于激励自己不断前行的一句话是“登上飞机”。我一生中两次最刻骨铭心的时刻，其结果都来自于登上飞机，这与我准备撰写《米切尔与鲁夫》一书有关。首先我与音乐人威利·鲁夫和德怀克·米切尔一同去了上海，他们在上海音乐学院向中国听众介绍了爵士乐。一年后我又同鲁夫去了威尼斯，听他晚上在圣·马克教堂用法国圆号演奏格里高利圣歌，当时没有其他人在那里研究这种激发了威尼斯音乐学派灵感的声学特点。在以上两次机会中，鲁夫对于主办方是否允许他演奏也并没有把握，我当时决定前往也可能白费了我的时间和金钱。但是我登上了飞机，而且那两篇原载于《纽约客》的长文也许是我的两篇最佳作品。我登上了飞机前往廷巴克图，去寻找骆驼商队，同样也是碰运气，不知能否实现；我登上了飞机前往布雷登顿，采访春训，不知道在那里会受到欢迎还是回绝。我的书《写而学》的诞生是因为一个陌生人的电话。电话提出了一个非常有意思的教育问题，于是我便登上飞机前往明尼苏达，去进一步了解情况。

登上飞机将我带到全美国、全世界不同寻常的事件之中，至今我仍旧如此。这并非表明我去机场之时不诚惶诚恐，其实我总是如此——这是写作中必要的部分。（略带诚惶诚恐的心态能给写作一种棱角。）但当我回家之时，总是满载而归。

作为非虚构作家，你必须登上飞机。如果有题材使你感兴趣，要抓住不放，假使在另一个镇、另一个州或者另一个国家，都要去。题材不会主动来找你。

先决定你自己想做什么，然后下定决心去做，最后去完成它。

写家史及回忆录 第二十三章

我所知道的最悲哀的一句话是“我真希望问过母亲那件事”。或者父亲，或者祖母，或者祖父。每一位父母都知道，我们的孩子对我们令人惊叹的人生并不像我们那样感到惊叹。只有当他们有了自己的孩子——第一次感到自己不断增长的年龄所带来的刺痛——才突然想更多地了解自己家族的传统以及所有积累的轶事和传说。“我父亲常常讲述的那些到美国来的故事到底是什么?”“我母亲在中西部长大的那个农场到底在哪里?”

作者是记忆的保管员，这就是本章的内容：如何给自己的人生和自己所出生的家庭留下某种记录。这种记录可以有多种形式。它可以是正式的回忆录——那种文学建构式的审慎行为。或者也可以是一种非正式的家族史，写出来告诉自己的儿女和孙子孙女们有关他们出生的家庭情况。它可以是口述历史，摘自用录音机录下来的父母或祖父母的讲述，他们因为太老或病得太厉害，不能写了。或者可以是任何你想要的东西：某种历史与回忆的混合体。无论是什么，它都是一种重要的写作。记忆随着主人的故去而消逝，这太常见了，而时间总是不够用，这也同样太常使我们感到惊诧。

我父亲是个商人，他并没有文学抱负，却在晚年写了两部家史。这对于一个没有多少自娱天赋之人是再好不过的差事了。在公园大道高高在上的公寓里，父亲坐在自己钟爱的绿色皮制扶手椅中，写下了他自己这边家族的历史——津瑟家族与沙尔曼家族——回溯到

19 世纪的德国。后来他又写了由他祖父于 1849 年创建于西 59 街的家族虫胶清漆生意历史。他用铅笔写在黄色的标准拍纸簿上，从不停下来修改——当时或后来都是如此。他对任何让他必须重新审视或慢下来的事业都没有耐心。在高尔夫球场，他会边向球走，边估量球局，随手从袋子里拎出球棒，一靠近球就抬起球棒击球，几乎都不停步。

父亲写完两部家史，让人打好字，油印好，然后用塑料封皮装订好。他亲自签名，给三个女儿一人一份，三位女婿一人一份，还有我，我妻子，还有 15 个孙子孙女，其中几个还不识字。我喜欢这些人各自都有一份的做法，这样做是认定他们每个人都是家族故事中平等的一员。这些孙子孙女中到底有几个花时间看了这些家族史，我不知道。但我肯定一定有人看了，我愿意设想这 15 份家族史现在都收藏在从缅因到加利福尼亚各处的房子里，等待下一代人的青睐。

父亲的所作所为使我深深感到，这就是家史的样板，它并不渴求更多的东西，要将其出版的想法不会出现在他的头脑中。有许多令人信服的理由说明写作与出版无关。写作是一种强大的探索机制，其中的一种自足之处是学会同自己的人生故事相处。另一种是闯过人生中最艰难困苦的难关——迷茫、悲痛、病困、痴迷、失望、失败——找到理解和安慰。

父亲的两部家史的影响在我身上稳步增长。开始我觉得自己对这两部家史并没有表现出应有的慷慨，也许我对于父亲能够轻而易举地完成在我看来很难的写作过程并不以为然。但几年后，我却发现自己在细读家史，以便让自己想起久已失去的亲戚，或者久已失去的有关纽约地理的事实，而且每次阅读，我都越发羡慕这样的写作。

其中最要紧的一个是语气问题。我父亲不是作家，他从不担心如何找到自己的“风格”。他只是按照自己说话的方式写，而现在每当我读到他的语句，都会听见他的个性与幽默、他的习语与用法，许多都是20世纪初他大学岁月的回响。我也听见他的诚实。他对血缘关系并不多愁善感，而是将某个叔伯简洁地评价为“二流货”，或对某个表兄评价为“从未取得什么重大成绩”，我对此报以会心的微笑。

当你写自己的家史时，记住这一点。不要刻意当“作家”。现在我意识到，比起我来，我父亲是一位更自然的作家，我总是瞎折腾，吹毛求疵。就做你自己，这样读者会跟随你。假如你刻意要写作，那么读者就会跳船逃跑。你的产品就是你自己。回忆录和个人历史的关键环节在于如何处理好你与你记忆中的体验与情感的关系。

父亲在其家史中并没有避开童年时代最大的创伤：父母婚姻的突然终结，当时他和弟弟鲁道夫还是小孩子。他们的母亲是自力更生的德国移民H.B.沙尔曼的女儿。沙尔曼十几岁就随1849年的淘金者乘大篷车去了加利福尼亚，结果在路上同母亲和姐妹走散。他们的母亲弗里达·沙尔曼继承了父亲强烈的自信与抱负，而当她与德裔美国朋友圈子里前途无量的小伙儿威廉·津瑟结婚时，把津瑟看做是自己文化志向上的知己。他们常常在晚上出没于音乐会、歌剧院，还举办音乐沙龙。但后来证明这位前途无量的丈夫显然并没有这类渴望。家对他来说就是晚餐后靠在椅子上睡觉的地方。

可想而知，他的懒散对于年轻的弗里达·沙尔曼是多么痛苦的警醒。我熟知已是老太婆的她还不停地赶着去卡内基音乐厅，在钢琴上弹奏贝多芬和布拉姆斯，去欧洲旅行学外语，督促我父亲、我的姐妹和我不断提高文化修养。她要实现自己在婚姻中破碎的梦想的愿望从未动摇过。但她却有着德国式的强烈嗜好，喜欢斥责人。她81岁去世，当时身边无人，她的朋友都被训斥跑了。

多年前我曾写过祖母，那是为《五个童年》一书写的回忆录。我在其中描述了自己孩提时代所熟悉的祖母，我夸赞她充沛的精力，但同时也指出她在我们生活中所造成的困难。书出版后，我母亲却为婆婆说话，而其实祖母让母亲的生活很不容易。“你奶奶其实是很腼腆的，”她说，“她很想让别人喜欢自己。”也许是吧，但实情却是处在我母亲的印象与我的之间。可祖母对我来说就是如此。那就是我所记得的实情，因此我就这么写。

之所以提到这一点，是因为回忆录作者经常问的一个问题是：我应该以孩子时候的视角写，还是以现在作为成人的视角写？我认为，最有力的回忆录是那些能够保存好记忆中时间与地点的统一性的作品，比如拉塞尔·贝克的《长大》，或者V.S.普里切特的《门前的出租车》，或者吉尔·克尔·康韦的《库伦来时路》，这些作品都回顾了作为儿童或青少年在为生活而抗争的成人世界中的情形。

但是如果你选择另一条路——以老年时期更睿智的视角，去写自己年轻的岁月——这样的回忆录会有自己独特的路数。一个好例子是《年轻时代的诗人》，在其中艾琳·辛普森回忆了她与第一任丈夫约翰·贝里曼的早期生活，还有他那些著名的自我毁灭型的诗友们，包括罗伯特·洛厄尔和德尔莫尔·施瓦兹。她当时作为新娘还太年轻，不理解这些诗人的守护神为何。当她已是老太婆，在回忆录中重访那段岁月时，她早已成为作家，而且还是执业的心理分析诊疗师，于是她便运用心理诊疗知识，创造出一幅不可多得的美国主要诗歌流派人物肖像。但它们是两种不同类型的写作。选其一即可。

我父亲的家史向我讲述了有关他母亲婚姻的细节，而我在写自己的回忆录时并不知晓。现在我知道了这些事实，可以理解是祖母的失望使她变成后来的自己。假如我今日重写家史，会在记述中增加她一生所奋力探求的日耳曼式“狂飙突进”[1]。（我母亲的家族来自新英格兰的扬基人——诺尔顿家族和乔伊斯家族——其家族成员生活太太平平，没有情感上的大起大落。）我也将在记述中增加父亲一生的遗憾，那就是位于他一生中心的巨大黑洞。在父亲的两部家史中都没怎么提及祖父，更没有原谅；所有的同情都给了遭受委屈的年轻离婚女人，以及她一生的坚忍不拔。

但父亲身上某些最具吸引力的品质——风度、幽默、敏捷、蓝眼睛中最蓝的光泽——一定是来自津瑟那一头，而不是来自沉思默想、棕色眼睛的沙尔曼家族。我总是感觉被剥夺了对失踪的祖父有更多了解的权利。每当我向父亲问起有关祖父的事情，他就岔开，无可奉告。当你写自己的家史时，要做一个记录天使，记录下你的后代可能想知道的一切。

这使我想起另一个回忆录作者常问的问题：如何对待我所写之人的隐私呢？我应该去掉可能冒犯或伤害自己亲人的内容吗？我的姐妹们会怎么想？

不要事先就担忧这个问题。你的第一项任务就是按照自己的记忆，将故事写下来——现在就写。不要回头看都有什么亲人在关注你。说自己想说的，畅所欲言，开诚布公，完成任务。然后再考虑隐私问题。如果你只为自己家人写家史，那也就没有法律或道德上的义务将其给外人看。但如果你心里有更广泛的读者——想要邮给朋友看或者出版一本书——你可能要给亲人看其中提到他们的页码。这是起码的尊重，没人愿意在书中由于自己被提到而大吃一惊。这也给了他们时间让你去除某些段落——你可能同意也可能不同意这

① storms and stresses，指20世纪60年代晚期至80年代早期德国文学与音乐领域的变革，是文艺形式从古典主义向浪漫主义过渡的时期，代表人物有歌德和席勒。在此指充满激情的个性。

么做。

最后，这是你写的故事——你是完成所有任务的人。假如你的姐妹对你的回忆录不能苟同，她可以写自己的回忆录，她的与你的也同样有效，无人可以垄断彼此共享的过去。有一些亲人希望你并没有说过某些你已经说了的事情，特别是当你暴露了这些不太可爱的家庭成员的特性时。但我相信，在更深层次上，多数家庭都想记录下每一位家庭成员为成为一家人所做出的种种努力，无论这种努力有多少瑕疵，而且他们会祝福你，感谢你承担起这项任务。但前提是你开诚布公，而无非分之想。

非分之想为何？让我带你回到 90 年代回忆录热的年月。在那个年代之前，回忆录作者对自己难以启齿的经历和想法都罩上面纱，社会对某些礼仪仍有共识。之后脱口秀擅自登台，羞耻之心被甩出窗外。突然间，没有什么记忆中的片段被认为是太卑劣的，也没有什么家庭被认为是太不正常的，一切都通过有线电视、杂志和书籍被快速传播出去以挑逗大众。结果是出现了雪崩般大量的回忆录，而写这些东西比精神疗法好不了多少。作者们用此形式沉溺于自我暴露和自我怜悯，来痛击任何对他们不公之人。写作不再入时，而抱怨盛行。

但如今已无人记得那些书籍，读者不会与抱怨产生共鸣。不要用回忆录来发泄过去的伤痛、清算旧账，请到别处去排解那些气愤。90 年代出版的回忆录中我们仍记得的，是那些充满爱和原谅的书籍，比如玛丽·卡尔的《说谎者俱乐部》、弗兰克·迈考特的《安吉拉的骨灰》、托拜厄斯·沃尔夫的《这个男孩的生活》，以及皮特·哈米尔的《醉酒人生》。虽然他们所描述的童年是痛苦的，但作家们对自己年轻的自我同对自己的长辈们一样严苛。他们想让我们知道，我们并非受害者。我们的家人避免不了犯错误，我们无怨无悔地生存下来，继续走自己的人生。写回忆录对他们来说已变成一种自我愈合的行为。

写回忆录对你同样可以是一种愈合。如果你真诚地以自己的爱心与你生活中所遇之人的爱心来交流和写作，那么无论他们曾给你造成多大的痛苦，或者你给他们造成了多大的痛苦，读者都会与你的感情旅程产生共鸣。

现在来探讨较难的部分：如何组织这团棘手的东西。多数人在开始写回忆录时，都为该放多少进去束手无策。放入什么？剔除什么？从哪儿开始？在哪儿结束？如何组织故事？成千上万个过往的片段呈现在他们眼前，这对他们如何从中强行组织某种顺序提出了挑战。由于这种焦虑，许多回忆录会写到一半便搁置多年，甚至干脆就不写了。

有什么解决办法呢？

你必须做出一系列递减的抉择。例如，在一部家史中，其中一个大抉择就是只写这个家族的一支。家族是非常复杂的组织，特别是当你回溯几代人的历史时更是如此。可以决定写你母亲这边，或者你父亲这边，但不要同时写两边。可以以后再回到另一边，为其另立一个写作计划。

切记你是回忆录的主人——导游。你必须为自己要讲的故事找到一种叙述轨道，绝不能失控。这意味着在你的回忆录中要去除许多不必出现的人，如兄弟姐妹。

在我的回忆录写作课上，有一位女士想写她在密歇根长大时住过的一座房子。她母亲已去世，房子也卖了，她和父亲以及十位兄弟姐妹打算在房子那里会面，处置里面的家具。她认为这项写作任务有助于她理解自己在天主教大家庭中的童年。我同意她的计划——这是一个完美的回忆录框架——于是我问她打算如何进行。

她说她计划从采访父亲和兄弟姐妹开始，弄清他们对于那座房子的记忆。我问她要写的故事是否是他们的故事。她说不是他们的，是她自己的。如果是这样，我说，采访所有这些兄弟姐妹几乎完全是浪费时间和精力。到了此时，她才开始关注所要讲述内容的合适结构，准备好心态来面对这座房子以及对它的记忆。我为她节省了几百个小时的时间，不必再采访和转写那些不相干的内容并将其插入自己的回忆录中。这是你的故事。你只需要采访家庭成员中对家事具有特别看法的人，或者那些能够以事例开解你解决不了的谜团的人。

这儿有来自另一门课的一个例子。

有一位叫海伦·布拉特的年轻犹太女士，急于撰写有关她父亲作为大屠杀幸存者的经历。她父亲 14 岁时从波兰自己家的村子里逃脱——是逃出来的少数犹太人之一——千辛万苦逃到了意大利，又来到新奥尔良，最后到了纽约。现在他已经 80 岁，他女儿想请他一起回访那个波兰村子，这样她就能够了解他的早期生活，写他的经历。但老人恳求着拒绝了。他身体太弱，而且过去对他太痛苦了。

于是 2004 年她独自去了那里。她在那里记录、照相，还同村子里的人交谈。但她还是找不到足够的事实，来让自己对父亲的经历做出恰如其分的描述，这使她非常苦闷。她绝望的心情笼罩着整个班级。

有好一会儿，我都想不出什么来教导她。最后，我说，“这不是你父亲的故事。”

她看了我一眼，我至今还记得她的眼神，因为她明白了我说的意思。

“这是你的故事，”我告诉她。我指出无人能掌握充分的事实来重建她父亲的早期生活，就连大屠杀专家也做不到。在欧洲，犹太人的过去有太多都被毁掉了。“如果你写自己对于父亲过去的探索，”

我说，“你也就描述出他的生平和他的传统。”

我看见她如释重负。她向我们微笑了一下，那表情我们从未见过，她说她要马上开始写这个故事。

课程结束了，没人交来作业。我给她打电话，她说还在写，需要更多的时间。后来有一天，一份 24 页的文稿寄了过来。文稿的名称是“回家”，描述了海伦·布拉特去普莱斯纳的朝圣之旅，那是波兰东南一个地图上都没有的小乡镇。“整整 65 年，”她写道，“我是这个小镇自 1939 年以来迎来的布拉特家成员中的第一位。”渐渐地，她让镇上的人认识了自己，并发现父亲的许多亲戚——祖父母、叔叔婶婶——仍被那里的人记得。有一位老人说，“你真像你奶奶海伦，”这时她有“一种胜过一切的安全和平和的感觉”。

下面是她故事的结尾：

> 我回家后，父亲和我一起度过了整整三天。他仔细观看了我拍摄的四个小时录像的每一分钟，就好像那是一部杰作。他想听我路途中的每一个细节：我遇见了谁、我去了哪里、我看见了什么、我喜欢吃那里的什么食物、不喜欢吃什么、我被招待得怎么样。我向他保证自己受到了张开双臂的欢迎。虽然我仍没有家族成员的照片来告诉我他们都长得什么样，但如今我在头脑中已经有了他们性格的图画。我在那里被完全陌生的人如此善待，这一事实反映出我的祖父母在居民中所赢得的尊重。我交给父亲好几箱他老朋友的信件和礼物：波兰伏特加酒、地图、带相框的照片，以及普莱斯纳的绘图。
>
> 随着我的讲述，父亲看起来像一个幸福的孩子，等待着打开自己的生日礼物。他眼中的忧伤也消失了，看起来兴高采烈，忘乎所以。当他在我的录像上看见自家的宅地，我预计他会哭泣，他的确哭了，但那是欢乐的眼泪。他似乎非常自豪，于是

我问他，“爸爸，你这么自豪地在看什么？是你的房子吗？”他回答说，“不，是你！你成了我的眼睛、耳朵和腿了。谢谢你完成了这次旅程。它使我感到就好像自己亲自去了那里。”

我最后有关递减的忠告可以用这个词来概括：关注小处。不要在你的过去，或者在你家族的过去四处搜寻，一定要找到自己认为是“重要”而值得包括在回忆录中的片段。寻找独立成章、至今仍在记忆中栩栩如生的小事。如果你仍记得这些事，那是因为它们包含了普遍的真谛，读者能从自己的生活中认出它们来。

这一忠告结果成了我重要的一课。这一课是我通过2004年撰写一本叫《写你的人生》一书得来的。此书是我自己人生的回忆录，但在写作过程中，我也停下来解释了我所做出的一些缩减和组织材料的抉择。我从不觉得自己的回忆录必须包括发生在我身上的所有重要事情，而这却是老人们坐下来总结自己人生旅途时所面临的共同诱惑。我的回忆录中有许多章节是有关一些细小片段的。这些片段客观地讲并不“重要”，但它们对我自己却很重要。正是因为它们对我重要，才能与读者产生情感上的共鸣，触及对他们也重要的一种普遍真谛。

回忆录中有一章是关于一种机械棒球游戏机的。这个游戏我曾与孩提时代的朋友查理·威利斯玩过成千上万个小时。此章开头解释说我于1983年在《纽约时报》上写过一篇文章，描述青少年如何着迷于那种游戏。我说我母亲在我入伍期间，一定是把我的游戏机给扔掉了。“但在朦胧的记忆中，我看见了‘狼獾’这个词儿。‘狼獾’对于我，就如同‘玫瑰花蕾’对于公民凯恩[①]一样——几乎是一

① 出自美国电影《公民凯恩》，其中提到“玫瑰花蕾”这一名称，它对电影中人物凯恩以及导演兼编剧奥逊·威尔斯（Orson Wells，1915—1985）都具有特别而神秘的意义。

种不可复得的模糊印迹。我提到的这款游戏机，也许有人能在阁楼、地下室或车库里找到它，如果那样，我会马上乘下一班飞机到那里去——查理·威利斯也会这么做。”

没过几天我就收到来信，寄信人是曾经拥有这款玩具的人，他们记得自己也曾与儿时的伙伴不停地玩这款游戏。最后一封邮戳地是阿肯色州的布恩维尔，我简直不敢相信邮寄人的地址竟然是：“狼獾玩具公司”。信的邮寄人是威廉·W·莱伦，销售副总经理。“我们已于 1950 年停止生产‘奖旗赢家’游戏机，”他说，“但我在公司的陈列馆里四处找了找，发现我们还有一副。假如你碰巧在附近，我倒愿意同你玩几轮。”

我从来也没去过布恩维尔，但 1999 年比尔·莱伦退休到了康涅狄格，有一天他给我打了个电话。他说他从狼獾公司买下了那最后一副“奖旗赢家”游戏机，他想知道我是否还有兴趣玩。几天后他就来到了我在纽约的办公室，打开了我 60 多年未见的游戏机。

那家伙可真漂亮，我盯着它发亮的绿色金属内场，手指尖仍然可以感到球棒的触感，和从前一样，把缠紧弹簧的球棒向后拉，等待回击投球。我还能感觉到那写着“快”、“慢”的按钮，一边一个，可以用不同的速度投球。比尔和我将游戏机拎起来放在小块地毯上，开始玩起来——两个七十多岁的老头儿面对面跪着，每半局站起来换一次场地。外面太阳已经落下，莱克星顿大道上空天色已晚，但是我们谁也没注意到。

这是一个非常特别的写作题材，可能没有几个人拥有一副机械棒球游戏机，但每个人都有自己儿时最喜欢的玩具，或者游戏，或者娃娃。我就有这样一个玩具，而且在我人生的后半段，这个玩具又被带回给我，这就不由得与读者产生联系，他们也会愿意再握一握自己儿时喜爱的玩具，或是游戏，或是娃娃。他们所认同的并非棒球游戏，而是这一游戏的理念——一种普遍的理念。假如写回忆录时担心你的故事不够宏大，不能让别人感兴趣，记住这一点：在你记忆中挥之不去的小事能引起共鸣。要相信这些小事。

《写你的人生》中另外一章写的是“二战”期间服兵役的事。同我这一代人中的多数男人一样，在回忆中，那场战争是我人生中一个关键的经历。但在回忆录中，我并没有写战争本身。我只是讲述了一段我们的部队在卡萨布兰卡登陆后，行军穿越北非的故事。我和战友们登上一列火车，这列火车由叫做“四十—八”的破旧木车厢连成，如此称谓是因为法国人在“一战”期间用这样一节车厢运送四十个人或者八匹马。法文“QUARANTE HOMMES OU HUIT CHEVAUX”（四十个人或八匹马）的钢印仍在上面。

有六天的时间，我都坐在车门敞开的车厢里，我的双脚掠过摩洛哥、阿尔及利亚、突尼斯。这是我最不舒服的一次火车旅行——同时也是最棒的。我不能相信自己是在北非。我是一名备受东北部盎格鲁-撒克逊裔白人新教徒爱护的子孙，在我的成长和教育中，没人提到过阿拉伯人。现在突然间，我处于一个一切都新鲜的土地上——每一种景象、声音以及气味。我将在这片充满异国风情的土地上度过的八个月是一种浪漫情怀的开始，而且从未冷却。这段时光将把我塑造成一个非洲和亚洲以及其他遥远文化国度的终身旅行者，而且将永远改变我对世界的看法。

记住：你最大的故事常与其重要性有关，而非题材——不是你在某个场合做了什么，而是那个场合如何影响了你，如何将你塑造成后来的你。

至于如何将你的回忆录组织起来，我的最终告诫还是：关注小处。将人生的经历分成可控的片段来处理。不要开始就预见成品——发誓要建构宏伟大厦。这只能让你焦虑。

下面是我的建议。

周一早上坐到书桌前，写下在你记忆中仍然栩栩如生的事情。不必太长，三五页即可，但要有开头和结尾。把记下的片段放在文件夹里，继续日常生活。周二早上，重复这么做。周二所记的片段不必与周一的相关联。记下记忆所唤起的任何内容，一旦开始写作，你的潜意识便开始呈现你的过去。

这样保持两个月，或三个月，或六个月。写自己的“回忆录”，开始时不要没耐心——在写之前，它只是一种想法，需要耐心才能完成。然后有一天，从夹子里拿出所有的记录，把它们摊到地板上。（地板常常是作者最好的朋友。）通读一遍，看这些记录都向你讲述了什么，有什么条理浮现出来。它们能告诉你回忆录要讲什么以及不讲什么。它们能告诉你什么首要、什么次要，什么有意思、什么没意思，什么富有情感，什么重要，什么不同寻常，什么滑稽，什么值得追寻和扩展。你开始瞥见自己的叙事结构以及要走的路。

接下来，你所要做的一切就是把各个片段组织起来。

第二十四章 尽力写好

我有时会被问到，能否回忆起有那么一刻意识到自己要当作家。其实那种炫目的时刻并没有出现过，我只知道我想过要为报社工作。但是我可以指出自己早年所继承下来的一系列人生态度，它们从我父母双方的家族通过不同的途径继承到我这里，一直引导着我。

我母亲喜爱好作品，她在报纸和书籍中经常能找到这样的作品。她常从报纸上剪下专栏和文章，其中的优雅用语或智慧、或是对生活的独到见解都使她愉悦。由于母亲的影响，我很小就知道，好的写作可以出现在任何地方，甚至在名不见经传的报纸中，重要的是写作本身，而不是其载体。因此，我总是按照自己的标准尽力写好，而从未改变自己的风格去迎合读者，不管他们数量多少或者受教育程度有多高。我母亲还是一位具有幽默感和乐观精神的女性。这些都是写作中的润滑剂，就像在生活中一样，有幸拥有这些的作者能以更多的自信开始新的一天。

原本我不是非得要当作家。我父亲是商人。他的祖父于 1848 年大移民期间从德国来到美国，带来了制造虫胶清漆的配方。他在曼哈顿北边上城崎岖不平的空地上建起一座小房子当做工厂——现在是第十大道第 59 街——开始建立商行，称作威廉·津瑟公司。我仍保存着那个地方充满田园风光的照片：坡地向下通往哈德逊河，其中唯一的生物是一头山羊。公司在那里呆到 1973 年，后来搬到了新泽西。

对一种生意来说，一直由同一个家庭经营并在曼哈顿同一个街区延续一个多世纪，这实属罕见。我作为男孩，摆脱不了要继承家业的唠叨，因为我在家中是第四个孩子，且是唯一的男孩；父亲命中注定先有三个女儿。那是“黑暗年代”，让女儿像儿子一样做生意或比他们做得更好，这种想法二十年之后才能被接受。我父亲是热爱自己生意的人。当他谈论自己生意的时候，我从未感到他将其看做是赚钱的买卖，而是一种艺术，需要用想象力和最好的材料来完成。他对质量抱有极大的热情，不能容忍二等品。他从未进商店找过便宜货。他为自己的产品要价高，因为他用最好的材料制造产品，公司因而生意兴隆。未来都为我准备好了，父亲期盼着有一天我会同他一起干。

但不可避免的，他等到的是与期盼不同的一天。战后返家不久，我去了《纽约先驱论坛报》，不得不告诉父亲我不能继承家业了。他以自己惯有的大度接受了这个消息，并祝我在自己选择的领域一切顺利。我解放了，无须去完成别人的期待，而那些期待对我并不合适。不论成功与否，我都可以自由行事。

只是到后来我才意识到，在自己的旅途中，我带上了父亲赐予的另一种禀赋：一种刻骨的信念，即质量是最上乘的奖赏。我也从未进过任何商店找便宜货。虽然在家里母亲才是文艺人士——像爱收集东西的喜鹊一样爱好收藏书籍，热爱英语语言，善写书信——但是从商业领域，我吸收到了匠人的职业道德。随着年岁的增长，我发现自己不停地修改我已经修改过的作品，决心要比所有为此版面竞争的对手都写得好，而此时，我内心听见的却是父亲谈论虫胶清漆的声音。

除了尽可能写好之外，我还想尽可能写得有意思。我曾告诉有志向的作者，他们应该把自己部分地看做是艺人，但他们不愿意听——这个词儿带有的是狂欢、杂耍、小丑的意味。但要想成功，你就必须使自己的作品比别人的更有趣，从而让自己的作品在报纸或杂志中脱颖而出。你必须找到某些方法来将自己的写作行为提升到一种娱乐上。一般来讲，这意味着给读者一种惊喜。很多方法都能完成这项任务：幽默、轶事、悖论、意料之外的引语、有利的事实、奇异的细节、迂回的路数、典雅的措辞。这些似乎是娱乐的成分，但却构成你自己的“风格”。当我们说自己喜欢某些作家的风格时，其实是指自己喜欢他们付诸笔端的个性。作家就是邀请我们与其同行之人，如果要在两个旅伴中选一个，我们一般会选那些努力使旅途开心的人。

与医学或其他科学不同，在写作领域，人们并不会突然宣布有什么新的发现。我们不必怕在晨报上读到，在如何写好一句清晰的句子方面有了突破——这样的信息自从钦定版《圣经》时代就有了。我们知道动词比名词更有力，主动动词比被动动词更好，短词语和短句子比长的更好读，具体细节比模糊抽象的内容更容易理解。

显然，这些规则也不总是不折不扣的。维多利亚时代的作家有乐于装饰的品位，他们不认为简洁是一种美德，而许多现代作家，比如汤姆·沃尔夫，就突破樊笼，将一贯繁复的语言转变为正能量的来源。这样技术高超的杂技家却不多见，不过多数非虚构作家在坚持简洁清楚的准则方面能做得很好。我们也许可以运用电脑这样的新技术来减轻写作负担，但总的来讲，我们知道自己需要什么。我们都在用同样的词汇和同样的原则写作。

那么，写好的界线在哪里呢？花大力气掌握本书所讨论的工具，就能得到百分之九十的答案。可以增加几点天赋的东西，比如乐感好的耳朵、节奏感、对词语的感觉，但最终的优势同样适用于所有其他竞争性行业。如果你想要比别人写得好，就必须首先在主观上想比别人写得好。你必须对自己技巧上最微小的细节都拥有无比的自豪感。而且你必须诚心诚意地捍卫自己所写的作品，抗击各类中间人——编辑、代理人、出版商——其眼光可能与你不同，而其标准可能也没有你的高。有太多的作者被威逼而苟安于现状，埋没了自己的才华。

我总是感到，自己的“风格”——把自己对自己的认识审慎地表现在纸上——就是我的主要市场财富，这一资本可以把我同其他作家区别开来。因此我从不让任何人来修补我的文章，一旦提交了文章，我就会竭力保护它。有好几家杂志编辑曾告诉过我，在他们所认识的作者中，我是唯一在得到稿酬以后还在乎自己文章情况的人。多数作者不会与编辑计较，因为他们不想惹恼编辑，他们对自己的作品能出版已经感激不尽，同意自己的风格，也就是自己的个性，被当众侵犯。

而捍卫自己所写的，则是你仍活着的标志。我在这个问题上是一个顽固派，我会为每一个分号而战。但是编辑们可以容忍我，因为他们看出来我是认真的。事实上，比起被我吓跑的撰稿机会，我的顽固反倒给我带来更多的机会。编辑们一旦有异乎寻常的写作任务就经常会想到我，因为他们知道我会以异乎寻常的审慎来完成。他们还知道能按时收到文稿，而且文稿会准确无误。记住，非虚构写作这一行所包括的不只是写。它还意味着可靠。编辑们会正当地放弃靠不住的作者。

这就使话题落到了编辑上。编辑是朋友还是敌人——是解救我们摆脱罪恶的诸神，还是践踏我们诗意灵魂的游手好闲之徒？就像世间其他造物一样，他们也都各不相同。我一想起那十几位编辑，心里就充满感激，他们通过以下诸多方式使我的写作更加锐利：改变焦点和重心，或者质询语气，或者发现逻辑或结构上的弱点，或者建议一种不同的开头，或者当我在几条路径面前难以抉择时让我向他们述说，或者删减各种各样多余的内容。有两次我曾删掉书中的一整章，因为编辑告诉我那一章没有必要留着。但最重要的是，我记得那些好编辑的慷慨大度。他们对于作者与编辑共同努力完成的项目充满热忱。他们对于我能够做好的信心让我不断前行。

一个好编辑带给作品的是作者已失去许久的客观眼光，编辑改进文稿的方法也是无止境的：修剪，构形，使文字清晰，调整几百处时态、代词、地点与语气的不统一之处，注意所有可能引起歧义的句子，将拖沓的长句分成短句，在作者误入歧途时将其引回到主路上，在作者因忽视连接词而丢失读者的地方牵线搭桥，对判断与品位问题发出质疑。编辑之手还必须是隐形的。无论他用自己的词语增加了什么，都不应该听起来像编辑词语，而是像作者自己的词语。

对于所有这些挽救行为，怎样热切地感激编辑都不为过。不幸的是，编辑也可能造成很大的伤害。通常的破坏形式有两种：改变风格和改变内容。先看看风格问题。

好编辑最喜欢的就是他几乎无须触碰的作品。差编辑老是想修补别人的作品，以忙碌来证明自己没有忘记语法和用词的细枝末节。他是个咬文嚼字的家伙，在路上到处寻找缝隙，而不是欣赏景致。他常常压根儿就不会想到，作者是在用耳朵写作，努力想要达到一种声音或节奏效果，或者只是在玩文字游戏。作者最惨淡的时刻之一，便是意识到编辑不明白自己努力要做之事的意义所在之时。

我记得许多此类令人沮丧的大暴露。有一件较轻的事件，涉及我写的一篇和“访问艺术家”项目有关的文章。这个项目把一些画家和音乐家带到一组经济萧条的中西部城市。我是这样描写的：“这些地方不像是被这许多访问艺术家所访问的城市。”① 当校样回来，这句话变成：“这些地方不像是在这许多访问艺术家日程之中的城市。”② 一点小变化？对我则不然。我用了重复，因为这是我喜欢的方法，它能带给读者惊喜，让他们一句话读到中间时有新鲜感。但编辑记得的却是用同义词来代替重复词这一规则，他是在改正我的错误。我打电话表示抗议，他却感到很吃惊。我们争执了很久，谁也不肯让步。最后他说，“你真的很在乎这个吗?”我的确很在乎，因为每一次这样的侵害都会引发另一次，作者必须立场鲜明。我甚至从杂志社买回自己的文章，因为不能接受他们对我文章的修改。假如你允许自己的特色被编辑掉，你就会丧失自己一项主要的优点。你也会丧失贞操。

作者与编辑的理想关系应该是一种商谈与信任的关系。编辑常常会做修改来澄清一句含糊的句子，结果无意中丢失了要点——一个事实或一个细微差别，作者有理由将其包括在内，但编辑却不了解。在这种情况下，作者应该要求将其要点还原。编辑也应该同意帮这个忙。但他也有坚持自己的权利，来修改任何不清楚的地方。清晰度是每一位编辑要向读者保证的。编辑决不应该让自己都不明白的东西印出来。假如他都不明白，至少还会有另一个人也不明白，那就会有越来越多的人不明白了。简言之，这个过程应该是由作者和编辑共同审校文稿，找到每一个问题的答案，来最好地服务于终稿。

---

① “They don’t look like cities that get visited by many visiting artists.” 这里 visited 和 visiting 起到部分重复的特殊效果，有点儿像中国的绕口令。

② “They don’t look like cities that are on the itinerary of many visiting artists.” 编辑修改后，该句就变得平淡无奇了。

这一过程中的问题可以通过见面解决，也可以通过电话解决。不要让编辑以距离或忙碌为借口，未经你的同意修改你的作品。“我们已经到截止期了”，“我们已经晚了”，“同你联系的人病了，不在”，“我们上周有一次大调整”，“我们的新社长才上任”，“文稿放错地方了”，“编辑在度假”——这些令人烦躁的词语掩盖了许许多多的低效率和过错。出版界一个不愉快的变化是谦恭态度受到侵蚀，而这曾是该行业的惯例。特别是杂志编辑，他们对于整个出版程序已经变得漫不经心，而这些本应是顺理成章之事：通知作者作品收到，以合理的速度读稿，告诉作者稿件是否可用，如果不用立即退稿，如果文章需要修改就同作者建设性地商榷，发给作者校样，保证作者及时得到稿酬。作者往往处于弱势地位，他们须反复打电话了解自己文章的状况，索取稿费，还要应对其他类似的窘境。

现在盛行的理念是，这样的“谦恭”只是虚饰而已，因此可以不要。事实正好相反，谦恭的行为举止与这一行业是有机的整体。它们是荣誉的准则，维系着整个行业，忘记它们的编辑几乎就是在拿作者的根本权利当儿戏。

当编辑超越风格或结构的改变而进入内容这一神圣领域，这种傲慢最具伤害力。我经常听见自由撰稿人说，“当我拿到杂志找自己的文章时，简直连自己认都认不出来了。他们整个又重写了一个开头，让我说自己并不相信的话。”这可是最大的罪过——篡改作者的观点。编辑通常会做作者允许他们做的事，特别是当时间有限时。作者出于谦卑，允许编辑修改自己的作品以达到自己的目的。而每一次的妥协都在提醒编辑，作者可以被当做雇来的帮工。

但最终，作者的服务目的必须是自己的。你所写的只能是你自己的，而不是别人的。尽可能发挥自己的才能，然后用你的生命捍卫它。只有你才知道自己的才能能走多远，编辑不知道。写得好意味着相信自己的写作，相信自己，勇于冒险，敢于与众不同，推动自己创造卓越。只有你迫使自己写好，你才能写好。

我最喜爱的一个审慎的作者的定义来自乔·迪马吉奥，但他并不知道那是他下的定义。迪马吉奥是我所见过的最伟大的棒球运动员，但他看起来是最轻松的一个。他在外场能跑到超远的距离，运动起来步伐矫健优雅，总是比球提前到达，使得最难的接球看起来都像是家常便饭，甚至当轮到他击球，奋力击球之时也看起来不费劲。我惊叹于他看起来不费吹灰之力的优雅，而他所做的只有通过日复一日的努力才能达到。有一位记者曾问他，始终都能把球打得那么好，是如何做到的。他回答说："我总在想，看台上至少有一个人从未看过我打球，我不想让他失望。"

附录一　用法*

所有这些有关好词坏词的谈论将大家带入一个灰色但重要的领域，被称为“用法”。什么是好用法？什么是好英文？什么新造的词可以用？谁又是裁判？用“O. K.”O. K. 吗？

之前我提到大学生与校方纠缠不休（hassling）的事件，在上一章我将自己形容成词语迷（word freak）。这里就有两个非常新的词语。“hassle”既是动词又是名词，意思是叫某人不好过，或叫人不好过的行为。任何人由于填不好 35-BX 表而被反复责难都会同意，这个词听起来恰如其分。“freak”的意思是热心者，其中少不了一种沉湎的气氛，比如称某人是 jazz freak（爵士迷），或 chess freak（国际象棋迷），sun freak（日光浴迷），不过那也许会大增我用词的机会，去形容一个有马戏穿插节目就必看的人为 freak freak（超级迷）。

不过我很高兴接受这两个用法。我并不把这些词当做俚语，或用引号引上来显摆我在搬弄青少年文化中的俚语，而且比谁懂的都多。这些都是好词儿，我们需要它们。但我不接受“notables”、“greats”、“upcoming”，还有许多其他新的来客。这些都是廉价词，我们不需要。

为什么一个词好而另一个词却廉价？我给不出答案，因为用法

---

* 本部分内容原为第六章，由于主要涉及英语写作中语言的用法，因此放在附录中供读者参考阅读。——编者注

并没有固定的界限。语言是织物，每周都有变化，增加新线，去掉旧线，甚至词语迷们也为词语的可行度而战，经常以完全主观的依据，如品位，来下结论（比如认为“notables”太俗）。这还是没有解决谁是品鉴家的问题。

60年代一部崭新的词典《美国传统词典》的编辑们也遭遇到这一问题。他们召集了一个“用法专家组”来帮助评估找上门来的新词和不可靠的结构。哪些词应该请进来，哪些不顺耳的应该赶出去？该小组由104名男女成员组成——他们大多是作家、诗人、编辑和教师——都以喜爱语言和讲究用法而著称。我也是该小组的一员，在后来的几年里，我不断地接到问卷。我会接受“finalize”（结束）和“escalate”（升级）这两个词吗？你对“It's me”（是我）感觉如何？我会允许“like”（像……）作为连词吗——就像很多人都那么用一样（like so many people do)。“mighty”（强大的）这个词用在“mighty fine”（好极了）中如何？

我们被告知，在词典里我们的观点会被单独列在“用法注释”中，这样读者就会看到我们的投票情况。问卷还为我们可能感到非要评述的部分留有空间——小组成员对这个机会非常有积极性，这在词典出版后，我们的评述公布于众时可以看出。真是激情高涨。“上帝啊，不！绝不行！”当被问起“to author”当动词用时，芭芭拉·W·塔奇曼这样大叫。学术界并不像维护语言纯洁者面对此类语言淤泥时那样动怒。我同塔奇曼声明的观点一致，绝不能让“author”作为动词合理合法，就像我同意刘易斯·芒福德的观点一样，“good”作为副词只应该“留作欧内斯特·海明威独有的特征”。

但是词语用法的守护人假如只保护语言的规范性，那他们只做了一半的工作。任何一个傻蛋都能决断，后缀“wise”，比如在“healthwise”（在健康方面）中，听起来就“傻气”（doltwise），或者"rather unique"（怪怪的，怀孕了）并不比 rather pregnant（有身孕）更贴切。另一半的工作是欢迎任何能带来力度和色彩的新词语，助力语言的生长。因此我很高兴我们百分之九十七的人投票同意接受"dropout"（退出，退学）这个洁净、生动的词，但只有百分之四十七的人接受"senior citizen"（老年公民），这个词是典型的来自社会学领域矮胖的新侵入者，一个非法外国人现在成为未登记的居民。我也很高兴我们接受了"escalate"（升级）这个词。这种词语发明我一般不喜欢，但越南战争赋予了它确切的含义，完全带有一种表示错误的弦外之音。

我很高兴我们完全接受了以前的词典嘲笑为"太口语"化的各种富有活力的词语，如形容词"rambunctious"（喧闹的），动词"trigger"（触发）和"rile"（使恼火），名词"shambles"（混乱）和"tycoon"（巨头），还有"trek"（跋涉），后者由百分之七十八的人通过，意思是艰难的路程，比如"通勤者每天去曼哈顿的跋涉"（the commuter's daily trek to Manhattan）。此词原来是荷兰南非人的词语，用于表示布尔人用牛车迁移时的艰难旅程。但我们的专家小组显然感到曼哈顿通勤者每天的跋涉不次于艰难的旅程。

然而还是有百分之二十二的专家不愿意让"trek"溜进一般用法中。这显示了我们专家小组投票方法的好处——把大家的观点公之于众，有疑问的作者可以参照行事。因此，有百分之九十五投票反对"myself"（我本人）在诸如"He invited Mary and myself to dinner"（他邀请玛丽和我本人共进晚餐）中的用法，贬抑该词为太"prissy"（谨慎）、"horrible"（可怖），是"genteelism"（雅语），这样就可以警示那些不想谨小慎微、面目可憎或故作文雅之人。正像瑞德·史密斯所说的那样，"'myself'是那些蠢货的庇护所，他们从小就被教唆‘me’是个令人生厌的词儿。”

另一方面，只有百分之六十六的专家小组成员拒绝用动词“to contact”（联系）这个曾经被认为是不雅之词，而只有一半人反对分裂不定式和动词“to fault”（找茬）和“to bus”（乘巴士）。因而，假如你决定主动找校董事会要孩子乘校车（to bus）去另一个城市，那么只有百分之五十的读者会找你茬儿（to fault），说你的用法是错的。假如你联系（contact）校董事会，那你就会另冒百分之六十六的风险被认为用词错误。我们对词语用法明确快捷的准则由优秀图书《审慎的作者》的作者西奥多·门·伯恩斯坦说得很清楚：“我们应该用方便与否来检测词语的用法。那个词真正填补了需要吗？如果是的话，那就特许它使用。”

所有这些都证明了词典编撰家已知的事实：词语用法的法则是相对的，倾向于法则制定者的品位。专家组成员之一凯瑟琳·安·波特称“O. K.”这个词“可恶、粗俗”，并声称她一生从未说过这个词，而我坦诚地承认我说过“O. K.”这个词。“most”（大多数）这个词在“most everyone”（几乎每个人）的用法中被艾萨克·阿西莫夫讥讽为“可爱的乡下话”，而被维吉尔·汤普森欢迎为“好的英语习语”。“regime”指任何政府当局，如“the Truman regime”（杜鲁门当局），这个用法得到专家组几乎每个人的赞同，“dynasty”（王朝）一词也一样。但这些词却引来雅克·巴尔赞的勃然大怒，他说，“这都是些专业术语，你们这些该死的历史盲!”我也许会给“regime”一个“O. K.”。但受巴尔赞所谓不准确的斥责，我现在倒觉得这个词看起来像个新闻体词。有一个我嗤之以鼻的词是“personality”（明星），比如在“电视明星”（TV personality）中。但是现在我却怀疑那是否就是唯一的词，来表示一大群为出名而出名的人——也许没有别的词可以替代。加博尔姐妹[①]真正都干了什么呢？

最终的问题是，何为“正确”用法？我们没有国王建立国王英语，我们只有总统英语，但我们并不想要。《韦氏词典》长期以来都是传统与信念的捍卫者，其1961年的第三版却以宽容的姿态搅浑水，争辩说只要有人用，几乎任何词语都可以，并指出，“ain't”[②]这个词“在美国大部分地区，许多受过良好教育的人士口头都用。”

《韦氏词典》到底在何处培育了这些受过良好教育之人，这我是不（ain't）清楚。不过口头语言比书面语言要松散，这却是事实，而《美国传统词典》恰当地将语言的两种形式问题交给了我们。我们通常允许口语习语用法，但在书面语中由于其随意性而禁止使用。我们充分意识到“笔头语言最终一定要依从口头语言，”正像塞缪尔·约翰逊所言，今天的口头废话也可能成为明天的笔头金子。分裂不定式，或者在句尾加介词的用法日渐被接受这一事实证明，正式句法结构并不能永远坚守阵地，以抗击说话者用更舒服的方式表达同样的意思——而且也不应该。我认为句尾加了介词的句子也可以是个好句子。[③]

我们专家组发现，甚至在单词范围内，其正确与否的标准都有所不同。我们大多数都投票反对将“cohort”（美口语：同伴）作为“colleague”（同事）的同义词，除非是用调侃的语气用该词。因而一位教授在院系例会上就不说同其cohorts在一起，但在学院聚会的

① 加博尔姐妹（The Gabor Sisters）：匈牙利裔美国三姐妹女演员，玛格达（Magda，1915—1997）、扎·扎（Zsa Zsa，1917— ）、伊娃（Eva，1919—1995），除了演艺生涯外，以再婚次数多闻名。

② 该词为美语口语，可代替助动词be，have的否定式，并且不分时态形式，实际常为文化低的阶层使用。

③ 作者这句话就以介词of结尾，来证明其可接受性。原句：I think a sentence is a fine thing to put a preposition at the end of.

非正式场合就可以说有众多 cohorts 在一起，大家戴着滑稽的帽子。我们反对用“too”（太）作为“very”（很）的同义词，比如：“His health is not too good.”（他的健康不太好。）是谁的健康呢？但我们同意该词用于讽刺或幽默，比如：“He was not too happy when she ignored him.”（当她忽视他的时候，他不太高兴。）

这些似乎是微不足道的区别，实则不然。这些用法提醒读者，人们对用法的细微差别是敏感的。用“too”替换“very”形成赘语，比如：“He didn’t feel too much like going shopping.”（他不太想去购物。）但在上一段里富有挖苦性的例子对林·拉德纳却别有意味。该词用法增加了一丝讥讽，不然该句就不存在这种弦外之音了。

幸运的是，我们专家组的评议形成了一种模式，并且提供了一种至今仍有用的准则。我们对于新词与词组的接受度最终还是开明的，但在语法上是保守的。

拒绝像“dropout”这样完美的词，或者对无数的词与词组每天都进入正确用法之门熟视无睹都是愚蠢的。新词与词组的诞生借助于科技之风，以及商业、体育和社会变化之风，如：“outsource”（外包），“blog”（博客），“laptop”（笔记本电脑），“mousepad”（鼠标垫），“geek”（极客），“boomer”（核潜艇），“Google”（谷歌），“iPod”（苹果牌随身听），“hedge fund”（对冲基金），“24/7”（每天24小时，每周7天），“multi-tasking”（多重处理），“slam dunk”（扣篮），以及成百上千的其他词语。同时我们也不该忘记60年代反正统文化群体发明的短词，他们以此来反击当权者自以为是的繁庸言词，如：“trip”（吸毒幻觉），“rap”（说唱），“crash”（垮台），“trash”（废话），“funky”（时髦的），“split”（离开），“rip-off”（偷窃），“vibes”（共鸣），“downer”（镇静药），“bummer”（懒汉）。假如简明是获奖的标准，这些词就是赢家。接受这些一夜间进入语言的词汇的唯一问题是，这些词的消失也常常同样突然。60年代晚期“所发生的事件”（happenings）现今“不再发生”（no longer happen），“绝了”（out of sight）的用法已“不见踪影”（out of sight），甚至连“巨好”（awesome）这样的词都冷却下来。关注词语用法的作者必须时刻从僵死的词语中辨别出新出现的词语。

至于在我们用法专家组持保守态度的领域，我们坚持语法中大多数常规性的区别——“can”（能）与“may”（可以），“fewer”（更少：修饰可数名词）与“less”（更少：修饰不可数名词），“eldest”（排行老大）与“oldest”（最老的）等——我们强烈反对用法中经常性的错误，坚持认为“flout”（轻视）还是不能表示“flaunt”（夸耀），无论多少作者轻视（flout）规则，夸耀（flaunt）自己的无知都不行。“fortuitous”的意思还是“accidental”（偶然性）；“disinterested”的意思还是“impartial”（不偏不倚）；“infer”（推断）的意思不是“imply”（暗示）。我们在此的动机是对于语言精确美的热爱。不正确的用法会使你失去你最想赢得的读者。弄清楚下列词的区别：“reference”（参考）与“allusion”（典故），“connive”（默许）与“conspire”（密谋），“compare with”（比较）与“compare to”（比拟）。如果你非得用“comprise”，请正确使用。该词的意思是“include”（包括），如：晚餐包括肉、土豆、沙拉和甜点（Dinner comprises meat，potatoes，salad and dessert.）。

“我选用的总是合乎语法的用法，除非听起来做作，”玛丽安·穆尔如此解释道。这也是我们专家组最终所采取的立场。我们并非迂腐的学究，因此也不会阻挠语言不断保持其词语的新鲜度。但这并不意味着我们必须接受每一个笨拙而庸俗不堪的词语。

与此同时，战斗仍在继续。至今我仍收到《美国传统词典》发来的选票，征求我对新语言用法的意见，比如动词“definitize”

(“Congress definitized a proposal”，国会确定了一项提案)，名词“affordables”(支付得起之物)，俗语“the bottom line”(底线)，以及误用之词“into”(He's into backgammon and she's into jogging，他爱好十五子游戏，而她爱好慢跑)。

当今行话充斥着我们的生活和语言，这不需要专家组都看得出来。卡特总统签署过行政命令，指示联邦法规一定要“简洁、清晰地”撰写。克林顿总统的司法部长珍妮特·雷诺敦促全国的律师们用“短小、久远、大家都懂的词”——如“right”(对)与“wrong”(错)以及“justice”(正义)等——来替换“大量的法律行话”。公司聘用了顾问以避免文件晦涩难懂，甚至保险业也在努力改写保险单，使用不那么糟糕的英语向我们说明当遭难时如何获得赔偿。这些努力能有多大效果，我不敢肯定。然而，令人欣慰的是，我们看见有众多的监察员就像克努特(Canute)[①] 一样站在海滩上，竭力抵抗着海浪。这也是所有认真的作者应该做的——看每一片冲刷上来的新漂浮物，问“我们需要它吗?”。

我记得有人第一次问我，“How does that impact you?”(那对你的影响如何?)我一直认为除了在牙科，“impact”是名词。后来我开始遇见“de-impact”(消除影响)，一般用于消除与经济窘境有关的影响。名词一夜间竟变成了动词。我们瞄准目标，我们获取真相(We target goals and we access facts)。火车乘务员通知火车将不靠站(Train conductors announce that the train won't platform)。机场门上的标记告知人们该门有报警装置(A sign on an airport door tells me that the door is alarmed)。公司在缩小规模(Companies are

① 克努特国王(King Canute，约 985—1035)：丹麦、英国、挪威国王，曾将宝座置于海边，下令海浪停止，不许沾湿他的脚和王袍，结果不奏效，因而感叹王位之虚无，上帝之伟力。

downsizing)。扩大业务是正在进行的努力中的一部分（It's part of an ongoing effort to grow the business）。“ongoing”（正在进行中）成了行话，其主要用途就是提高士气。假如老板告诉我们这是一项正在进行中的项目，我们就会以更多的热情投入每天的工作；假如他们为正在进行中的需要已经瞄准了资金，我们就会心甘情愿地为单位多奉献。否则我们可能成为无积极性的猎物。

我可以继续列下去，例子足以填满一本书，但那可不是我想要大家读的。我们仍需要解答以下的问题：什么是好的用法？一个有助的办法是区分行话与用法。

我会说，比如“prioritize”（按优先顺序排列）是行话——是听起来比“rank”（排列）更重要的华而不实的新动词——“bottom line”（底线，关键）是用法，是借自簿记领域的比喻词语，传达某种可见的意象。商业人士都知道，底线至关重要。假如有人说，“The bottom line is that we just can't work together”（关键是我们不能在一起工作），我们知道他是什么意思。我不怎么喜欢这个词组，但关键（the bottom line）是它已在此驻留。

新用法也伴随着新的政治事件而到来。正像越南战争提供了“escalate”（升级）一词的用法，水门事件提供了一系列与阻碍和欺骗的意思相关的词汇，包括“deep-six”（销毁），“launder”（掩饰），“enemies list”（仇敌名单），以及其他由“gate”后缀构成的丑闻事件（比如，“Iran-gate”“伊朗门事件”）。在理查德·尼克松任职期间，“launder”变成了肮脏之词，这一讽刺真是恰到好处。今天当我们听说有人掩饰资金的来源以及资金的路径，这个词具有了精准的含义。该词短小、生动，是我们所需的。我接受“launder”和“stonewall”（阻碍）这两个词的用法，但我并不接受“prioritize”和“disincentive”（负刺激因素）的用法。

我愿意就区分好英语与行业英语提出类似的准则。其区别就像诸如“printout”（打印输出）与“input”（输入）之间的差异。一份printout特指计算机打出来的东西。在计算机出现之前，并不需要该词，但现在需要。但它只是用于专业领域。而“input”却不然，它本来被造出来用于描述输入计算机的信息，而今却用于各行各业，从饮食到哲学话语（“我想倾听你对上帝是否真正存在这个问题的输入意见。”“I'd like your input on whether God really exists.”）

我并不想给予别人我的输入意见（input），然后得到他人的反馈（feedback）；但我愿意奉献我的看法，然后倾听别人对这些看法是怎么想的。对我来说，好的用法包括用现已存在的好词语来清楚、简洁地向别人表达自我——而这些好词语几乎总是存在的。你可以说这就是我用言辞表达人际关系的方式。

※ that 和 which：*

任何人试图在不到一个小时之内解释“that”和“which”的用法，都是自找麻烦。亨利·沃森·福勒在《现代英语用法词典》中将其分成25栏。我只需两分钟，也许创世界纪录了吧。以下（我希望）是你需要记住的大部分：

总是用“that”，除非它会使意思发生歧义。注意，在编辑审慎的杂志中，如《纽约客》，“that”的用法独占鳌头。我提出这一点是因为大家仍普遍相信，作为学校、大学的遗留物，“which”更正确、更可接受、更具书卷气。其实不然。在多数情况下，“that”才是你自然而然所说的，因此也是你该写的。

如果你写的句子需要用逗号来表达其确切意思，那它也许需要

* 原为第九章“零零碎碎”的内容，请读者参考阅读。——编者注

用到“which”。“which”服务于某种特别的辨认功能，不同于“that”。(A)“Take the shoes that are in the closet.”(拿壁橱里的鞋)其意思为：拿壁橱里的鞋，而不是床下的鞋。(B)“Take the shoes，which are in the closet.”这里只牵涉一双鞋的问题，这个“which”用法告诉你鞋在哪儿。注意逗号在B中是必要的，而在A中是不必要的。

“which”更常用于细致地描述、辨别、定位、解释，不然就是用于修饰逗号之前的词语：

The house，which has a red roof，带红屋顶的房子

The store，which is called Bob's Hardware，那间被称为鲍勃五金的店铺

The Rhine，which is in Germany，德国境内的莱茵河

The monsoon，which is a seasonal wind，一种季节性的风，季风

The moon，which I saw from the porch，我从阳台上看见的月亮

以上就是我要说的，我想这些是你在写好非虚构作品前需要知道的，此类作品要求整齐排列信息。

附录二　书中涉及主要作家简介

泰勒·布兰奇（Taylor Branch，1947—　）：美国作家、历史学家。以记载美国著名的民权运动领袖马丁·路德·金的一生和民权运动相关的历史而得名。他于 2008 年获得“代顿文学和平奖”。

阿特·布赫瓦尔德（Art Buchwald，1925—2007）：美国幽默家。他在《华盛顿邮报》长期当专栏作家，专栏内容通常是政治讽刺。1982 年，荣获普利策评论奖；1986 年，获选为美国艺术暨文学学会会员。

威廉·F·巴克利（William F. Buckley，1925—2008）：美国媒体人、作家、保守主义政治评论家，政论杂志《国家评论》创办人。他一生的政治活动主要在于努力把传统的政治保守派、自由放任经济思想以及反共主义统合起来，为以高华德和雷根为代表的现代美国保守主义奠定了基础。

杜鲁门·卡波特（Truman Capote，1924—1984）：美国作家，著有多部经典文学作品，包括中篇小说《第凡内早餐》与《冷血》。在《冷血》一书中，卡波特开创了“真实罪行”类纪实文学，被公认是大众文化的里程碑。

罗伯特·艾伦·卡罗（Robert Allan Caro，1935—　）：美国作家、记者。他因编写美国著名的政治人物罗伯特·摩西和林登·约翰逊的传记而出名。他写的传记曾两次荣获普利策奖。主要作品有《权力的通道：林登·约翰逊时代》和《权力掮客：罗伯特·摩西和纽约的衰落》等。

雷切尔·卡森（Rachel Carson，1907—1964）：美国海洋生物学家，她以著作《寂静的春天》引发了美国以至全世界的环境保护事业。主要作品有《海风的下面》和《我们周围的海洋》等。

薇拉·凯瑟（Willa Cather，1873—1947）：美国小说家，以《我们自己人》一书于 1923 年获普利策奖，为美国重要的乡土作者之一。作品以擅长描写女性及美国早期移民的拓荒生活而闻名。主要作品有《哦，拓荒者!》及《我的安东妮亚》。

雷蒙德·钱德勒（Raymond Chandler，1888—1959）：美国推理小说家、剧作家。他对现代推理小说有深远的影响，尤其是他的写作风格和看法，在过去60年间为相当多的同行所采用。著有长篇小说《大眠》、《再见，吾爱》和《漫长的告别》等。

朱莉娅·蔡尔德（Julia Child，1912—2004）：是美国的知名厨师、作家与电视节目主持人。她通过自己的书《领悟法国菜肴的艺术》将法国菜肴带给了美国大众。曾登上1966年11月25日的《时代》杂志封面，2009年她的故事被翻拍成电影《茱莉和朱丽叶》。

温斯顿·丘吉尔（Winston S. Churchill，1874—1965）：政治家、画家、演说家、作家、记者。1953年以《不需要战争》获诺贝尔文学奖。曾于1940—1945年及1951—1955年两度任英国首相，被认为是20世纪最重要的政治领袖之一，带领英国取得第二次世界大战的胜利。

奥克塔沃斯·罗伊·科恩（Octavus Roy Cohen，1891—1959）：美国作家。他因刊登在《星期六晚邮报》上的短篇小说而出名。他的作品大多为幽默的侦探小说、戏剧和短篇小说，同时他也制作了许多成功的百老汇戏剧，还有电影和电视剧本。

约瑟夫·康拉德（Joseph Conrad，1857—1924）：出生于波兰的英国小说家。他最擅长写海洋冒险小说，有"海洋小说大师"之称。作品根据题材可分为航海小说、丛林小说和社会政治小说。其中著名的有长篇小说《水仙号上的黑家伙》、《吉姆老爷》，中篇小说《黑暗的心》，以及短篇小说《青春》等。

吉尔·克尔·康韦（Jill Ker Conway，1934—　）：出生于澳大利亚的美国作家。她以自传而闻名，尤其是她的第一本回忆录《库伦来时路》。2004年她被"全国妇女历史项目委员会"授予"妇女历史月获奖人"荣誉。主要作品有《当记忆在说话》和《美国妇女自传》等。

詹姆斯·古尔德·科曾斯（James Gould Cozzens，1903—1978）：美国作家。小说《守卫荣誉》于1949年获普利策奖。他发表以轮船海难为主题的《圣佩德罗号》首获成功。其他作品有小说《毁灭之子》、《公正与不公正》、《早晨、中午和夜晚》，以及短篇故事《儿童故事集》等。

罗伯特·克里默（Robert W. Creamer，1922—2012）：美国体育专栏作家，编辑。他从1954年开始任职于《体育画报》，长达十年，同时也为《纽约时报》撰稿。2012年，他荣获由美国棒球研究协会颁发的“2011年度亨利·查德威克奖”。

威尔伯·克罗斯（Wilbur Cross，1862—1948）：美国教育家、政治家。康涅狄格州第71届州长，连任八年。主要著作有《劳伦斯·斯特恩的生活和时代》和《亨利·菲尔丁的历史》等。

马里奥·科莫（Mario Cuomo，1932—　）：美国政治家，美国民主党人，曾在1983—1995年间担任纽约州州长。他以自由论的观点和公众演说著名，尤其是在1984年民主党全国代表大会上的演讲使他在国内产生了影响。

安德烈·德尔班科（Dr. Andrew H. Delbanco，1952—　）：哥伦比亚大学美国研究学主任，作品多与美国文学和宗教历史相关。2001年，他被《时代》杂志誉为“美国最好的社会批评家”。主要作品有《撒旦之死》和《清教徒的折磨》等。

唐·德利洛（Don DeLillo，1936—　）：美国当代后现代派小说家之一、美国艺术与文学科学院院士，既拥有广大读者，又在学术界享有崇高声誉，代表作有小说《地下世界》、《天秤星座》、《约旦河》等。

琼·迪迪翁（Joan Didion，1934—　）：美国作家，通过小说和散文探讨美国的道德和文化的混乱，2005年获国家图书奖，2007年获美国文坛杰出贡献奖章和美国作家协会普利策文学奖。主要作品有《顺其自然》、《迈阿密》、《神奇的思想》等。

艾萨克·丹森（Isak Dinesen，1885—1962）：丹麦小说家，1955年获安徒生奖，1959年获彭托皮丹奖，主要作品有《走出非洲》、《七个奇幻的故事》、《冬天的故事》等。

陀思妥耶夫斯基（Dostoyevsky，1821—1881）：俄国文学的卓越代表，对现实主义派作家和现代派作家的创作都产生了深远影响，代表作为小说《罪与罚》。

德莱塞（Theodore Dreiser，1871—1945）：20世纪美国自然主义文学代表作家。他不带偏见地率先如实描写了美国新城市生活。主要作品有小说《珍妮姑娘》、《嘉莉妹妹》、《美国悲剧》、《金融家》等。

弗里曼·戴森（Freeman Dyson，1923—　）：美籍英裔数学物理学家、普林斯顿高等研究院教授，为量子电动力学的建立做出了决定性的贡献，还以在核武器政策和外星智能方面的工作而闻名，获伦敦皇家学会休斯奖、德国物理学会蒲朗克奖、欧本海默纪念奖、以色列海法理工学院的哈维奖等殊荣，代表作品有《全方位的无限》、《武器与希望》、《宇宙波澜》等。

戴夫·埃格斯（Dave Eggers，1970—　）：美国作家、编辑和出版商，主要作品有《惊人天才令人心碎的工作》、《国王的全息图》、《寻找安乐窝》等。

T. S. 艾略特（T. S. Eliot，1888—1965）：美国裔英国诗人、剧作家、文学评论家，对20世纪英美文学以及新批评文学批评流派具有开拓性影响，1948年获诺贝尔文学奖，主要作品有诗歌《荒原》、《四个四重奏》、戏剧《教堂谋杀案》等。

诺拉·依弗郎（Nora Ephron，1941—2012）：知名报纸时尚杂志记者、随笔作家、知名浪漫喜剧电影《当哈利遇上莎莉》、《西雅图夜未眠》、《电子情书》的编剧及导演，曾获奥斯卡金像奖最佳原著剧本奖提名，畅销书《狂欢节的壁花》、《心悸》、《草草成书》、《疯狂沙拉》的作者。

洛伦·艾斯利（Loren Eiseley，1907—1977）：美国人类学家、教育家、哲学家和自然科学作家。主要著作有《无边的旅途》、《达尔文的世纪》、《看不见的金字塔》等。

朱尔斯·费弗（Jules Feiffer，1929—　）：美国著名漫画家、小说家、剧作家，作品遍布世界各地的报纸杂志和画册。1995年获得美国艺术文学院奖。主要作品有《神奇的收费亭》、《汪汪乔治》、《天花板上的男人》等。

亨利·沃森·福勒（Henry Watson Fowler，1858—1933）：英国教师、词典编纂者、英语用法专家，代表作有《现代英语用法词典》。他还参与了《简明牛津英语词典》的编写，被《时代》评价为“天生的词典编纂者”。

伊恩·弗雷泽（Ian Frazier，1951—　）：美国幽默作家，最著名的代表作为历史小说《大平原》，其他作品有《西伯利亚旅途》、《鱼眼》等。

肯尼迪·弗雷泽（Kennedy Fraser，1948—　）：美国散文家、时尚作家。1994年获怀延作家奖，代表作为《坚强的佩恩》、《饰品和沉默：关于妇女生活的文章》、《风靡世界的场景》等。

贝蒂·弗里丹（Betty Friedan，1921—2006）：美国女作家、编辑。著作有《女性的奥秘》、《女性白皮书》等。

托马斯·L·弗里德曼（Thomas L. Friedman，1953—　）：美国公认最有影响力的新闻工作者、普利策奖的终身评审、哈佛大学的客座教授。作品有《世界是平的》。

约翰·高尔斯华绥（John Galsworthy，1867—1933）：英国小说家、剧作家，与威尔斯、阿诺德·贝内特并称20世纪英国现实主义小说三杰，1932年因其描述的卓越艺术在《福尔赛世家》中达到高峰而获得诺贝尔文学奖。主要作品有长篇小说三部曲《福尔赛世家》、剧本《银匣》、《斗争》、《群众》等。

格什温兄弟（Gershwin Brothers）：哥哥艾拉·格什温（Ira Gershwin，1896—1983），抒情诗人，为弟弟的大多数音乐剧创作了歌词，歌词自由奔放，富于乐观精神和开朗的风格。代表作为《一切都会好起来》、《蓝色狂想曲》、《女士，请好自为之》等。弟弟乔治·格什温（George Gershwin，1898—1937），美国著名作曲家，是百老汇舞台和好莱坞的著名作曲家。其作品《蓝色狂想曲》影响了美国和其他国家的作曲家在作品中运用爵士乐的手法，其他代表作有《第二狂想曲》、《古巴序曲》等。

沃尔科特·吉布斯（Walcott Gibbs，1902—1958）：美国幽默作家、戏剧评论家、剧作家。戏剧代表作为《在阳光下的季节》，小说代表作为《生命与死亡，以及乔治·怀特豪斯生平》。

艾伦·金斯伯格（Allen Ginsberg，1926—1997）：美国诗人、避世运动领袖诗人，参与20世纪60年代的“嬉皮士”运动，一度宣扬使用毒品的自由，在越南战争期间是一名主要的反战激进分子。其代表作为诗歌《号叫及其他诗》。

埃伦·格拉斯哥（Ellen Glasgow，1874—1945）：美国小说家，作品嘲讽上流社会的传统，流露了对社会问题的关注。主要作品有《弗吉尼亚》、《生活与加布里埃拉》、《不毛之地》等。

薇薇安·戈尼克（Vivian Gornick，1935— ）：美国评论家散文家和传记作家，其自传性作品曾引起争议。代表作有《阿里：一个美国女人在埃及》、《女性主义散文》、《美国共产主义的浪漫之旅》等。

斯蒂芬·杰伊·古尔德（Stephen Jay Gould，1941—2002）：美国古生物学家、进化生物学家、科学史学家和科普作家，其科普文章赋予古生物学持久的生命力，并对社会曲解科学理论进行了尖锐的批判。主要作品有《千禧年》、《熊猫的拇指》、《壮丽的生命》等。

皮特·哈米尔（Pete Hamill，1935— ）：美国记者、小说家、散文家、编辑和教育家，曾获厄尼·派尔的终身成就奖。主要作品有《八月雪》、《永远》、《北川》等。

达希尔·哈米特（Dashiell Hammett，1894—1961）：美国侦探小说家、剧作家，作品真实地反映了当时美国光怪陆离的社会面貌，刻画了美国"硬汉"性格，塑造了一种新型的美国民间英雄人物。主要作品有小说《玻璃钥匙》、《瘦子》、电影剧本《十字街头》等。

托马斯·哈代（Thomas Hardy，1840—1928）：英国小说家、诗人。早期和中期的创作以小说为主，继承和发扬了维多利亚时代的文学传统，晚年以其出色的诗歌开拓了英国20世纪的文学。主要作品有小说《远离尘嚣》、《德伯家的苔丝》、长篇史诗剧《列王》等。

莫斯·哈特（Moss Hart，1904—1961）：美国著名戏剧家，1947年获最佳电影剧本的金像奖提名。主要作品有舞台剧《浮生若梦》、电影剧本《百鸟朝凤》、音乐剧《窈窕淑女》等。

莫莉·哈斯克尔（Molly Haskell，1939— ）：美国著名女权主义者、电影评论家。主要作品有《电影的欲望和销售》、《从尊敬到强暴：电影中的女性待遇》。

莱斯利·黑兹尔顿（Lesley Hazleton，1945— ）：英裔美国作家，关注领域涉及中东地区的政治、宗教、文化和历史。主要作品有《耶路撒冷》、《先知之后——什叶派和逊尼派的分裂史诗》、《以色列女人——神秘背后的真实》等。

约瑟夫·海勒（Joseph Heller，1923—1999）：美国小说家、戏剧家，是黑色幽默文学的代表人物，这一流派的支柱。主要作品有小说《第22条军规》和《出了毛病》，剧本《我们轰炸了纽黑文》等。

欧内斯特·海明威（Ernest Hemingway，1899—1961）：美国小说家，“新闻体”小说的创始人，写作风格简洁，对美国文学及20世纪文学的发展有极深远的影响，1954年获诺贝尔文学奖。主要作品有小说《永别了，武器》、《丧钟为谁而鸣》、《老人与海》等。

詹姆斯·赫恩登（James Herndon，1926—1990）：美国作家、教育家，20世纪70年代美国教育界最有影响力的作家之一。主要作品有回忆录《本该如此》、《如何在本地生存》、《无忧无虑》。

亚当·霍克西尔德（Adam Hochschild，1942—　）：美国作家、记者，常年撰写人道题材的文章，1999年获得马克·林顿历史奖。主要作品有《利奥波德国王的鬼魂：殖民非洲的贪婪、恐怖与英勇故事》、《回家之路——父与子的回忆》、《埋掉锁链》等。

约翰·豪斯曼（John Houseman，1902—1988）：美国舞台剧演出人，电影、广播剧和电视剧制作人，最出名的是他后来作为性格演员的成就。1984获得金球奖，主要作品有舞台剧《三幕戏中的四位圣人》、《乌里尤斯·凯撒》、回忆录《匆匆看过》。

杰西·杰克逊（Jesse Jackson，1941—　）：美国民权活动家、黑人运动领袖、浸礼会牧师，他是黑人的主要代言人与拥护者，2000年获得总统自由勋章。主要作品有诗歌《我是某人》。

塞缪尔·约翰逊（Samuel Johnson，1709—1784）：英国作家、文学评论家、诗人、词典编纂家，以《英语大词典》扬名。他成立了文学俱乐部，对当时的文化发展起到推动作用。主要作品有长诗《伦敦》、《人类欲望的虚幻》、《阿比西尼亚王子》等。

玛丽·卡尔（Mary Karr，1955—　）：美国诗人、散文家、传记作家，2004年获得古根海姆奖。主要作品有回忆录《说谎者俱乐部》、诗歌集《魔鬼的旅行》、《有毒的朗姆酒》等。

乔治·S·考夫曼（George S. Kaufman，1889—1961）：美国剧作家、新闻记者、戏剧评论家，他是美国戏剧界成功的巨匠之一。主要作品有剧本《卖奶油和鸡蛋的人》、《晚餐的约定》（与莫斯·哈特合作）、《六月的月亮》（与林·拉德纳合作）。

阿尔弗雷德·卡津（Alfred Kazin，1915—1998）：美国社会文化批评家，他的批评观念不同于新批评派文评家，关注文学作品与时代的关系。主要作品有批评专著《在祖国的土地上》、回忆录《城市漫步者》、《时刻都在燃烧的一生：阿尔弗雷德·卡津日记选摘》。

约翰·济慈（John Keats，1795—1821）：英国诗人，是浪漫派的主要成员，被认为完美地体现了西方浪漫主义诗歌的特色，并被推崇为欧洲浪漫主义运动的杰出代表。主要作品有诗歌《夜莺颂》、《希腊古瓮颂》、《秋颂》等。

加里森·凯勒（Garrison Keillor，1942—　）：美国作家、故事大王、幽默作家、电台播音员，1988年获得格莱美奖。主要作品有《忘忧湖的日子》、《离家》、《沃博根的男孩》等。

克拉伦斯·巴丁顿·凯兰（Clarence Budington Kelland，1881—1964）：美国作家、小说家，他称自己是"美国最好的二流作家"。作为一个多产作家，他写了60部长篇小说，200多篇短篇小说，主要作品有少年读物《马克·蒂德》系列、成年读物《斯盖特古德·白尼斯》系列等。

沃尔特·凯利（Walt Kelly，1913—1973）：美国动漫家、卡通画家，最著名的是他的连环漫画，1951年获得美国卡通协会的鲁本奖。主要作品有《弹簧床》、《三只小猪》、《罗宾王子和小矮人》。

约翰·F·肯尼迪（John F. Kennedy，1917—1963）：美国总统，唯一获得普利策奖的总统，最著名的是他的总统就职演说，被称为20世纪最令人难忘的两次美国总统就职演说之一。主要作品有《英国为什么沉睡》、《总统就职演说》。

杰罗姆·克恩（Jerome Kern，1885—1945）：美国作曲家，是美国音乐剧历史上最伟大的作曲家之一，被称作是"现代美国音乐剧之父"和美国剧场音乐的先驱。主要作品有音乐剧《伯爵和姑娘》、《萨丽》、《演出船》等。

汤婷婷（Maxine Hong Kingston，1940—　）：华裔美国女作家，诗人，文学评论家，是美国最有实力的女性主义作家之一，1998 年获终身成就奖和文学奖，主要作品有小说《女勇士》、《金山华人》、《孙行者》等。

理查德·克鲁格（Richard Kluger，1934—　）：美国记者，作家，出版商，曾获美国国家图书奖和普利策奖。主要作品有《简单的正义》、《尘归尘》、《把握命运》等。

斯坦利·库布里克（Stanley Kubrick，1928—1999）：美国电影导演，战后现代主义电影的代表人物，他的创作力求表现荒诞的人生和悲剧化的哲理，获奥斯卡最佳视觉效果奖，威尼斯电影节终身成就金狮奖。主要电影作品有《乱世儿女》、《闪灵》、《2001 太空漫游》等。

林·拉德纳（Ring Lardner，1885—1933）：美国体育新闻记者，幽默作家，被称为是乔纳森·斯威夫特以来下笔最一针见血的讽刺作家，也被认为是美国文学史上继马克·吐温之后最优秀的幽默作家。主要作品有《阿尔，你了解我》、《格呈布游记》等。

斯蒂芬·李科克（Stephen Leacock，1869—1944）：加拿大作家，麦吉尔大学政治经济系主任，经济学家，是英语世界最受欢迎的幽默作家之一。主要作品有小说《小镇艳阳录》、非虚构作品《大英帝国的经济繁荣》、传记《马克·吐温》等。

弗兰·勒波维茨（Fran Lebowitz，1950—　）：美国作家，社会评论家，被誉为是当代的多萝西·帕克，2007 年被《名利场》第六十八届国际最佳着装榜评为年度最时尚女性。主要作品有《都市生活》、《社会研究》等。

罗莎蒙德·莱曼（Rosamond Lehmann，1901—1990）：英国小说家，1982 年获大英帝国二等勋位爵士。主要作品有小说《含糊的答案》、《傍晚的天鹅》、传记《朱迪·西蒙斯》等。

尼古拉斯·莱曼（Nicholas Lemann）：美国记者，编辑，作者，现任哥伦比亚大学新闻学院院长，1992 年获得美国笔会玛莎·阿尔布兰德奖。主要作品有非虚构作品《应许之地》、《最大的考验》、《救赎——内战中最后的决战》等。

约翰·伦纳德（John Leonard，1939—2008）：美国文学、影视、文化评论家，《哥伦比亚新闻评论》称其为“最进取的天主教文学评论家”。主要代表作有《裸体的马提尼》、《城市》、《帝都的私人生活》等。

普里莫·利瓦伊（Primo Levi，1919—1987）：犹太裔意大利化学家、作家，是意大利反法西斯的代表人物，集科学家、作家和大屠杀幸存者标签于一身。他实验各种文体书写，不受形式框架局限。主要作品有回忆录《奥森维兹生还》、短篇小说精选集《沉寂之星》等。

诺曼·刘易斯（Norman Lewis，1908—2003）：英国旅行作家、小说家，其旅游写作最广为人知，被格林厄姆·格林称作是“20世纪最好的作家之一”。主要作品有小说《迷宫之内》、游记《阿拉伯的沙与海》、《古老卡拉布里亚》等。

辛克莱·刘易斯（Sinclair Lewis，1885—1951）：美国小说家、剧作家，1930年他因“充沛有力、切身和动人的叙述艺术，以及用机智幽默去开创新风格的才华”获得诺贝尔文学奖，是第一个获得该奖项的美国人。他的作品深刻而批判性地描述了美国社会和资本主义的价值。代表作有《大街》、《巴比特》等。

沃尔特·李普曼（Walter Lippmann，1889—1974）：美国新闻评论家和作家，传播学史上具有重要影响的学者之一，在宣传分析和舆论研究方面享有很高的声誉，于1958年、1962年两次获得普利策奖。主要作品有《公共舆论》、《外交的主宰》、《良好的社会》等。

弗兰克·莱赛（Frank Loesser，1910—1969）：美国作曲家、歌词作者、编剧家，于1949年获奥斯卡最佳音乐奖，1961年获格莱美奖，写有七百多首歌词。主要作品有歌曲《英雄赞歌》、音乐剧《一旦爱上艾米》、电影插曲《宝贝，外面冷》等。

杰伊·安东尼·卢卡斯（J. Anthony Lukas，1933—1997）：美国记者、作家，1967年获波克奖，1968年和1988年两次获普利策奖，主要作品有非虚构作品《琳达·菲茨帕特里克的两个世界》、《别开枪，我们是你们的孩子》、《共同基础：美国家庭生活的动荡十年》等。

诺曼·梅勒（Norman Mailer，1923—2007）：美国著名作家、小说家。作品主题多挖掘剖析美国社会及政治病态问题，风格以描述暴力及情欲著称，两次获普利策奖。代表作有小说《裸者与死者》、戏剧《鹿公园》、非虚构作品《夜幕大军》等。

约翰·P·马昆德（John P. Marquand，1893—1960）：美国小说家，他的作品讽刺了美国的新英格兰上流社会人士在风云变幻的20世纪仍竭力维持其贵族气派和清教徒准则。获1938年普利策小说奖。主要作品有小说《已故的乔治·阿普利》、《威克福德岬》、《普尔翰先生》等。

唐·马奎斯（Don Marquis，1878—1937）：美国幽默作家、剧作家、诗人、新闻记者、报纸专栏作家。他的诗歌和随笔风格怪异、语含讽刺。主要代表作有诗歌《阿奇与梅希塔布尔》、戏剧《黑暗时刻》、小说《清教徒之子》等。

萨默塞特·毛姆（Somerset Maugham，1874—1965）：英国小说家、戏剧家，作品常以冷静、客观乃至挑剔的态度审视人生，基调超然，带讽刺和怜悯意味，1954年英国女王授予他"荣誉侍从"的称号，成为皇家文学会的会员。主要作品有长篇小说《人生的枷锁》、《月亮和六便士》，戏剧《圈子》等。

比尔·莫尔丁（Bill Mauldin，1921—2003）：美国漫画家和作家，"二战"时期他所描绘的两个厌倦了战争的美国兵约瑟和威利使他声名远播，并于1945年和1959年两次获得普利策奖。主要作品有《在前线》、《回家》、《比尔·莫尔丁在朝鲜》等。

弗兰克·麦考特（Frank McCourt，1930—2009）：美籍爱尔兰教师、传记作家，美国国家艺术俱乐部成员，1997年获普利策奖。主要作品有传记《安吉拉的骨灰》、《教书匠》等。

大卫·麦卡洛克（David McCullough，1933—　）：美国作家、历史学家和演讲家，被誉为"历史叙事的艺术大师"，曾获得普利策奖、国家图书奖和总统自由勋章。主要作品有传记《杜鲁门》、《约翰·亚当斯》、《1776》等。

圣·克莱尔·马克威（St. Clair McKelway，1905—1980）：美国记者、作家、《纽约客》杂志编辑，其独特的风格为《纽约客》注入一股硬朗震撼的气质，被誉为"纽约最好的十二名记者之一"。主要作品有单行本《绯闻：沃尔特温切尔的生活和时代》、《犯罪恶行年鉴真实故事选》、《一筹莫展的报道：〈纽约客〉系列故事》等。

约翰·麦克菲（John McPhee，1931—　）：美国作家，他通过借鉴小说技巧实现一种更柔和、更具文学色彩的新闻写作风格，被视为创意写作课程的创始人之一，于1999年获普利策非虚构作品奖。代表作有小说《你在哪里的感觉》、《中立国瑞士》、《佃农和地主》等。

玛格丽特·米德（Margaret Mead，1901—1978）：美国著名女作家、人类学家和大众演说家，是美国现代人类学的主要奠基者之一，1978年逝世后被追授总统自由勋章，代表作有学术著作《萨摩亚人的成年》、《三个原始部落的性别与气质》、《文化与承诺：一项有关代沟问题的研究》等。

彼得·梅达沃（Peter Medawar，1915—1987）：英国生物学家，被誉为"最聪明的"、"同代人中最杰出的"科学作家，凭借在免疫学上的杰出贡献于1960年获得诺贝尔生理学/医学奖，并于1987年获迈克尔法拉第奖。主要作品包括散文集《独特的个人》、《艺术可溶性》、自传《回忆录》等。

H. L. 门肯（H. L. Mencken，1880—1956）：美国记者、散文家、报人、评论家和语言学者，是20世纪上半叶最具影响力的美国作家和散文家之一，被誉为"巴尔的摩圣人"，主要作品包括学术论文《美国语言》，担任主编的杂志《美国信使》，以及散文集《偏见》等。

詹姆斯·米切纳（James Michener，1907—1997）：美国著名作家、"二战"军人，被誉为美国20世纪历史的记录人和史诗作家，1948年获普利策小说奖。主要作品有小说《太平洋的故事》、《夏威夷》、《百年镇》等。

亚瑟·米勒（Arthur Miller，1915—2005）：犹太裔美国剧作家、评论家，其作品针砭时弊、直言不讳，被誉为"20世纪的良心"，1949年获普利策戏剧奖，主要作品有戏剧《都是我的儿子》、《推销员之死》、《萨勒姆的女巫》等。

约瑟夫·米切尔（Joseph Mitchell，1908—1996）：美国著名作家、杂志撰稿人，以《纽约客》杂志上的特别报道和对纽约边缘人群的生动描绘而著称，主要作品包括小说《弗拉德老先生》、《乔·古尔德的秘密》和文集《在老旅馆里》等。

玛丽安·穆尔（Marianne Moore，1887—1972），美国现代派女诗人和作家，提倡精细而真诚的情感表达比诗歌形式更重要，1952年获普利策诗歌奖。主要作品有《诗集》、《观察》、《何谓岁月》，以及翻译作品《拉封丹的寓言》。

埃德蒙·莫里斯（Edmund Morris，1940—　）：非洲裔美国作家、自由撰稿人，以撰写名人传记著称，1980年同时获普利策奖和美国国家图书奖。主要作品包括《西奥多·罗斯福的崛起》、《里根传》、《探险家的胜利和悲剧》等。

托妮·莫里森（Toni Morrison，1931—　）：非洲裔美国黑人女作家，其作品想象丰富、富有诗意，显示了美国现实生活的重要方面，1993年获诺贝尔文学奖。主要作品有长篇小说《最蓝的眼睛》、《秀拉》、《所罗门之歌》等。

约翰·莫蒂默（John Mortimer，1923—2009）：英国律师、剧作家、电影编剧、小说家，其创作风格往往游走于广播、电视、电影与小说之间，1986年被授予不列颠帝国勋章，1998年被封为爵士。主要作品包括推理小说《法庭的鲁波尔》、电影《与墨索里尼喝茶》、电视剧《故园风雨后》等。

刘易斯·芒福德（Lewis Mumford，1895—1990）：美国历史学家、社会学家、科学哲学家、文学评论家、作家，以对城市和城市建筑的研究而闻名，开创了一种修辞性极强的心理分析式写作风格，1961年获国家图书奖。主要作品有《城市发展史》、《科技与文明》、《城市文化》等。

弗拉基米尔·纳博科夫（Vladimir Nabokov，1899—1977）：俄裔美国小说家、诗人、文学评论家、翻译家，是20世纪实验主义小说的集大成者，1973年获美国国家文学金奖。主要作品有《洛丽塔》、《微暗的火》、《普宁》等。

托马斯·纳斯特（Thomas Nast，1840—1902）：德裔美国漫画家，以具有浓郁政治色彩的漫画而著称，被称为"美国讽刺漫画之父"，其作品对埃德加·德加和梵高的画风也有影响。主要作品包括刊登于《哈波尔周刊》的2 000多张漫画。

乔治·奥威尔（George Orwell，1903—1950）：英国记者、小说家、散文家、评论家和文体家，被誉为20世纪最杰出的反乌托邦作家和寓言小说家，生前仅获过一次文学奖。主要作品有小说《缅甸岁月》、《动物庄园》、《一九八四》等。

辛西娅·奥齐克（Cynthia Ozick，1928— ）：美国小说家、散文家、诗人、翻译家，她的作品反映了当代美国犹太人的生活状态，2008年获美国笔会/纳博科夫奖。主要作品有小说《微光世界继承人》、短篇小说《大披肩》、随笔集《争论与困境》等。

托马斯·潘恩（Thomas Paine，1737—1809）：英裔美国思想家、作家、政治活动家、理论家等，其作品极大地宣传了独立思想和启蒙精神，被广泛视为美国开国元勋之一。代表作有《人的权利》、《常识》、《理性时代》等。

多萝西·帕克（Dorothy Parker，1893—1967）：美国诗人、短篇小说家、评论家，凭机智、犀利的妙语，讽刺20世纪美国都市生活的弱点，1929年获欧亨利最佳短篇小说奖。代表作包括诗歌《足够长的绳索》、短篇小说《高个金发女郎》和戏剧《走廊上的淑女》等。

S.J. 佩雷尔曼（S. J. Perelman，1904—1979）：美国幽默作家、剧本作家、杂志撰稿人，尤以发表于《纽约客》杂志的幽默文章而为人称道，1956年凭《80天环游世界》获奥斯卡最佳改编剧本奖。主要作品有小说《绝境》、戏剧《接触维纳斯》、书信集《别伤害我》等。

乔治·普林顿（George Plimpton，1927—2003）：美国记者、作家、编辑和演员，凭借出色的体育故事写作享有盛名，所创办的《巴黎评论》成为最具影响力的文学杂志。代表作有《夜魔人》、《纸狮子》、《特鲁曼·卡波特》等。

科尔·波特（Cole Porter，1891—1964）：美国作曲家、音乐剧作家，20世纪30年代百老汇音乐剧的代名词。主要作品有音乐剧《纽约客》、《吻我，凯特》、《无论发生什么事情》，歌曲《你是最好的》、《彻夜》、《夜与日》等。

凯瑟琳·安·波特（Katherine Anne Porter，1890—1980）：美国小说家、散文家，1966年获普利策小说奖，三次获诺贝尔文学奖提名。主要作品有长篇小说《愚人船》，短篇小说集《盛开的犹大花和其他故事》，散文集《过去的时日》、《散文和随兴漫谈集》等。

V.S. 普里切特（V. S. Pritchett，1900—1997）：英国小说家、散文批评家、杂志编辑，被称为“本世纪最伟大的英语文学评论家”。主要作品有小说《克莱尔鼓手》、回忆录《午夜灯油》、文学论文选集《有识之士》、报告文学《前进中的西班牙》等。

马塞尔·普鲁斯特（Marcel Proust，1871—1922）：20世纪法国最伟大的小说家，意识流文学的先驱与大师。主要作品有长篇小说《追忆似水年华》、《让·桑德伊》，短篇小说集《欢乐与时日》，文学评论集《驳圣伯夫》等。

托马斯·品钦（Thomas Pynchon，1937—　）：美国作家，以写晦涩复杂的后现代主义小说著称，1974年获国家图书奖，几次获诺贝尔文学奖提名。主要作品有小说《V.》、《万有引力之虹》、《葡萄园》等。

乔纳森·拉邦（Jonathan Raban，1942—　）：英国小说家、旅行作家，1982年获海涅曼文学奖。主要作品有小说《穷山恶水美国梦》、《旧日荣耀》、《柔软的城市》等。

大卫·雷姆尼克（David Remnick，1958—　）：美国记者、作家、《纽约客》杂志主编，1994年获普利策奖。主要作品有《列宁墓：苏联帝国的最后岁月》、《报道》、《桥：巴拉克·奥巴马的人生及其崛起》等。

詹姆斯·赖斯顿（James Reston，1909—1995）：美国记者、专栏作家，被称为“美利坚的良知”、“继李普曼之后最卓越的新闻人”，1945年与1957年两次获普利策奖。主要作品有回忆录《截稿期：回忆录》。

理查德·罗兹（Richard Rhodes，1937—　）：美国记者、作家，1986年获普利策奖，主要作品有《原子弹诞生记》、《原子弹之暮》等。

理查德·罗杰斯（Richard Rogers，1902—1979）、**奥斯卡·海默斯坦因二世**（Oscar Hammerstein II 1895—1960）：美国音乐剧历史上的两位大师、最佳搭档，使音乐剧跨出美国国门而成为一项世界性艺术，1950年凭借《南太平洋》获普利策戏剧奖与第四届托尼奖。共同创作的作品有音乐剧《音乐之声》、《俄克拉荷马》、《我和朱丽叶》、《梦幻》等。

罗伦兹·哈特（Lorenz Hart，1895—1943）：美国作曲大师，曾与音乐剧大师理查德·罗杰斯搭档创作出许多脍炙人口的歌曲。主要作品有音乐剧歌曲《蓝月》、《绿树青山》、《曼哈顿》、《我可爱的情人》等。

厄玛·S·龙鲍尔（Irma S. Rombauer，1877—1962）：美国人，毕业于玛丽学院，其作品《烹饪之乐》入选美国国会图书馆88部“塑造美国的图书”。该书提供了前所未见的详细原料清单和明确无误的技术指导，一举改变了美国烹饪书不够专业的旧貌。

莉莲·罗斯（Lillian Ross，1926— ）：美国记者、《纽约客》杂志特邀撰稿人。主要作品有《报道》、《照片》，回忆录《若即若离：爱情故事》。

伯顿·卢艾什（Berton Roueché，1910—1994）：美国医学作家、《纽约客》杂志特邀撰稿人。主要作品有《最后的敌人》、《无法治愈的创伤》、《医学侦探》等。

G. F. T. 赖亚尔（G. F. T. Ryall，1887—1979）：加拿大记者、专栏作家，曾为《PM》、《纽约客》、《乡村生活》等多家杂志撰写赛马专栏，1972 年获沃尔特·海特奖。

奥利佛·萨克斯（Oliver Sacks，1933— ）：英国裔美国生物学家、脑神经学家，畅销书作家，其文体侧重于 19 世纪传统的“临床轶事”。主要作品有《睡人》、《偏头疼》、《火星上的人类学家》等。

威廉·萨罗扬（William Saroyan，1908—1981）：亚美尼亚裔美国小说家、剧作家，被称为“美国文学史上最伟大的击中就跑的作家”，1939 年因不满艺术受商业庇护而拒绝了普利策戏剧奖。主要作品有话剧《鼎盛年华》、《我的心在高原》，小说《人间喜剧》、《失足恨》等。

哈里·谢尔曼（Harry Scherman，1887—1969）：美国出版商、经济学家、“每月一书俱乐部”创始人之一。主要作品有《人们赖以生存的诺言》、《黄金的真正危险》、《我们会有通胀吗?》等。

琼·谢泼德（Jean Shepherd，1921—1999）：美国幽默作家、主持人、演员。主要作品有故事集《卧室里的法拉利》、《我们只相信上帝和现金》，电影作品《圣诞故事》、《三代同堂》等。

伊格纳奇奥·西隆尼（Ignazio Silone，1900—1978）：意大利作家、政治家，前共产党人，1969 年获耶路撒冷文学奖，其政治杂文曾收录于左翼作家文集《失败的上帝》。主要作品有小说《丰塔玛拉》、《面包与酒》、《冰雪下的种子》等。

瑞德·史密斯（Red Smith，1905—1982）：美国体育专栏作家，对体育新闻业贡献突出，1976年获普利策评论奖、斯宾克奖，1981年被美国联合通讯社授予瑞德·史密斯奖。主要作品有《瑞德·史密斯论钓鱼》、《瑞德·史密斯精选集》、《瑞德·史密斯体育年刊》等。

斯蒂芬·桑德海姆（Stephen Sondheim，1930—　）：美国作曲作词家，概念音乐剧的开山鼻祖，1990年获奥斯卡最佳歌曲奖。主要作品有《春光满古城》、《理发师陶德》、《拜访森林》等。

本杰明·斯波克（Benjamin Spock，1903—1998）：美国儿科医生，对父母教育孩子的思维方式产生深远影响，畅销书作家。主要作品有《育儿经》、《一岁婴儿》、《养育婴儿和儿童》等。

罗纳德·斯蒂尔（Ronald Steel，1931—　）：美国作家、历史学家、教授，获全美批评家协会非虚构奖、美国国家图书奖、古根海姆学者奖。主要作品有《沃尔特·李普曼与美国世纪》。

约翰·斯坦贝克（John Steinbeck，1902—1968）：美国作家、社会活动家，对20世纪以后美国文学尤其是西部文学具有重大影响，1962年获诺贝尔文学奖。主要作品有《人鼠之间》、《愤怒的葡萄》、《伊甸之东》等。

唐纳德·奥格登·斯图尔特（Donald Ogden Stewart，1894—1980）：美国作家，电影剧本作家，毕业于耶鲁大学，获得1940年奥斯卡最佳剧本奖。主要作品有电影剧本《费城故事》、小说《哈多克夫妇在国外》、参演电影《不愚蠢》等。

小威廉·斯特伦克（William Strunk Jr.，1869—1946）：康奈尔大学英语教授，在古典文学方面造诣极深，对英语诗歌韵律和英语写作方法有深入研究。主要作品有《英语韵律》、1936年电影《罗密欧与朱丽叶》的文学顾问、《风格的要素》等。

威廉·斯蒂伦（William Styron，1925—2006）：美国作家、散文家，曾获由罗马美国学院颁布的罗马奖、1968年普利策小说奖，《巴黎评论》创始人之一。主要作品有《苏菲的抉择》、《躺在黑暗中》、《纳克·透纳的自白》等。

弗兰克·沙利文（Frank Sullivan，1892—1976）：美国幽默作家、纽约客特写记者，阿尔冈琴圆桌会成员之一。主要作品有《古板专家作证》、《古板专家的冠军证词》等。

盖伊·塔利斯（Gay Talese，1932— ）：美国作家，对定义文学新闻学有很大贡献，2011年获诺曼·梅勒奖。主要作品有杂志文章《弗兰克·西纳特拉感冒了》、非虚构作品《王国与权力》、回忆录《致儿子》等。

布思·塔金顿（Booth Tarkington，1869—1946）：美国小说家、剧作家，分别于1919和1922年获得普利策小说奖，是三位获得普利策小说奖次数超过一次的小说家之一。主要作品有《安伯森情史》、《寂寞芳心》、《博凯尔先生》等。

罗伯特·刘易斯·泰勒（Robert Lewis Taylor，1912—1998）：美国作家，1959年获普利策小说奖。主要作品有《杰米·麦克费特思旅行记》、《金银岛宝藏》、《去瓜达卢普的两条路》等。

斯塔兹·特克尔（Studs Terkel，1912—2008）：美国作家、历史学家、广播员，1985年获普利策非虚构类作品奖，1997年被选为美国文学与艺术学院协会会员。主要作品有《美好战争：口述"二战"历史》、《工作：人们谈论自己每天做什么以及对所做事情的感受》、《艰难时世：大萧条时期口述史》等。

威廉·萨克雷（William Thackeray，1811—1863）：英国小说家，19世纪英国批评现实主义作家之一，地位仅次于查尔斯·狄更斯，以讽刺小说著称。主要作品有《名利场》、《亨瑞·埃斯蒙德》、《纽克姆一家》等。

刘易斯·托马斯（Lewis Thomas，1913—1993）：美国医学家、科普作家、生物学家，20世纪搭起科学与文学桥梁第一人，1974年获美国国家图书奖。主要作品有《细胞生命的礼赞》、《水母与蜗牛》、《最年轻的科学》等。

亨特·汤普森（Hunter Thompson，1937—2005）：美国作家、记者，荒诞新闻开创者，被《纽约时报》称为"Blog精神教父"。主要作品有《地狱天使：摩托车暴徒的神奇恐怖冒险》、报道《赌城风情画》、《赌城风云》等。

维吉尔·汤普森（Virgil Thomson，1896—1989）：美国作曲家、评论家，对"美国声音"在古典音乐中的发展做出巨大贡献，获得1949年普利策音乐奖，1983年肯尼迪中心荣誉奖。主要作品有音乐总谱《路易斯安纳州的故事》、《河》、音乐评论书籍《音乐的状态》等。

亨利·大卫·梭罗（Henry David Thoreau，1817—1862）：美国作家、诗人，哲学家，对美国现代文学散文作品具有典范意义。主要作品有散文集《瓦尔登湖》、散文《缅因的森林》、论文《论公民的不服从权利》等。

詹姆斯·瑟伯（James Thurber，1894—1961）：美国作家、漫画家，以漫画和短篇讽刺小说出名，被称作“墓地里吹口哨的人”。主要作品有《我的人生与艰难时世》、《华尔脱·密蒂的隐秘生活》、《当代寓言集》等。

卡尔文·特里林（Calvin Trillin，1935—　）：美国记者、幽默作家、美食评论家、诗人、小说家，2012 年获美国幽默瑟伯奖。主要作品有《给力卡尔文·特里林：四十年笑料集》、散文《带相机的陌生人》、《关于爱丽丝》等。

加里·特鲁多（Garry Trudeau，1948—　）：美国漫画家，美国人文与科学院成员，1975 年获得普利策漫画创作奖和 1978 年戛纳电影节评委会特别奖。主要作品有连载漫画《杜恩斯比利》、话剧《杜恩斯比利：一出百老汇音乐剧》、小说《三原色》等。

芭芭拉·W·塔奇曼（Barbara W. Tuchman，1912—1989）：美国著名历史学家、作家，主张把历史看作可读性强的故事，并以通俗、幽默的叙述风格讲述历史，1963、1972 年获得普利策非虚构作品奖。主要作品有历史著作《八月炮火》、传记《史迪威与美国在中国的经验》、随笔集《实践历史》等。

马克·吐温（Mark Twain，1835—1910）：美国作家、幽默大师、小说家、演说家，美国批判现实主义文学的奠基人，世界著名的短篇小说大师，被誉为“美国文学界的林肯”。主要作品有短篇小说《竞选州长》、中篇小说《百万英镑》、长篇小说《哈克贝利·费恩历险记》、《汤姆·索亚历险记》等。

S. M. 乌拉姆（S. M. Ulam，1909—1984）：美国数学家、作家，著有《数学问题集》、《乌拉姆文选》、自传《数学家历险记》等。

西格里德·温赛特（Sigrid Undset，1882—1949）：挪威小说家，是一位“具有理想主义倾向的第一流作品的作家”并以其叙事天才为世界读者着迷，1928 年获诺贝尔文学奖。主要作品有系列小说《新娘·主人·十字架》、《克里斯汀·拉夫朗的女儿》、《马湾的主人》等。

约翰·厄普代克（John Updike，1932—2009）：美国长篇小说、短篇小说家、诗人，其作品以优雅的散文体、丰富的细节运用、娴熟的人物塑造及隐喻为特色，1982、1991 年获得普利策奖。主要作品有系列小说“兔子”四部曲、短篇故事集《同一扇门》、诗集《木匠母鸡》等。

戈尔·维达尔（Gore Vidal，1925—2012）：美国小说家、剧作家、散文家、批评家，开创了美国同性恋写作先河，同时也是美国政治犀利的评论者，1993 年获美国国家图书奖。主要作品有小说《城市与梁柱》、《卡尔基》、随笔自选集《美利坚合众国》等。

大卫·福斯特·华莱士（David Foster Wallace，1962—2008）：美国小说家，随笔家、幽默家，其作品具有深邃的知识和精密的逻辑思辨，擅长讥讽嘲笑，为现代派小说开辟了新道路。主要作品有小说《系统的笤帚》、《无尽的玩笑》、论文集《一件我决不再做且看似好笑的事》等。

沃尔特·惠特曼（Walt Whitman，1819—1892）：美国诗人、散文家、新闻工作者及人文主义者，兼超验主义与现实主义文风，创造了诗歌的自由体，被誉为自由诗之父。主要作品有诗集《草叶集》等。

安迪·沃霍尔（Andy Warhol，1928—1987）：波普艺术家、电影制片人、作家、摇滚乐作曲者，波普艺术的领袖，曾大胆尝试凸版印刷、橡皮或木料拓印、金箔技术、照片投影等各种复制技法。主要作品有绘画《死亡与灾难》系列作品、电影《帝国大厦》、《蓝色电影》等。

H. T. 韦伯斯特（H. T. Webster，1885—1952）：美国连环漫画家，其作品的幽默风格和对人的关注堪比马克·吐温。主要作品有《胆小鬼》、《布朗赛马会上的男人》、《钓鱼的苦境》等。

尤多拉·韦尔蒂（Eudora Welty，1909—2001）：美国短篇小说大师，其作品以写美国南方生活见长，是一位多产的作家，1973 年获得普利策奖。主要作品有小说《乐天者的女儿》、《失败的战争》、短篇小说集《绿色的帷幕》等。

伊迪思·华顿（Edith Wharton，1862—1937）：美国小说家，抒情的文笔穿插着微妙的讽刺构成其突出的文体，同简·奥斯汀一样同属“风俗小说家”，1920 年获普利策奖。主要作品有小说《纯真年代》、《乡土风俗》、《欢乐之家》等。

E. B. 怀特（E. B. White，1899—1985）：美国当代著名散文家、评论家，以冷峻清丽、辛辣幽默的文风自成一格，奠定了影响深远的“《纽约客》文风”，1978年获得普利策特别文艺奖。主要作品有童话故事《夏洛的网》、《精灵鼠小弟》、《吹小号的天鹅》等。

桑顿·怀尔德（Thornton Wilder，1897—1975）：美国小说家、剧作家，常以生活琐事反应人性本善的价值观，1928、1939、1934年获得普利策奖。主要作品有小说《圣路易里之桥》、剧作《我们的城市》、《我们牙齿的颜色》等。

乔治·F·威尔（George F. Will，1941—　）：美国报纸专栏作家、记者、作家，以对政治的保守主义评论闻名，华尔街报将他与沃尔特·李普曼一并称为美国最有影响力的记者，1977年获普利策评论奖。主要作品有《协作：棒球的艺术》、《对幸福的追求及其他严肃的思考》等。

田纳西·威廉姆斯（Tennessee Williams，1911—1983）：美国剧作家，南方文学中最为杰出的现实主义作家，以其对主流之外人物的关注和描绘为戏剧的革新和进步做出了巨大贡献，曾两次获得普利策奖以及其他各类戏剧奖。主要作品有戏剧《欲望街车》、《热铁皮屋顶上的猫》、《玫瑰刺青》等。

加里·威尔斯（Gary Wills，1934—　）：美国作家、记者、历史学家，美国历史、政治、宗教批评家，1993年获普利策奖。主要作品有《葛底斯堡的林肯——重塑美国的话语》等。

埃德蒙·威尔逊（Edmund Wilson，1895—1972）：美国作家、文学评论家、社会评论家，对美国文学批评传统的确立以及欧美一些现代主义作家经典地位的确立影响巨大。主要作品有文学批评集《阿克瑟尔的城堡》、《到芬兰站》、《三重思想家》等。

汤姆·沃尔夫（Tom Wolfe，1931—　）：美国作家、记者，20世纪六七十年代开启了美国的新闻运动，被誉为“新闻学之父”，2003年获美国芝加哥论坛文学奖。主要作品有散文集《在我们的时代》、《着色的世界》，小说《正确的素材》等。

托拜厄斯·沃尔夫（Tobias Wolff，1945—　）：美国作家，以短篇小说著名，曾获欧·亨利短篇小说奖、圣·劳伦斯小说奖。主要作品有《老学派》、

《这个男孩的生活》、《我的军旅生涯：战争回忆录》等。

伦纳德·伍尔夫（Leonard Woolf，1880—1969）：英国政治评论家、作家、散文家、出版商，是弗吉尼亚·伍尔夫的丈夫，在20世纪英国文学、政治和文化史上都颇值一提。主要文学作品有小说《丛林里的村庄》、《珠与猪》等。

弗吉尼亚·伍尔夫（Virginia Woolf，1882—1941）：英国女作家、意识流小说代表人物之一，20世纪现代主义和女性主义的先锋。主要作品有小说《到灯塔去》、《达洛维夫人》，随笔集《普通读者》等。

埃莉诺·怀利（Elinor Wylie，1885—1928）：美国诗人、小说家，主要活跃于20世纪二三十年代。主要作品有诗歌《张网捕风》、《黑色爱神》，历史小说《孤儿天使》等。

奇克·扬（Chic Young，1901—1973）：美国漫画家，1948年获漫画艺术最高殊荣"鲁本奖"。主要作品有四格漫画《布朗迪》等。

创意写作书系

这是一套广受读者喜爱的写作丛书，系统引进国外创意写作成果，推动本土化发展。它为读者提供了一把通往作家之路的钥匙，帮助读者克服写作障碍，学习写作技巧，规划写作生涯。从开始写，到写得更好，都可以使用这套书。

综合写作		
书名	作者	出版日期
成为作家	多萝西娅·布兰德	2011 年 1 月
一年通往作家路——提高写作技巧的 12 堂课	苏珊·M. 蒂贝尔吉安	2013 年 5 月
创意写作大师课	于尔根·沃尔夫	2013 年 6 月
渴望写作——创意写作的五把钥匙	格雷姆·哈珀	2022 年 6 月
与逝者协商——布克奖得主玛格丽特·阿特伍德谈写作	玛格丽特·阿特伍德	2019 年 10 月
心灵旷野——活出作家人生	纳塔莉·戈德堡	2018 年 2 月
文学的世界	刁克利	2022 年 12 月
写好前五十页	杰夫·格尔克	2015 年 1 月
从创意到畅销书——修改与自我编辑	詹姆斯·斯科特·贝尔	2016 年 1 月
来稿恕难录用——为什么你总是被退稿	杰西卡·佩奇·莫雷尔	2018 年 1 月
虚构写作		
小说写作教程——虚构文学速成全攻略	杰里·克里弗	2011 年 1 月
开始写吧！——虚构文学创作	雪莉·艾利斯	2011 年 1 月
冲突与悬念——小说创作的要素	詹姆斯·斯科特·贝尔	2014 年 6 月
情节与人物——找到伟大小说的平衡点	杰夫·格尔克	2014 年 6 月
人物与视角——小说创作的要素	奥森·斯科特·卡德	2019 年 3 月
情节线——通过悬念、故事策略与结构吸引你的读者	简·K. 克莱兰	2022 年 3 月
经典人物原型 45 种——创造独特角色的神话模型（第三版）	维多利亚·林恩·施密特	2014 年 6 月
经典情节 20 种（第二版）	罗纳德·B. 托比亚斯	2015 年 4 月
情节！情节！——通过人物、悬念与冲突赋予故事生命力	诺亚·卢克曼	2012 年 7 月
如何创作炫人耳目的对话	詹姆斯·斯科特·贝尔	2016 年 11 月
超级结构——解锁故事能量的钥匙	詹姆斯·斯科特·贝尔	2019 年 6 月
故事工程——掌握成功写作的六大核心技能	拉里·布鲁克斯	2014 年 6 月
故事力学——掌握故事创作的内在动力	拉里·布鲁克斯	2016 年 3 月
畅销书写作技巧	德怀特·V. 斯温	2013 年 1 月
30 天写小说	克里斯·巴蒂	2013 年 5 月
从生活到小说（第二版）	罗宾·赫姆利	2018 年 1 月
小说创作谈	大卫·姚斯	2016 年 11 月
写小说的艺术	安德鲁·考恩	2015 年 10 月
成为小说家	约翰·加德纳	2016 年 11 月
小说的艺术	约翰·加德纳	2021 年 7 月

非虚构写作		
开始写吧！——非虚构文学创作	雪莉·艾利斯	2011年1月
写作法宝——非虚构写作指南	威廉·津瑟	2013年9月
故事技巧——叙事性非虚构文学写作指南	杰克·哈特	2012年7月
光与热——新一代媒体人不可不知的新闻法则	迈克·华莱士	2017年3月
自我与面具——回忆录写作的艺术	玛丽·卡尔	2017年10月
写出心灵深处的故事——非虚构创作指南	李华	2014年1月
写我人生诗	塞琪·科恩	2014年10月
类型及影视写作		
开始写吧！——影视剧本创作	雪莉·艾利斯	2012年7月
开始写吧！——科幻、奇幻、惊悚小说创作	劳丽·拉姆森	2016年1月
开始写吧！——推理小说创作	劳丽·拉姆森	2016年7月
金牌编剧——美剧编剧访谈录	克里斯蒂娜·卡拉斯	2022年3月
好剧本如何讲故事	罗伯·托宾	2015年3月
经典电影如何讲故事	许道军	2021年5月
童书写作指南	玛丽·科尔	2018年7月
网络文学创作原理	王祥	2015年4月
写作教学		
剑桥创意写作导论	大卫·莫利	2022年7月
小说写作——叙事技巧指南（第十版）	珍妮特·伯罗薇	2021年6月
你的写作教练（第二版）	于尔根·沃尔夫	2014年1月
创意写作教学——实用方法50例	伊莱恩·沃尔克	2014年3月
创意写作思维训练	丁伯慧	2022年6月
故事工坊（修订版）	许道军	2022年1月
大学创意写作·文学写作篇	葛红兵 许道军	2017年4月
大学创意写作·应用写作篇	葛红兵 许道军	2017年10月
小说创作技能拓展	陈鸣	2016年4月
青少年写作		
会写作的大脑1——梵高和面包车（修订版）	邦妮·纽鲍尔	2018年7月
会写作的大脑2——怪物大碰撞（修订版）	邦妮·纽鲍尔	2018年7月
会写作的大脑3——33个我（修订版）	邦妮·纽鲍尔	2018年7月
会写作的大脑4——亲爱的日记（修订版）	邦妮·纽鲍尔	2018年7月
奇妙的创意写作——让你的故事和诗飞起来	卡伦·本基	2019年3月
有个性的写作（人物篇＋景物篇）	丁丁老师	2022年10月
成为小作家	李君	2020年12月
写作魔法书——让故事飞起来	加尔·卡尔森·莱文	2014年6月
写作魔法书——28个创意写作练习，让你玩转写作（修订版）	白铅笔	2019年6月
写作大冒险——惊喜不断的创作之旅	凯伦·本克	2018年10月
小作家手册——故事在身边	维多利亚·汉利	2019年2月
北大附中创意写作课	李韧	2020年1月
北大附中说理写作课	李亦辰	2019年12月

精品写作课

作家的诞生——12位殿堂级作家的写作课

中国人民大学刁克利教授10余年研究成果倾力呈现，横跨2800年人类文学史，走近12位殿堂级写作大师，向经典作家学写作，人人都能成为作家。

荷马： 作家第一课，如何处理作品里的时间？

但丁： 游历于地狱、炼狱和天堂，如何构建文学的空间？

莎士比亚： 如何从小镇少年成长为伟大的作家？

华兹华斯和弗罗斯特： 自然与作家如何相互成就？

勃朗特姐妹： 怎样利用有限的素材写作？

马克·吐温： 作家如何守望故乡，如何珍藏童年，如何书写一个民族的性格和成长？

亨利·詹姆斯： 写作与生活的距离，作家要在多大程度上妥协甚至牺牲个人生活？

菲兹杰拉德： 作家与时代、与笔下人物之间的关系？

劳伦斯： 享有身后名，又不断被诋毁、误解和利用，个人如何表达时代的伤痛？

毛姆： 出版商的宠儿，却得不到批评家的肯定。选择经典还是畅销？

作家的诞生
——12位殿堂级作家的写作课

一个故事的诞生——22堂创意思维写作课

郝景芳和创意写作大师们的写作课，国内外知名作家、写作导师多年创意写作授课经验提炼而成，汇集各路写作大师的写作法宝。它将告诉你，如何从一个种子想法开始，完成一个真正的故事，并让读者沉浸其中，无法自拔。

郝景芳： 故事是我们更好地去生活、去理解生活的必需。

故事诞生第一步： 激发故事创意的头脑风暴练习。

故事诞生第二步： 让你的故事立起来。

故事诞生第三步： 用九个句子描述你的故事。

故事诞生第四步： 屡试不爽的故事写作法宝。

图书在版编目（CIP）数据

写作法宝：非虚构写作指南/（美）津瑟著；朱源译．—北京：中国人民大学出版社，2013.5

（创意写作书系）

ISBN 978-7-300-17363-4

Ⅰ.①写… Ⅱ.①津… ②朱… Ⅲ.①文学创作-写作学 Ⅳ.①I04

中国版本图书馆 CIP 数据核字（2013）第 081761 号

创意写作书系

写作法宝——非虚构写作指南

［美］威廉·津瑟 著

朱 源 译

Xiezuo Fabao

出版发行	中国人民大学出版社		
社　　址	北京中关村大街 31 号	**邮政编码**	100080
电　　话	010－62511242（总编室）		010－62511770（质管部）
	010－82501766（邮购部）		010－62514148（门市部）
	010－62515195（发行公司）		010－62515275（盗版举报）
网　　址	http://www.crup.com.cn		
经　　销	新华书店		
印　　刷	天津中印联印务有限公司		
开　　本	720 mm×1000 mm　1/16	**版　　次**	2013 年 9 月第 1 版
印　　张	20.5 插页 1	**印　　次**	2025 年 4 月第 10 次印刷
字　　数	232 000	**定　　价**	58.00 元